LENOS POCKET 64

www.lenos.ch

Yvette Z'Graggen

Cornelia

Roman

Aus dem Französischen
von Hedi Wyss

Lenos Verlag

Titel der französischen Originalausgabe:
Cornélia

Die deutsche Erstausgabe erschien 1988 unter dem Titel
Zerbrechendes Glas.

LENOS POCKET 64

Erste Auflage 2001

Umschlag: Anne Hoffmann Graphic Design, Basel
Foto: Philippe Bauduin/Imapress
Printed in Germany

ISBN 3 85787 664 6

Erster Teil

1

Die Frau, von der ich erzählen will und die ich Cornelia nennen werde, unterscheidet sich auf den ersten Blick nicht von den vielen Frauen, denen ich im Laufe meines Lebens begegnet bin und für die ich mich nicht interessiert, die ich oft auch gar nicht wahrgenommen habe.

Wenn sie in ihrem Büro sitzt, in ihrem gläsernen Käfig mitten in der Garage «du Parc», ist sie einfach eine anonyme, diskrete Angestellte, die alle Formalitäten perfekt kennt, die zu erfüllen sind, wenn man einen Neuwagen oder ein Occasionsauto kauft. Sie bittet Sie um Ihren Führerschein – sie wird sich um die Versicherung kümmern, um die Nummernschilder – «wirklich, Sie brauchen sich keine Sorgen zu machen», fügt sie hinzu. Sie sehen gar nicht, welche Farbe Cornelias Augen haben, denn Sie sind in Eile, für Sie zählt nur der Wagen, den Sie gerade gekauft haben. Schade, denn Cornelias Augen sind schön. Sie hat auch hübsche Hände. Und einen schlanken Körper, der, nackt, noch immer fest und weich wirkt. Aber niemand denkt je an Cornelias Körper, weder Männer noch Frauen. Sie selbst übrigens auch nicht: Sie hat ihn seit langem vergessen.

Hat er überhaupt jemals für sie existiert?

Sehen Sie: Sie bemüht sich offenbar geradezu, so wenig Platz wie möglich einzunehmen. Die Füße hält sie unter dem Pult aneinandergepreßt, sie sind fast eins; die Ellbogen hält sie nie vom Körper abgespreizt, sogar dann nicht, wenn sie auf der Maschine tippt. Sie wirkt wie in sich selbst eingeschlossen, hermetisch. Wovor hat sie denn Angst, was hat sie zu verbergen? Sie lächelt doch, sie hört Ihnen zu, wenn Sie sich die Mühe nehmen, mit ihr zu sprechen. Aber erwarten Sie nicht, daß sie sich Ihnen anvertraut. Sogar wenn Sie es wünschten, wenn Sie sie ausfragten, sie würde Ihnen nichts von sich erzählen, nichts aus ihrer Vergangenheit, aus ihrem Leben.

Diese Vergangenheit, dieses Leben habe ich versucht zu rekonstruieren, die Vergangenheit, das Leben der Cornelia V., Sekretärin in der Garage «du Parc», der Importfirma einer bekannten englischen Automarke.

Ihr Vater ist seit achtzehn Jahren tot, er starb 1963: Er war Beamter, ein ruhiger, unauffälliger Mensch. Einmal wöchentlich ging er mit seinen Bürokollegen Karten spielen. Zu Hause sonderte er sich ab, vergrub sich in hartnäckigem Schweigen. Er ließ seine Frau machen, sie war eine perfekte Hausfrau. «Welches Glück Sie haben, Herr V., nie ein Stäubchen auf den Möbeln, immer alles so makellos, und diese feinen kleinen Mahlzeiten, die sie Ihnen zubereitet, so eine distinguierte Dame, nie ein lautes Wort, und wie gut sie die kleine Cornelia erzieht! Cornelia ist so brav, ein Bild von einem Kind, nie hört man etwas von ihr. Weint sie denn nie, Ihre Cornelia? Was für ein Glück haben Sie, Herr V.» «Ja», sagte er, «ja, gewiß.» Widerspruchslos sah er zu, wie das kleine Mädchen Cornelia abgerichtet wurde. «Halt dich gerade, wasch die Hände, mach die Schulaufgaben, spiel Klavier, man spricht nicht, wenn man nichts zu sagen hat, renn nicht so, du wirst dein Kleid schmutzig machen, und was sind denn das für schwarze Fingernägel?» Nicht ein einziges Mal hat er gesagt: «Laß sie doch, laß sie doch leben . . .» Hat er deswegen Gewissensbisse gehabt auf dem Sterbebett? Vielleicht: Ganz zuletzt hat er lange Cornelias Hand in der seinen gehalten, hat sie ganz fest gedrückt, wahrscheinlich wollte er sie um Verzeihung bitten.

Übrigens hat sie ihm nichts nachgetragen. Ihrer Mutter auch nicht. Nie hat sie nur im geringsten aufgemuckt, diese Cornelia, eine gute Schülerin war sie, fleißig, einwandfreies Benehmen, keine Affären mit Jungen, sie mied auch jene Mädchen, die etwas zu übermütig waren, hatte keine richtigen Freundinnen. Machte ihr Abitur. Und da, plötzlich nimmt sie allen Mut zusammen und sagt: «Ich möchte Jura studieren.» Es ist, als sähe sie da eine Möglichkeit, sich aufzulehnen: die Schwachen verteidigen, die Unterdrückten, für Abhilfe sorgen, wo Unrecht geschieht. Sie, die so schüchtern ist, die nie gewagt hat, aus sich herauszukommen, will jetzt plötzlich für andere sprechen. «Du wirst Sekretärin», sagt die Mutter. «Mädchen studieren nicht Jura.» «Ich will Jura studieren», wiederholt Cornelia, «wenn es sein muß, verdiene ich mir mein Studium selbst.» Sie ist so hartnäckig, daß sie sich durchsetzt, sie schreibt sich an der Universität ein. Aber sehr bald läßt sie sich die Zukunft, die sie doch selbst bestimmen wollte, wieder aus der Hand nehmen. Guillaume ist so selbstsicher, ein Charmeur: Er hat sie sich bald gefügig gemacht, die kleine Cornelia. Sie glaubt, das sei die große Liebe, die einzigartige, einzige, von der sie nie zu träumen wagte. Sie gibt ihr Studium auf, um zu heiraten: Guillaume wird Advokat, er wird auch an ihrer Stelle kämpfen. Sie lernt jetzt Sekretärin und arbeitet in einem Import-Export-Geschäft, bis ihr erstes Kind geboren wird. Sie ist dreiundzwanzig. Guillaume schließt seine Studien mit glänzenden Resultaten ab, macht das Lizentiat, das

Anwaltspatent. Cornelia lebt in seinem Schatten. Ein zweites Kind, zwei Jahre später: Christian. Ist sie glücklich? Liebt sie Guillaume noch? Ihr Leben – Staub wischen, Wäsche waschen, kochen, bügeln, und alles wieder von vorn, viel zu schnell –, hat sie das denn überhaupt gewählt? Cornelia stellt sich selbst keine Fragen. Lebt einfach weiter. Erzieht die Kinder, so gut sie kann, und ist sich selbst gram, daß sie träumt, ganz plötzlich von irgend etwas anderem träumt, sie weiß nicht recht von was. Guillaume hat jetzt eine sehr gute Stellung: Er ist Wirtschaftsanwalt, die Benachteiligten kümmern ihn nicht, ihn interessiert vor allem, möglichst viel Geld zu verdienen. Sie haben eine große Wohnung. Cornelia hält sie sauber, schmückt das Heim, empfängt die Geschäftsfreunde von Guillaume, kümmert sich um die heranwachsenden Kinder, versucht, sie im Zaume zu halten. Denn diese Kinder sind anders, als sie selbst gewesen ist, sie leisten Widerstand, setzen ihren Kopf durch. Laure vor allem. Sie stiftet Christian dazu an, sich dauernd aufzulehnen, frech zu werden. Cornelia fühlt sich oft wie auf einem kleinen Schiff mitten im Meer, immer muß sie auf der Hut sein: Wenn sie zuläßt, daß nur das geringste Tröpfchen Wasser hereinfließt, wird es nicht mehr möglich sein, das Leck zu stopfen, und das Schiff wird sinken. Cornelia tut, was sie kann, hält alles zusammen mit einer Unerbittlichkeit, wie sie sie bei ihrer Mutter erlebt hat. Aber das Schiff sinkt dennoch. Mit über vierzig verliebt sich Guillaume in ein zwanzigjähriges Mädchen, das ausgesprochene Gegenteil von Cornelia, strahlend, lustig, lebendig ist sie. Cornelia willigt in die Scheidung ein: Wie soll sie einen Mann an sich fesseln, der nicht mehr mit ihr leben möchte? Sie steht allein da mit Laure und Christian, siebzehn und fünfzehn Jahre alt. Nach der Scheidung entgleiten sie ihr noch mehr. Cornelia fängt wieder an zu arbeiten und findet endlich eine Stelle als Sekretärin in der Garage «du Parc». Sie ist eine vorbildliche Angestellte, aufopfernd, gewissenhaft, ihre Vorgesetzten sind begeistert. Ihr Vater ist nun schon seit acht Jahren tot, und siehe da, ihre Mutter heiratet wieder, einen Rentner, zieht mit ihm fort in den Kanton Waadt. Die Kinder kommen und gehen, schlafen einmal zu Hause, dann anderswo, sie weiß es nie genau. 1975 heiratet Laure und läßt sich in Paris nieder. Christian lebt eine Zeitlang in möblierten Zimmern, taucht immer wieder mal unerwartet mit einem Sack voll schmutziger Wäsche auf. Vor einem Jahr ist er dann, zusammen mit einem befreundeten Ethnologen, nach Venezuela abgereist. Er schreibt, er wisse nicht, wann er nach Europa zurückkehren werde. Cornelia hat zehn Kilometer außerhalb der Stadt eine Wohnung gefunden. Sie hat sie, Möbel für Möbel, eingerichtet, Gegenstand um Gegenstand. Sie hat sich eine Stereoanlage gekauft und ein Klavier und spielt seit einiger Zeit nun wieder Bach und Mozart. Ein Pärchen Mandarinfinken mit rosa und grauem Gefieder hat sie sich beschafft und ist gerührt von der Zärtlichkeit, die diese winzigen warmen Kugeln einander zeigen, eine an die andere geschmiegt. Sie hat einen Balkon mit Sicht auf den See und die Hügelzüge des Jura gegenüber. Da sitzt sie abends oft, wenn sie von der Garage zurück ist, während langsam die Nacht hereinbricht. Cornelia ist nicht unglücklich. Aber auch nicht glücklich. Sie weiß nicht, will es nicht wissen, daß sie mit über fünfzig nicht wirklich gelebt hat. Sie meidet den Gedanken ans Leben. Wie auch ans Alter, an den Tod. Sie hat sich mit kleinen Freuden umgeben, die sie sorgfältig hegt und die, so glaubt sie, es ihr ermöglichen werden, bis zum Ende zu gehen, ohne Bitterkeit und ohne Reue.

Jeden Tag um zehn Uhr morgens kocht sie Kaffee für die Verkäufer der Garage. Sie bringt ihn in die Büros. «Danke, Cornette», sagt Léonce, der Älteste, ohne auch nur von seinem Kreuzworträtsel aufzublicken.

2

Bei diesem kurzen Blick auf die Vergangenheit Cornelias habe ich es bis jetzt unterlassen, jemanden zu erwähnen, der in ihrem Leben eine große Rolle gespielt hat und jetzt, ohne es zu wissen, mit ihrem weiteren Schicksal verknüpft sein wird: Francesca. Sie und Cornelia sind sich im Herbst 1949 zum erstenmal begegnet, auf einer Bank im Jardin des Bastions, wo sie beide ihr Picknick aßen. Zu jener Zeit hatte Cornelia gerade ihr erstes Jahr an der Universität in Angriff genommen, und der Sieg, den sie errungen hatte, verlieh ihr eine Ausstrahlung, wie sie sie nie zuvor gehabt hatte, eine ganz neue Lust, sich auszusprechen, mit anderen Menschen zu kommunizieren. Ja, in dieser Zeit ab Oktober 1949 bis Winter 1950/51, als sie sich dann in den Kopf setzte, daß sie Guillaume liebe und seine Frau werden wolle, hatte Cornelia das Gefühl, endlich ihr Leben selbst zu bestimmen, und Francesca half ihr dabei, so gut sie konnte.

Francesca war aus Rom nach Genf gekommen, um hier Französisch zu studieren und gleichzeitig, um aus ihrer Familie herauszukommen. So kurz nach dem Krieg war das Leben einer Frau in Italien immer noch genau vorgezeichnet, mußte sich nach einem Schema richten, das Francesca ablehnte. «Ich möchte begreifen», sagte sie. «Die Welt verstehen, erfassen, was sich hinter den Fassaden verbirgt, die Mechanismen durchleuchten, von denen die Menschen, ohne daß sie es wissen, beherrscht werden.» Etwas später dann: «Ich will Journalistin werden, reisen, ich werde berichten, was ich gesehen habe, was ich fühle.» Während der 32 Jahre, die zwischen ihrem ersten Aufenthalt in Genf und dem Oktober 1981 liegen, dem Zeitpunkt, da die Geschichte, die ich erzählen will, ihren Anfang nimmt, hat Francesca ihr Wort gehalten. Sie ist, wie man das im Jargon ihres Berufes nennt, «eine große Reporterin» geworden. Sie hat den ganzen Planeten Erde bereist, hat alle Orte besucht, wo etwas geschah – sie hatte nur die Qual der Wahl –, Korea, Biafra, den Kongo, Kuba, Vietnam, Portugal und so weiter. Die Weltgeschichte ließ ihr kaum Zeit, Atem zu holen. Wie sie es sich vorgenommen hatte, versuchte sie, durch ihre Artikel und Reportagen ihren Lesern einen objektiven Eindruck von dem zu vermitteln, was geschah. Sie schrieb auch zwei Bücher. Eins über den «Prager Frühling» und eines über den Sturz Allendes. Sie kämpfte für die Freigabe des Schwangerschaftsabbruchs und drehte einen Film über die Situation der Frauen in Süditalien.

Kaum Gemeinsamkeiten mit Cornelia, denken Sie.

Die Einsamkeit höchstens.

Sicher ist, daß sie beide all die Jahre dieser Freundschaft treu geblieben sind. Obschon sie meistens getrennt waren und während gewissen Zeiten ihr Briefwechsel fast einschlief.

Diesmal ist es zu Ende! dachte Cornelia dann, und

auch das – daß Francesca sie vergessen würde, die Energische, Brillante, die «Kämpferin» – gehörte zum Lauf der Dinge. Und dann kam auf einmal ein Brief aus irgendeiner Ecke der Erde, beendete das Schweigen. Es gab auch ein paar Begegnungen: in Genf, wohin Francesca zweimal zurückkehrte, in Venedig, in Lugano. Jedesmal schien es, als hätten sie sich überhaupt nicht getrennt. «Erzähl doch», sagte Francesca. «Ich habe nicht viel zu erzählen, erzähl doch du . . .» Und das Unrecht, die Gewalt, die Grausamkeit drangen in die wattierte Welt von Cornelia ein. Aber auch das Leben, die Begeisterung, daran teilnehmen, kämpfen zu können. «Es ist nicht zu spät, es ist nie zu spät, die Würfel sind nie gefallen, wach auf, Cornelia, jetzt bist du frei, du kannst wählen.» Das war bei ihrer letzten Begegnung, in Lugano, vor fünf Jahren. «Ich habe gewählt», sagte Cornelia leise, und als sie sich von Francesca trennte, verspürte sie kurze Zeit einen bittersüßen Geschmack im Munde. Vielleicht wäre alles anders gekommen, wenn ich es wirklich gewollt hätte.

Sie betrachtete die Mandarinfinken, hörte ein Mozartkonzert, setzte sich an ihr Klavier oder auf den Balkon, folgte mit dem Blick den Flugzeugen, die dem Jura entlang in ferne Städte flogen. Zum Schluß sagte sie sich immer, daß alles gut sei so und daß diese stille Resignation, die sie verspürte, vielleicht auch, auf eine bestimmte Weise, ein Erfolg, eine Errungenschaft sei. Weniger wichtig als der Erfolg von Francesca, weniger strahlend. Aber doch ein Erfolg.

Jedem sein eigenes Schicksal, dachte Cornelia.

3

An diesem Oktobermorgen 1981, am siebten Oktober genau, an einem Mittwoch, kam der Briefträger früher als üblich und hielt Cornelia einen Brief hin, als sie gerade im Begriff war, in ihr Auto zu steigen. Sie erkannte gleich die Farbe des Papiers, die Schrift, die, im Laufe all der Jahre, steil, gerade, voller Willenskraft geblieben war.

«Danke», sagt Cornelia zum Briefträger, «schönen Tag!»

Seit langem hat Francesca nicht mehr geschrieben. Seit zwei Jahren, rechnet sie aus, während sie den Brief in ihre Handtasche steckt, die Autotüre wieder schließt und startet. Sie weiß schon, daß sie ihn erst mittags öffnen wird, in dem kleinen, alkoholfreien Restaurant, wo sie immer zu Mittag ißt. Vielleicht wartet sie damit sogar bis zum Kaffee. Sie genießt es, die Erwartung hinauszuzögern, sie wird den Brief im Laufe des Vormittags betrachten, ihn berühren, an Francesca denken und wissen, daß sie da ist, ganz nah.

Die Vergangenheit ist da, als wäre alles erst gestern geschehen, Francesca sitzt auf der hintersten Bank in der Kirche, an jenem Sommertag im Jahre 1951. Ganz allein, von den andern getrennt. Ein wenig steif, mit verschlossener Miene. Wie Cornelia an ihr vorbeigeht, am Arm ihres Vaters, im Hochzeitskleid, wird Cornelia einen Moment von Panik ergriffen. Wie wenn man ihr den Boden unter den Füßen wegzöge. Oder wie wenn diese Umgebung – die volle Kirche, die Blumen, die Orgel – nur ein Trugbild wäre. Nur ein paar Sekunden, nicht länger. Niemand hat etwas gemerkt. Nichts hat die Feierlichkeiten gestört. «Ja», hat Cornelia mit fester Stimme gesagt, als der Pfarrer sie gefragt hat, ob sie diesen Mann zum Gatten nehmen will, diesen Guillaume, der ihr Treue versprochen hat. Das Glück allerdings – liegt es an der feindseligen Gegenwart Francescas? – fehlt bei dieser Begegnung. Und wenn ich mich geirrt hätte, wenn ich den falschen Weg eingeschlagen hätte, als ich dieses Leben wählte, dieses einzige Leben, unter all den anderen Lebenswegen, die mir offenstanden?

«Ja», sagt das große dunkle Mädchen auf der Bank im Jardin des Bastions, «ja, ich bin Italienerin, ich komme aus Rom, kennen Sie Rom?» Cornelia erklärt, daß sie eigentlich noch gar nie im Ausland gewesen ist, daß der Krieg ausbrach, als sie neun war. Ich war zwölf, sagt Francesca. Cornelia denkt, daß dieses Mädchen den Kameradinnen, die sie bis jetzt gehabt hat, gar nicht ähnlich sieht. Sie mag den Akzent, der den französischen Wörtern so etwas Singendes gibt und sie an ein Land erinnert, von dem Cornelia nicht viel weiß – einige Clichés, sonst nichts: Der Dolch im Rücken des besiegten Frankreich, die demagogischen Reden Mussolinis und schließlich ein entsetzliches Bild des Diktators, wie er, an den Füßen aufgehängt, auf einem Platz in Mailand baumelt. «Ich möchte einmal nach Rom gehen», sagt Cornelia schüchtern, während sie sich beeilt, ihr Sandwich fertig zu essen, damit sie nicht mehr mit vollem Mund sprechen muß. «Ich suche jemanden, der jeden Tag ein paar Stunden mit mir Französisch spricht», sagt Francesca, «und ich bringe ihm Italienisch bei, könnten Sie mir helfen?» Cornelia hat einen Augenblick nachgedacht, und dann, diese Kühnheit, sagte Cornelia, die sonst so wenig Selbstvertrauen hat: «Wären Sie damit einverstanden, wenn ich das machen würde?» Und sie fügt, wie um sich zu entschuldigen, hinzu: «Ich möchte schon lange Italienisch lernen» – was gar nicht stimmt.

An diesem Oktobermorgen, im Auto, den Brief von Francesca in der Tasche, erinnert sie sich an die Angst, die sie während des kurzen Schweigens, das folgte, empfand. Und dann Francescas Lächeln: «Möchten Sie wirklich? Das ist, wie sagt man nur auf französisch, das ist wunderbar!»

Meine erste Freundin. Meine einzige Freundin.

Ihre Spaziergänge. Am See. Der Rhone entlang. Die Konzerte, die sie gemeinsam genossen. Die Gedichte, die sie zusammen gelesen haben, Montale, Eluard. Ihre endlosen Gespräche. «Ich werde nie heiraten», sagt Francesca, «heute kann man nicht verheiratet sein, ohne zugleich zur Sklavin des Mannes, der Kinder zu werden.» Und sie fügt hinzu: «Ich habe anderes zu tun.» «Aber die Liebe, Francesca?» – «Die Liebe, das ist eine Illusion, eine Falle, hüte dich vor der Liebe, Cornelia . . .»

Und, eines Abends in Francescas Zimmer: «Hör mal, ich habe mich entschlossen, Guillaume zu heiraten . . .» Und dann diese Szene. Peinlich, schmerzlich, oft meidet Cornelia sie in der Erinnerung, wenn sie die Vergangenheit heraufbeschwört. Heute ist sie aber plötzlich ganz klar da, wie mit dem Messer eingraviert. Die Einzelheiten dieses Studentenzimmers, dem nur die Bücher eine persönliche Note verleihen: Die verblichene Tapete, da und dort zerrissen, die häßlichen geblümten Vorhänge und an der Wand ein Farbdruck vom Hafen von Genf. Sie haben sich aufs Bett gesetzt, aber Francesca steht schon wieder auf. Sie sieht noch genau vor sich, wie Francesca auf und ab geht, zuerst schweigend, die Arme verschränkt, wie sie dann vor Cornelia stehenbleibt. Sie ist schön in ihrer Wut, ihr schmales braunes Gesicht, ihr gelocktes Haar, das sie oft schüttelt, so als wollte sie sich dieses allzu weiblichen Attributs entledigen, die Augen sind dunkel geworden. «Mach diese Dummheit nicht, Cornelia, ich flehe dich an, mach das nicht . . .»

Cornelia verteidigt sich wie eine Ertappte, eine Schuldige, schlecht verteidigt sie sich; sie merkt selbst, daß das, was sie sagt, falsch tönt. «Wenn du glaubst, daß du diesen Jungen liebst, so schlaf mit ihm, aber heirate ihn nicht!» Und Cornelia spürt, wie ihr das Blut ins Gesicht schießt: Sich vor Guillaume nackt zeigen, sich ihm hingeben, das ist es doch, was sie sogar noch davon abhalten könnte, ihn zu heiraten. Sie hat noch gar nicht gewagt, dieser Seite der Ehe ins Gesicht zu sehen. Das ist es doch nicht, was sie will, was sie sucht. «Aber was dann?» schreit Francesca. «Erklär mir das!» Cornelia versucht ungeschickt: «Etwas aufbauen, zusammen sein, Kinder haben, zusammen glücklich werden . . .» «Und dein Studium?» schreit Francesca wieder, die Lippen weiß vor Wut. Cornelia beteuert, sie werde ihr Studium nicht aufgeben, das komme gar nicht in Betracht, im Gegenteil, alles wird viel leichter sein, weil Guillaume denselben Beruf hat wie sie. «Wir arbeiten dann zusammen», sagt sie und weiß ganz plötzlich, daß sie nicht daran glaubt, daß ihre Zukunft ganz anders aussehen wird und daß sie sich damit schon abgefunden hat. Francesca redete lange auf sie ein, aber zum erstenmal hörte Cornelia nicht hin. Tief in ihr drin hatte jemand die Wahl schon getroffen: Sie würde Guillaume heiraten, ihm bei seinem Studium behilflich sein, das eigene vielleicht später wieder aufnehmen, wenn irgend möglich. «Du wirst die Sklavin dieses Typs sein!» schreit Francesca. Und nach kurzem Schweigen viel ruhiger: «Das ist schlimm, was du da tust, Cornelia, du gibst dein eigenes Leben auf, du dankst ab, bevor du es überhaupt richtig versucht hast.»

Sie sahen sich bis zum Hochzeitstag, bis zu der Begegnung in der Kirche, nicht wieder.

4

Wie jeden Morgen hat Cornelia ihren Wagen auf dem für sie reservierten Parkfeld abgestellt, sie hat den Mechanikern guten Tag gesagt, ist in ihren kleinen gläsernen Käfig gegangen. Die Verkäufer sind noch nicht eingetroffen: Immer häufiger versäumen sie die Sitzung, die der Verkaufschef ihnen jeden Tag um halb neun aufzudrängen sucht. Cornelia nimmt mit gezielten Bewegungen die Hülle von ihrer Schreibmaschine, öffnet die Post, die der Lehrling ihr mit der gelangweilten Miene, die er immer zur Schau trägt, gebracht hat. Sie überfliegt die Briefe, verteilt sie in verschiedenfarbige Umschläge, die der Lehrling dann wieder abholt, um sie den Empfängern zu überbringen. Und dann beginnt die Arbeit, die tägliche Routine. Es gibt eine beschränkte Anzahl von möglichen Situationen, das weiß Cornelia inzwischen, nur ganz wenig Unvorhergesehenes, alles rollt ab, ohne irgendwo anzustoßen, ohne Überraschung. Fast nie muß sie improvisieren oder eine Entscheidung fällen. Aber sie bedauert es nicht, fühlt vielmehr eine gewisse Sicherheit bei dem Gedanken, daß nichts die Ordnung der kleinen Welt erschüttern wird, in der sie ihren Platz gefunden hat. Wie ihr Privatleben hat auch ihre Arbeit keine Geschichte, keine Entwicklung, wiederholt sich, allerdings ist sie doch irgendwie reich, auf eine Art, die sie weder beschreiben noch definieren kann, und der Grund dafür besteht vielleicht nur darin, daß sie alles so, wie es ist, akzeptiert hat.

Eine Variante heute, eine kleine Veränderung im Ablauf dieses Vormittags: Léonce kommt um neun in ihren Glaskäfig, setzt sich in den Lehnstuhl, der eigentlich für die Kunden reserviert ist, ohne sich darum zu kümmern, ob Cornelia eigentlich Zeit für ihn hat. Er muß irgend jemanden anschreien können, weil er diesen widerlichen Beruf so satt hat, weil er es nicht mehr erträgt, die Luftverschmutzung immer noch zu verschlimmern, indem er Autos verkauft: «Jeder Wagen, der in Verkehr gesetzt wird, bringt den Zeitpunkt der endgültigen Katastrophe ein bißchen näher.» Und übrigens, fügt er dann ohne Übergang hinzu, hat ihm Gaël, dieser Schweinehund, gestern nachmittag einen Kunden gestohlen: Das ist nun der zehnte, den er ihm abspenstig macht, einfach so, seit Anfang des Jahres, ungefähr einen pro Monat. Und die Direktion tut nichts. Oder nimmt sogar für Gaël Partei. Cornelia hört zerstreut zu, ganz auf den Brief in ihrer Tasche gespannt, voller Vorfreude und Erwartung. Sie kann Léonce gut leiden: ein sensibler Typ, gebildet, als Autoverkäufer eigentlich nicht geeignet, das ist klar. Wie sie selbst auch nicht dazu gemacht ist, die Tage in diesem gläsernen Käfig beim Tippen eintöniger Briefe zu verbringen. Aber er hat noch nicht gelernt, zu resignieren, sich zu bescheiden. Er ist zwar älter als sie. Er wird es nie lernen, denkt Cornelia, es gibt Menschen, vor allem Männer, die bis zu ihrer letzten Stunde in dieser Hinsicht Kinder bleiben. Bald wird sie ihm, zusammen mit seiner Tasse Kaffee, einen Riegel Schokolade bringen.

Um fünf nach zwölf, auf dem Weg zum Restaurant, eine letzte Erinnerung: Sie sitzen, Cornelia und Francesca, zu Füßen des Campanile auf dem Markusplatz. Es ist 1971, ein Jahr nach Cornelias Scheidung. «Zieh zu mir nach Rom», sagt Francesca, «du bist noch jung, ich werde dich mit neuen Menschen bekannt machen, du wirst eine interessante Arbeit finden, du beginnst ein neues Leben.»

Sie erinnert sich: Ein Orchester spielte Walzer für die deutschen Touristen, es war ein noch warmer Septembertag, der Stein, auf dem sie saßen, fühlte sich glatt an unter den Fingern, abgegriffen und weich. Die Luft war von unendlicher Zartheit.

«Ich kann nicht», hat Cornelia gesagt, «du vergißt die Kinder, was wird aus den Kindern?»

«Es gibt doch gute Internate in der Schweiz, nicht?» hat Francesca mit jener dumpfen Heftigkeit geantwortet, die Cornelia aus ihrer Jugend kennt. «Du wirst dich doch nicht für sie aufopfern. In einigen Jahren verlassen sie dich ohnehin, und dann bist du allein.»

«Ich kann nicht», hat Cornelia geantwortet.

Sie hat gespürt, wie sie ganz steif wird, ganz hart innerlich. Vielleicht, weil sie ihrer Entscheidung nicht sicher ist, weil sie Angst davor hat, sich warmen, farbigen Bildern zu überlassen, ein Leben in Rom, die Gegenwart Francescas, die Freunde Francescas. Ein anderer Mann, wer weiß ...

«Eines Tages wirst du es bereuen», hat Francesca gesagt.

Cornelia hat den Kopf geschüttelt: «Nein, ich glaube nicht, nein», und in Lugano, vor fünf Jahren, hat sie ohne Bitterkeit gesagt: «Ich habe gewählt, es ist zu spät, ich habe mein Leben gewählt.»

Doch nun, heute morgen, denkt sie, einen Brief von Francesca in ihrer Tasche: «Wenn das nun doch nicht wahr wäre, wenn ich gar nicht gewählt habe, weder Guillaume noch die Kinder noch die Einsamkeit.»

Gegen Ende der Mahlzeit, vor dem Becher mit Fruchtsalat, in diesem langweilig eingerichteten kleinen Restaurant, in dem vor allem ältere Leute verkehren, hat Cornelia endlich Francescas Brief geöffnet, nachdem sie noch einmal die Adresse gelesen hat, die von dieser schmalen braunen Hand mit den etwas vortretenden Venen geschrieben worden ist, an die sie sich erinnert.

Cornelia V. sitzt auf dem mit Kunstleder überzogenen Bänkchen, in ihrem grauen Tailleur, die Handtasche neben sich. Ich beobachte sie und sehe, wie sie totenblaß wird und ihre Hände zu zittern beginnen. Sie hat sehr schnell gelesen, scheint es, ein einziges Mal nur, und dann steckt sie den Brief in den Umschlag zurück und den Umschlag in die Tasche und schließt sie wieder. Sie sitzt bewegungslos da, die Augen starr nach vorn gerichtet, die Zähne aufeinandergepreßt. Auf sich zurückgeworfen, zusammengestaucht, wie jemand, der einen Schlag auf den Kopf bekommen hat und im Begriff ist, in Ohnmacht zu fallen.

Francesca macht keine Umwege, keine Andeutungen. Sie war immer direkt, schonungslos, hart mit sich selbst wie mit jenen, die sie liebte: «Sie haben mir gesagt, die Operation sei erfolgreich verlaufen, aber ich weiß sehr gut, daß sie mich belogen haben. Ich habe jetzt Metastasen in der Lunge. Sie reden von einer weiteren Operation, aber ich weigere mich. Ich möchte dich noch einmal sehen, Cornelia, solange ich noch ein bißchen ansehnlich bin. Was sollen wir tun? Ich habe die Kraft für eine Reise nach Genf nicht mehr.» Cornelia ist verdattert. Für einen Augenblick unfähig, einen Gedanken zu fassen. Versucht sogar zu vergessen, was sie soeben gelesen hat, die glücklichen Gedanken von vorhin wiederzufinden, die Freude von vorhin. Der Bahnhof von Lugano, Francesca winkt an der Tür, während der Zug nach Mailand langsam anrollt. Sie sieht jung aus, man würde nie denken, daß sie neunundvierzig ist. «Auf bald», sagt sie fröhlich. «Auf bald», sagt Cornelia. Und jetzt stirbt Francesca. Versuchen, sich in diese unerträgliche Wirklichkeit zu versenken, es wagen, ihr ins Gesicht zu sehen, hier auf dieser Kunstlederbank, vor diesem Becher mit Fruchtsalat. Die vertraute Umgebung ist in Blitze zerborsten, in ihre Elemente zerschellt sind die kleinen Alten, die ihren Kräutertee nippen und dabei die Tageszeitung überfliegen. Dieser Luftzug von draußen, diese Gewalt, dieses Drama. Wie nur findet sie die Kraft, das auszuhalten?

«Ich werde nach Rom fahren», denkt Cornelia, sobald sie ruhiger geworden ist. «Sofort. Am nächsten Wochenende. Übermorgen abend.»

Und einige Stunden später, als sie in ihrem Büro erfährt, daß im Nachtzug am Freitag keine Couchettes mehr frei sind, macht sie wie ein Automat etwas, von dem sie nie geglaubt hätte, sie würde es einfach so tun: Die Swissair anrufen und einen Platz an Bord des Flugzeugs reservieren, das um 18 Uhr am Freitag nach Rom abfliegt. Dann gibt sie telefonisch ein Telegramm an Francesca auf: «Ich bin Samstagmorgen bei dir. Ich umarme dich.»

Und dann macht sie ihre Arbeit wie immer und gibt dabei acht, daß niemand ihren Kummer bemerkt.

5

Was Peter betrifft, so stelle ich mir vor, daß alles etwa so verlaufen ist:

«Wie hast du dich entschieden?» hat er Joan, seine Frau, gefragt. «Kommst du mit?»

Sie sitzen auf der Terrasse ihrer Villa mit Blick auf den See. Es ist derselbe Mittwochabend, 7. Oktober 1981. Die Sonne ist hinter dem Jura untergegangen, und es wird kühl. «Es ist wirklich schon Herbst», bemerkt Peter.

Joan, seine Frau, weiß einfach nicht, ob sie Lust hat mitzukommen. Einerseits ja, andererseits nein. Sie möchte gerne ihre amerikanischen Freunde wiedersehen, die in Porto Santo Stefano in den Ferien sind. Aber wie viele Kilometer sind es von Rom bis Porto Santo Stefano?

«Etwa hundert, denke ich.»

Joan fügt hinzu, daß sie diesen Mietwagen nicht traut. Erinnert er sich noch an die verrostete Schraube, die sie in Madrid, mitten im Verkehr, im Stich gelassen hat? «Das war doch eine Ausnahme», sagt er.

«Wie stellst du dir das genau vor?» fragt Joan und zündet eine Zigarette an. Er erklärt alles mit viel Geduld noch einmal: Am Freitagabend nehmen sie das Flugzeug, verbringen die Nacht in Rom, fahren am Samstag frühmorgens los nach Porto Santo Stefano und kommen am Montagmorgen nach Rom zurück. «Wenn du willst, können wir auch den Alitalia-Flug am Samstagmorgen nehmen.»

«Du jedenfalls», sagt Joan, «wirst von Rom aus am Montagnachmittag in die Türkei fliegen?»

«Ja», sagt er, «aber dich hindert doch nichts daran, noch ein bis zwei Tage in Rom zu bleiben.»

«Ich weiß nicht», sagt Joan, «ich weiß wirklich nicht.»

«Komm mit», sagt Peter, «es würde mich freuen, wenn wir diese Reise zusammen machen würden.»

«Ich möchte noch darüber nachdenken», sagt Joan, «ich gebe dir morgen Bescheid.»

Am nächsten Tag, am Donnerstag, mitten am Nachmittag, hat sie ihn im Büro angerufen: Nein, wirklich, sie hat keine Lust, diese lange Reise zu machen, nur um dann allein in Rom zu sein. «Ein andermal», sagt sie. So hat denn Peter H. sich entschlossen, am Samstagmorgen zu fliegen, und er hat Alitalia angerufen: «Der Flug ist ausgebucht», hat man ihm geantwortet, «möchten Sie auf die Warteliste?» «Nein», hat Peter gesagt und bei Swissair angerufen: «Haben Sie noch einen Platz am Freitagabend?» Eine sanfte Stimme hat bejaht.

Er hat weitergearbeitet und dabei gedacht, daß Joan immer launischer wird und daß diese Reise ihm zuwider ist. Obschon er wirklich Lust hat, Chris und Max zu sehen, möchte er jetzt doch am liebsten direkt nach Ankara fliegen. Aber jetzt kann er nicht mehr zurück.

Er bittet seine Sekretärin, ihm ein Zimmer in dem Hotel zu reservieren, wo er gewöhnlich absteigt.

6

Cornelia auf dem Balkon. Es ist Donnerstag, Donnerstag 8. Oktober, 18 Uhr 30, das Flugzeug nach Rom ist schon abgeflogen. Andere Flugzeuge fliegen der Linie der Jurahöhe entlang, gewinnen hier an Höhe und verschwinden dann eins nach dem andern in der Tiefe des Himmels, verschluckt von dem grauen Dunst, der die Nacht ankündigt: Sie hören einfach auf zu existieren, und Cornelia kann nicht anders, als sich die Passagiere vorzustellen, angeschnallt an ihre Sessel, reihenweise tote Passagiere, für immer verloren für die Erde.

Morgen.

Die Angst dreht ihr den Magen um – verursacht ihr Übelkeit.

Sie versucht, nicht daran zu denken, und sieht auf den See hinaus, das rechte Ufer dort drüben und diese sanfte Rundung der Hügel am Jurafuß, dort, wo sie in den nächsten Monaten dann immer wieder die Lage eines bestimmten Hauses suchen wird.

Heute weiß sie noch nichts von diesem Haus, das doch so nahe liegt, so nahe in der Zeit. Sie weiß auch nicht, daß dieser Teil des Sees, der, zusammengedrängt zwischen den Ufern, eher an einen sehr träg fließenden Fluß erinnert, in einigen Tagen für sie zu einem Symbol werden wird, das, je nachdem, verbindet oder trennt. Sie weiß auch nicht, wie sollte sie auch, daß sie diesen See, dieses azurblaue oder schiefergraue Tuch, diese Falle für Glanzlichter, heute zum letztenmal so sieht: als See, der außerhalb von ihr ist, der einfach da liegt und keine besondere Bedeutung hat.

Sie weiß nur, daß sie Angst hat. Und weil sie nichts davon ablenken kann, versucht sie wenigstens, diese Angst zu analysieren. Ihr ist klar, daß sie vor allem die Vorstellung schreckt, in ein Flugzeug steigen zu müssen: diese Leere um sie her, unter ihr, davon dreht sich ihr schon der Kopf, es genügt, daran zu denken, und sie hat Herzklopfen.

Sie weiß auch, daß sich dieser Angst eine andere anfügt: die Angst, Francesca sehr krank zu sehen, schon vom Tode gezeichnet – was soll sie dann sagen, welche Worte finden, wird Zärtlichkeit die Distanz überbrücken können, die sie von jetzt an trennt? Aber unterschwellig zu diesen beiden Ängsten auch noch eine andere, konfuse Angst, ohne Gegenstand, ein Unbehagen im ganzen Körper. Später wird es für sie leicht sein, sie zu bannen: die Vorahnung. Doch in diesem Augenblick gibt sie ihr keinen Namen, sie fühlt sie nur, hingekauert auf ihrem Leinensessel, während draußen ein Flugzeug, größer als die anderen, vorbeifliegt, schwer, drohend mit seinem dumpfen Brummen, ein Flugzeug, das in seinem Innern alle Ängste der Erde mit sich trägt. Sie folgt ihm mit den Augen, wartet, bis es nur noch ein kleiner schwarzer Punkt ist, der von den Wolken verschluckt wird, die sich im Osten auftürmen. Dann steht sie auf, geht ins Wohnzimmer und schließt sorgfältig die Glastüre hinter sich.

Und hier im Wohnzimmer auf einmal der Drang, alles zu berühren. Die Sessel, einen nach dem andern, das Sofa, das Bücherregal, den Plattenspieler, das Klavier vor allem, die Tasten, das Elfenbein unter ihren Fingern, dessen Kühle sie seltsamerweise beruhigt, und den Käfig mit den Mandarinfinken. Sie verweilt davor, die Vögel fühlen sich beobachtet, beginnen in alle Richtungen zu flattern und schmiegen sich schließlich eng aneinander. Cornelia möchte sie auch berühren, sie stellt sich die Wärme an ihren Handflächen vor, ihr verängstigtes Herzklopfen, die unglaubliche Weichheit der kleinen rosafarbenen und grauen Federn. Sie möchte alles berühren, betasten, an sich pressen, alles, was sie in all den Jahren zusammengetragen, angehäuft, aufgebaut hat, als handle es sich um

Bruchstücke ihres Lebens, um Teile von ihr selbst, all das ist an diesem Abend so gefährdet, so unsicher.

«Ich werde nicht weggehen», denkt sie.

«Ich werde nicht fahren», sagt sie mit lauter Stimme, und sie weiß sehr gut, daß es zu spät ist: Das Flugticket liegt da auf dem Tisch, das Telegramm an Francesca ist schon lange abgeschickt, und ein Reisebüro hat für sie ein Zimmer in einem kleinen Hotel reserviert, ein einfaches Zimmer, hat man ihr gesagt, aber nur einige Schritte vom Pincio entfernt, im schönsten Quartier von Rom.

Alles ist entschieden. Irgend jemand anderes, so scheint es ihr, hat an ihrer Stelle entschieden, hat für sie gehandelt. Jemand, der sich in ihr geregt hat, in dem Moment, als sie den Brief von Francesca gelesen hat, und der sie jetzt im Stich läßt. Warum habe ich nicht gewartet? Nächste Woche, in vierzehn Tagen hätte ich einen Liegewagenplatz im Nachtzug haben können. Ich hätte Zeit gehabt, mich vorzubereiten, mich zu gewöhnen. Was soll sie von dieser Eile halten, die so wenig zu ihr paßt?

Bevor sie ins Bett ging, stand sie noch lange im Nachthemd vor dem Spiegel im Badezimmer und sah sich an. Sie berührte ihre Wangen, ihre Stirn, ihre Augen, ihren Mund, ihre Haare, mit zögernden Bewegungen, erstaunt – genau so, ja genau so, wie sie vor wenigen Augenblicken im Wohnzimmer die Gegenstände um sich berührt hatte, diesen zerbrechlichen Wall um sich, diese Schutzmauer gegen was?

7

Als sie den Flughafen betritt, hat Cornelia das Gefühl, ohne jeglichen Übergang ins 21. Jahrhundert geschleudert zu werden, mitten unter Menschen, die alle Regeln kennen, die heimisch sind in einer Welt, von der sie keine Ahnung hat. Die Reisenden gehen und kommen, beeilen sich, stoßen Gepäckwagen vor sich her, offenbar ohne sich irgendwelche Fragen zu stellen, was die Richtung betrifft, die sie einschlagen müssen, und auch ohne auf die flüchtigen Ankündigungen zu hören, die Cornelia vergeblich zu erfassen sucht, immer überzeugt, daß von dem Flugzeug, das um 18 Uhr 15 nach Rom startet, die Rede ist. Wie soll sie sich in diesem Labyrinth zurechtfinden? Zufällig, weil sie ein Schild gesehen hat mit der Aufschrift ABFLUG, wirft sich Cornelia auf eine Rolltreppe, ihren kleinen roten Koffer an den Körper gepreßt. Erreicht einen Schalter. «Ihre Bordkarte, Ihren Ausweis bitte», sagt jemand in arrogantem Ton. «Hier ist mein Paß», sagt Cornelia, «aber ich habe keine Bordkarte.» «Dann holen Sie sie», sagt der Beamte. «Wo?» fragt Cornelia schüchtern. Er macht mit der Hand eine vage Geste und murmelt etwas, was sie nicht versteht.

Sie geht wieder die Treppe hinunter. Immer zufällig. Dieser Flughafen ist eine Welt, in der es für Cornelia und ihren kleinen roten Koffer keinen Platz gibt. Eine Welt für Geschäftsherren und mutige Frauen wie Francesca. Cornelia denkt an ihre Vögel, die sie einer Nachbarin anvertraut hat, an die heruntergelassenen Jalousien in ihrer Wohnung, klammert sich sogar an das vertraute Bild des gläsernen Käfigs, an das der schön geordneten Bleistifte neben ihrer Schreibmaschine, des durchsichtigen Lineals, des Lochers, der kleinen Maschine mit Klebeband. Das alles ist so weit weg, wie wenn die Reise schon vorüber, wie wenn sie schon angekommen wäre in einer unbekannten und ungastlichen Stadt. Jetzt steht sie wieder in der großen Eingangshalle mit diesen langen Reihen kleiner Häuschen. CHECK IN. Was heißt den das: «Check in»? Cornelia bedauert, daß sie nicht besser Englisch kann, ihr Wortschatz ist beschränkt auf das, was sie in der Garage braucht, und das ist immer dasselbe: «To check», denkt sie. Kontrollieren bedeutet das zweifellos. Aber «in», wie erklärt sich dieses «in», das eine verborgene Bedeutung haben muß, eine mystische gewissermaßen, weil es fähig ist, den Sinn dieses «check» vollständig zu ändern, so sehr, daß Cornelia, als sie sich nun einer rotgekleideten Hosteß nähert, sicher ist, daß sie wieder eine schreckliche Dummheit begehen, sich wieder lächerlich machen wird. Cornelia wühlt in ihrer vollen Handtasche, findet endlich das Billett. «Haben Sie Gepäck?» fragt die Hosteß. «Nur diesen Koffer.» «Wollen Sie ihn aufgeben?» «Ja», sagt Cornelia und merkt zu spät, daß sie ihn mit sich hätte an Bord nehmen können. Schon entfernt sich der kleine rote Koffer auf einem Förderband, nimmt schwankend eine Kurve und verschwindet. Die Hosteß gibt Cornelia ihr Ticket zurück, mit einem Stück Karton dazu. Ausgang 23, sagt sie, um 17 Uhr 40.

Ohne ihren Koffer ist Cornelia noch mehr verloren. Sie nimmt wieder die Rolltreppe, findet den Schalter von vorhin, hat das Gefühl, sie hätte wieder etwas vergessen oder verloren – dieses Entsetzen, das sie erfaßt bei dem Gedanken, daß ihr Koffer sich in diesem riesigen Flughafen verirren könnte, daß er in Djibouti, wer weiß, oder in

Rio landen könnte, wo es doch so einfach, so beruhigend gewesen wäre, sich nicht davon zu trennen.

Sie geht jetzt durch einen endlosen Gang und kommt außer Atem bei dem Ausgang Nummer 23 an. Sie ist sehr schnell gegangen aus Angst, zu spät zu kommen. Es ist 17 Uhr 15. Beim Ausgang Nummer 23 erwartet sie eine seltsame Einrichtung: Sie imitiert die anderen Reisenden, die so unerschütterlich scheinen, streckt ihre Handtasche hin, sieht, wie sie auf einem anderen Rollband davongleitet, begreift, daß man sie mit Röntgenstrahlen durchleuchtet, erinnert sich plötzlich an Flugzeugentführungen, an Attentate, an Terroristen, und es belustigt sie einen Augenblick, daß man auch sie verdächtigt, eine Waffe versteckt zu haben. Uff, das ist jetzt überstanden, sie hat ihre Handtasche wieder an sich genommen, hat sich in einem verglasten kreisförmigen Wartesaal, von dem aus man die Abflug- und Landepisten und nur ein paar Schritte entfernt riesige, unbewegliche Flugzeuge sieht, auf eine Bank gesetzt. Cornelia zündet eine Zigarette an, lehnt sich zurück und wartet darauf, daß dieses innere Zittern verschwindet, das sie bis jetzt nicht bemerkt hat. Sie atmet tief ein und fühlt plötzlich eine Art Erleichterung: Jetzt ist es unmöglich zurückzugehen, all diese Hindernisse, die sie eines nach dem andern genommen hat, in umgekehrter Richtung noch einmal zu überwinden. Jetzt gibt es keine Wahl mehr, keine Alternative. Ihr Leben gehört ihr nicht mehr, sie ist jetzt einem Mechanismus ausgeliefert, den sie zwar in Gang gesetzt, aber den sie nicht mehr kontrollieren kann. Ihr bleibt nichts anderes mehr übrig, als sich gehen zu lassen, sich anzuvertrauen. Ohne daß die Angst sie ganz verlassen würde, diese Angst, die wie eine Melodie dumpf in ihr hallt, fühlt sie sich doch fast wohl und schließt einen Augenblick die Augen.

Seit Jahren hat sie sich nie mehr erlaubt, die Verantwortung für sich selbst so abzugeben.

Lange nach 17 Uhr 40, nämlich um 18 Uhr 05, kündigt eine melodische Stimme endlich an, daß die Passagiere nach Rom sich für den Abflug bereitmachen sollten. Über einer der Türen in der Rotunde blinkt ein Licht. Wie die andern ist Cornelia aufgestanden und geht auf die Türe zu. Die Menge drängt von allen Seiten. Sie hat ihr Ticket aus der Handtasche genommen, hält es in der Hand, rückt vor, mit klopfendem Herzen, fühlt diesen Druck auf den Schläfen.

«Sie müssen Ihre Boarding-Karte zeigen, nicht ihr Tikket.»

Sie dreht sich um, bemerkt, daß sie sich an einen großen blonden Mann gelehnt hat. Ein Jackett aus Tweed, eine Schärpe um den Hals. Wie all die andern scheint er vollkommen ruhig zu sein. Das ist auch einer dieser neuen Menschen, die sich so gut an die Riten des internationalen Flugverkehrs angepaßt haben. Aber er behandelt sie nicht wie eine Verrückte, nein, im Gegenteil, er hat sehr freundlich mit ihr gesprochen. Ihre Blicke kreuzen sich, bleiben einen Augenblick ineinander verknüpft, ein kaum fühlbares Zögern im Ablauf der Zeit wie das Zittern einer Kerzenflamme, die von einem leichten Luftzug gestreift wird.

«Danke», sagt Cornelia.

Sie wühlt wieder in ihrer Handtasche. Sie hat geglaubt, daß sie diese verdammte Boarding-Karte nicht mehr braucht, wo hat sie sie nur hingesteckt? Endlich findet sie

sie, genau in dem Augenblick, da sie die Türe erreicht, und dreht sich nochmals um: «Danke», wiederholt sie.

Aber der blonde Typ ist nicht mehr da, er ist von der Menge nach rechts gespült worden, hinter ihr steht nun ein kleiner Japaner mit einer Kamera vor dem Bauch.

Und nun geht Cornelia mit all den andern in der Abendfrische auf das große metallene Ungeheuer zu, erklettert die Treppe, tritt ein ins Innerste dessen, was ihre Furcht erregt, und sanfte Musik empfängt sie. Sie setzt sich einfach irgendwohin und merkt zu spät, daß sie sich neben dem Fenster vor dem Flügel befindet und daß sie so die ganze Zeit Gelegenheit haben wird, ins Leere zu blikken. «Ich werde nicht hinsehen», denkt sie, «nichts hindert mich daran, die Augen während der ganzen Reise geschlossen zu halten.» Die Leute setzen sich, verstauen ihre Koffer in den Gepäcknetzen, ziehen den Mantel aus, schließen ihren Sicherheitsgurt. Cornelia sucht die beiden Enden ihres Gurts – natürlich, sie sitzt darauf –, versucht herauszufinden, wie der Verschluß funktioniert, ist wütend über ihre ungeschickten Hände, die ein leichtes seniles Zittern schüttelt. Eine melodiöse Stimme begrüßt die Passagiere, lädt sie ein, ihren Sitz in senkrechte Stellung zu bringen – mein Gott, wie macht man das? – und nicht zu rauchen. Jetzt rollt das Flugzeug langsam auf die Piste. Cornelia versucht, tief zu atmen, so wie man sie das früher gelehrt hat, als sie Yogakurse besuchte, um mit ihrer Scheidung besser zurechtzukommen. Die Angst ist immer noch da. Aber auch jenes Gefühl der Erleichterung bei dem Gedanken, daß alles gelaufen ist, daß man sich jetzt um sie kümmert, alles für sie macht, und ganz tief in ihr drin ist doch noch etwas anderes, was, das ist schwer zu sagen, dieses Zittern einer Flamme plötzlich, dieses

Nichts. Nachdem das Flugzeug einen Moment still gestanden ist, rollt es jetzt mit höchster Geschwindigkeit unter lautem Röhren der Antriebssysteme dahin. An die Lehne ihres Sessels geklebt, zählt Cornelia die Sekunden, fünf, zehn, nie wird sich das Flugzeug vom Boden lösen können, diese riesige Masse, wie wäre das auch nur möglich, schon weiß sie, daß es abstürzt, zerschellt. Fünfzehn Sekunden, der Boden ist hart unter den Rädern. Zwanzig Sekunden und plötzlich dieses Schwindelgefühl, der Kopf dreht sich ihr, das Herz klopft bis zum Hals, die Erde ist eine Landkarte, schräg geneigt unter dem Fenster, schon weit weg, der See, die beiden Ufer wie eine Postkarte, die man verkehrt in die Mitte einer Seite geklebt hat.

Cornelia schließt die Augen. Um dem Eindruck der Leere zu entrinnen, aber auch, weil sie allein sein will, damit sie dieses Abenteuer intensiver lebt, das für die anderen Passagiere offenbar alltäglich ist, alle scheinen sie so entspannt und gleichgültig, als säßen sie in einem Autobus. Und mit geschlossenen Augen, dem Schrecken, dem Schwindel und zugleich einer Art Verzauberung ausgeliefert, sieht sie sich wieder, herausgenommen aus der Zeit, in den Himmel entfliegen. Da sind Bäume und das Dach eines Hauses. Eine sehr kleine Cornelia, Jahre zurück, stößt mit einem Schwung aus den Hüften ab, der sie in die Höhe, in den blauen Himmel katapultiert, in die Freiheit, in die Freude. Mit bis zum Hals klopfendem Herzen wie jetzt und diesem Schwindelgefühl, so nahe an der Lust wie jetzt.

Was ist das für eine Erinnerung?

Cornelia öffnet die Augen, das Flugzeug ist immer noch über dem See. Die Angst entschwindet allmählich, löst sich auf wie die weißen Wolken, die langsam in diesem unbekannten Universum dahinfliegen, die Angst macht einem Taumel Platz.

Was für ein Taumel?

Wieder diese Erinnerung. Cornelia ist schon geflogen, sie weiß das. Was sie jetzt empfindet, hat sie vor langer Zeit schon einmal gefühlt. Aber wann und wo? Wie soll sie das herausfinden, wenn sie doch jetzt keinen Gedanken fassen kann?

Und doch ... «Ich werde die Wipfel der Bäume berühren», sagt irgendwo eine frühere Cornelia voller Kühnheit und Fröhlichkeit. Ihre Hände halten irgend etwas, sie weiß es jetzt, ihre beiden Hände klammern sich um Seile. Noch eine kleine Anstrengung: Und die Erinnerung ist da. Ein großer Park, ja und Bäume, ein Haus. Eine Schaukel. Wie alt ist Cornelia? Fünf, sechs Jahre? Sie entdeckt die Freude, die Schwerkraft zu überwinden, die Füße nach oben den Baumwipfeln entgegengestreckt, den Blick gegen den Himmel gerichtet, die Finger fest um die Seile verankert.

Ich fliege, ich kann fliegen.

Aber was sind das für Hände, die die Schaukel ergriffen, sie gestoppt haben? Was sind das für Hände, die auf Cornelia einschlagen, auf ihre Arme, ihr Gesicht, ihre Haare? «Kleiner Unglücksrabe, du bringst dich um.»

«Kleiner Unglücksrabe, du bringst dich um», sagt Cornelia ganz leise in dem Flugzeug, das sie nach Rom bringt. Wie konnte sie nur so viele Jahre lang diesen Satz vergessen, diese harten Hände, die sie aus ihrem Glück herausgerissen haben? Ist dieses kleine Geschehnis daran schuld, daß ich mein ganzes Leben lang solche Angst vor dem Fliegen hatte?

Eine Männerstimme mit starkem deutschem Akzent sagt, daß das Flugzeug jetzt die Alpen überquert und daß das Wetter in Rom schön ist. Schneebedeckte Gipfel tauchen im Abendlicht wie friedliche Inseln aus den Wolken auf. Zwei Hostessen verteilen die Eßtablets.

Cornelia richtet sich sanft ein in dieser Welt, die nicht zu vergleichen ist mit der, die sie hinter sich läßt – ihren Alltag, die Mandarinfinken, den gläsernen Käfig. Es ist, wie wenn ich mich selbst verlassen hätte, denkt sie.

Das Flugzeug ist, ohne zu holpern, auf der Piste des Flugplatzes von Fiumicino gelandet.

Schwankenden Schrittes, mit einem Gefühl, als ginge sie auf Watte, ist Cornelia beim Gepäckband angelangt, um hier ihren Koffer in Empfang zu nehmen. Sie hat lange warten müssen und gesehen, wie der Autobus nach Rom genau in dem Augenblick wegfährt, da sie durch die letzte Tür hinaustritt.

Sie steht da, ohne zu wissen, was sie jetzt tun soll; sie stellt den Koffer neben sich und versucht nachzudenken.

Und genau da hielt er mit seinem Mietwagen vor ihr, den man ihm soeben ausgehändigt hatte und der wahrscheinlich, wie das seine Frau befürchtete, ein unzuverlässiges Gefährt war.

«Wenn Sie wollen, fahre ich Sie nach Rom.»

Und als sie ihn ansieht, zittert wieder die Flamme der kleinen Kerze kaum merklich. Und zum drittenmal sagt sie: «Danke!»

Er hat den Arm ausgestreckt, um den Koffer entgegenzunehmen, den er auf den Rücksitz gestellt hat, und sie ist eingestiegen und hat sich neben ihn gesetzt.

Das Auto ist in die Nacht hineingefahren, Richtung Rom.

8

Sie weiß wirklich nicht, was sie sagen soll. Immer ist sie so höflich. Sie versucht, einen Satz zu formulieren: «Es ist sehr freundlich von Ihnen, daß Sie angehalten haben.» Oder: «Wie ist das freundlich von Ihnen, daß Sie . . .» Sie hört sich schon sprechen, weiß, daß es falsch tönt, schweigt. Und dann, als die Stille wirklich unerträglich wird, sagt sie irgend etwas: «Es ist heiß, hier ist es noch Sommer.» Und sie öffnet dabei nervös das Fenster.

«Ja», sagt Peter.

Er ist kein Mann, der redet, wenn es nichts zu sagen gibt. Das Schweigen stört ihn nie. Im Augenblick macht ihm der Lärm des Motors, der nicht rund läuft, etwas Sorgen und das Krachen in der Kupplung, wenn er in den zweiten Gang zurückschaltet. Wird dieses verdammte Vehikel es überhaupt bis nach Porto Santo Stefano schaffen?

Cornelia nähert ihr Gesicht dem offenen Fenster. Die Abendluft tut ihr gut. Sie wird sich zusammennehmen, sicher, wird wieder mit beiden Füßen in der Wirklichkeit stehen, die nur banal und gewöhnlich ist. Sie hat das Flugzeug genommen, wie jeder das kann, jetzt ist sie in Rom, und ein freundlicher Reisender ist ihr zweimal zu Hilfe gekommen. Und dann? Kein Grund, so aufgewühlt zu sein, so verloren. Das einzige, das zählt, ist übrigens der Grund ihres Hierseins, die Krankheit Francescas, und daß sie sie gerufen hat. Morgen werde ich sie sehen, denkt sie, und nichts rührt sich in ihr, als wäre sie unfähig, über diesen Abend hinaus zu denken, dieses Schwindelgefühl, das sie nur langsam verläßt, die peinliche Anwesenheit dieses Mannes – er hat sein Halstuch ausgezogen, sein Hemd ist offen, seine Haare wirken wie ein heller Fleck und seine Hände auf dem Steuerrad, was soll sie von seinen Händen denken, und warum sollte ich mir etwas dazu denken? Sie kann dennoch nicht anders als hinsehen: Wie viele Jahre ist es her, daß die Hände eines Mannes auf ihrem Körper lagen?

Etwas sagen, sie muß etwas sagen. Sie erzählt, daß sie zum erstenmal in Rom ist, daß die Reise im Flugzeug ihr sehr kurz erschien, daß es wirklich lächerlich ist, daß sie den Autobus verpaßt hat, daß das wegen ihres Koffers geschah, daß sie diesen kleinen Koffer ja wirklich nicht hätte aufgeben sollen. Peter H. beginnt leise zu lachen. Er antwortet, das sei doch ganz gut so, er sei froh, daß er nicht allein fahren müsse, und übrigens sei der Autobus – bei seiner letzten Reise hat er ihn genommen – schrecklich unbequem. «Ein altes Klappermobil», fügt er hinzu. Und Cornelia fragt ihn, ob sein Akzent vom Englischen komme oder vom Deutschen. Er lacht wieder und sagt: «Weder das eine noch das andere. Raten Sie!»

In Gedanken irrt sie durch die Länder in Nordeuropa – er muß doch nordischen Ursprungs sein mit seinem blonden Haar und den grauen Augen. Sie merkt, daß sie, ohne es zu wissen, genau registriert hat, daß seine Augen grau sind, schon im Flughafen von Cointrin, in dem Moment, da die kleine Flamme in der Luft gezittert hat. Schließlich landet sie bei Norwegen.

«Stimmt», sagt er. «Ich bin Norweger, ich bin in Trondheim geboren, wie Liv Ullmann.»

Sie sagt, daß sie Liv Ullmann sehr mag, daß sie sie im Fernsehen in «Szenen einer Ehe» gesehen hat, eine bemerkenswerte Schauspielerin. Unterdessen fährt der Wagen durch die Vorstädte von Rom. Cornelia sieht im Vorüberfahren Häuser, Plätze, einen Brunnen, sie bemüht sich, diese Bilder in ihrem Gedächtnis zu verankern, als wüßte sie schon, daß diese Orientierungspunkte für sie eines Tages unentbehrlich sein werden. Sie beginnt sich zu entspannen, und plötzlich hat sie einen seltsamen Einfall: Wenn das jetzt das kleine Mädchen von der Schaukel wäre, das kleine Mädchen aus der Zeit vor den Zurechtweisungen, vor den Schlägen. Wenn sie jetzt da im Wagen säße, eine leichte Cornelia, eine kühne, die noch nicht weiß, daß all ihr Schwung, ihr Unternehmungsgeist später immer gebrochen und gebremst werden wird?

Jetzt kommen sie zu persönlicheren Details. Peter erzählt, daß sein Vater Lehrer war und daß er bei der deutschen Invasion, im April 1940, schwer verletzt wurde. Er selbst hat in Oslo Ingenieur-Agronom studiert, und jetzt vertritt er eine große Firma für Landmaschinen, deren europäischer Sitz sich in Genf befindet. Er reist durch ganz Europa, oft auch in die Vereinigten Staaten, aber, so sagt er, er ist immer glücklich, wenn er nach Hause, in seine Villa mit Blick auf den Genfersee, zurückkehren kann. Und nun sind sie beide überrascht, als sie entdekken, daß diese Villa fast genau gegenüber dem Mietshaus am anderen Ufer liegt, in dem Cornelia wohnt. Sie denkt an den gestrigen Abend, den Balkon, den See, das Ufer gegenüber, an ihre Angst, während sie hinaussah, vielleicht schon irgend etwas ahnte. Er erzählt immer noch.

«Ich bin verheiratet», sagt er, «ich habe zwei Töchter, und Sie?»

«Ich bin Witwe», sagt Cornelia sehr schnell.

«Kinder?»

«Nein, ich habe keine Kinder.»

Warum diese Lüge, die sie von sich gar nicht erwartet hat? Sie versteht sich selbst nicht. Lust, eine andere zu sein. Für einen Abend. Nicht einmal das: für einige Augenblicke. Bald wird sie aussteigen, diesen Mann wird sie nie mehr wiedersehen. Nur diese kurze Zeit: Witwe sein, ohne Kinder, und jung, wenig über vierzig.

«Woran ist Ihr Mann gestorben?» fragt er.

«Ein Autounfall», sagt Cornelia, ohne zu zögern.

Und sie stellt es sich mit einer Kaltblütigkeit vor, die sie selbst überrascht: Cornelia, Sie sind doch so sanft, immer so friedfertig – sie stellt sich Guillaume vor, am Straßenrand, zermalmt. Diese Lüge befreit sie von einem alten Groll, den sie sich nie eingestanden hat: Guillaume ist tot, und die beiden feindseligen Jugendlichen, mit denen sie all die vergangenen Jahre einen endlosen Kampf ausfechten mußte und die sie schließlich doch allein gelassen haben, hat es nie gegeben.

«Das tut mir leid», sagt Peter.

Und, nach einem kurzen Schweigen: «Wo ist Ihr Hotel?»

Sie sagt den Namen der Straße, und er fängt an zu lachen: «Das ist wirklich unglaublich. In Genf wohnen wir einander gegenüber, und in Rom liegen unsere Hotels in zwei benachbarten Straßen, kaum hundert Meter voneinander entfernt, vielleicht zweihundert.»

Und jetzt? fragt er sich. Sie absetzen? Den Abend allein verbringen? Er merkt, daß er keine Lust dazu hat.

«Ich schlage Ihnen etwas vor. Wenn unsere Hotels doch schon so nah beieinander liegen, möchten Sie nicht mit mir essen und dann ein wenig die Stadt besichtigen?»

Ohne ihr Zeit für eine Antwort zu lassen, gibt er ihr doch noch Gelegenheit abzulehnen.

«Vorausgesetzt, daß Sie nicht erwartet werden.»

«Mich erwartet niemand», sagt Cornelia mit fester Stimme und: «Ich würde diesen Abend gern mit Ihnen verbringen.»

9

Muß man von diesem Abend berichten? Er ist eigentlich ganz gewöhnlich. Nur für Cornelia ist er außergewöhnlich und irgendwie auch für Peter, der sich, zum erstenmal seit langer Zeit, von den verschiedenen Rollen, die er sonst spielen muß, entlastet fühlt. Man müßte eine Filmkamera haben, um ihnen zu folgen. Ins Restaurant Piazza Navona, wo sie essen, durch die Straßen Roms, durch die Peter trotz der Engpässe Cornelia vorsichtig im Mietwagen hindurchchauffiert, um ihr die Piazza di Spagna, das Kolosseum, die Thermen des Caracalla und einige andere Sehenswürdigkeiten, die man nicht aufzuzählen braucht, zu zeigen. Ich sehe ihre Gesichter in Umrissen, während sie harmlose Bemerkungen austauschen, die, das Bild suggeriert es, etwas zwischen ihnen knüpfen, man weiß noch nicht was. Ich stelle mir vor, wie sich das Gesicht Cornelias allmählich belebt.

«Ich kann nicht tanzen», hat sie gesagt, als er vorgeschlagen hat, den Abend im Pozzo zu beschließen.

«Ich auch nicht», hat er fröhlich geantwortet.

Sie haben Wein von den Castelli getrunken und dennoch getanzt. Cornelia versucht vergeblich, sich zu erinnern, wann sie das letzte Mal getanzt hat. Das muß vor der Geburt der Kinder gewesen sein, ganz am Anfang ihrer Ehe. Und es ist vielleicht genau so lange her, seit sie das letzte Mal von einem Mann umarmt worden ist. Guillaume pflegte seine Frau nicht zu liebkosen. Ein trockener Kuß, wenn sie sich verabschiedeten, und im Bett hat er nie Zeit damit verloren, sie zu umarmen, zu streicheln. Diese Wärme, wirklich, sie findet keine Spur davon in ihrer Erinnerung. Sie haben moderne Tänze getanzt und gelacht, weil sie sich beide dabei recht ungeschickt gezeigt haben, und dann noch einen «Slow», und Cornelia ist zuerst zurückgewichen, als sie an ihrer Wange die Berührung von Peters Wange gespürt hat. Sie hat sich verkrampft. Da hat er sie ein wenig von sich weg gehalten und sie angesehen, als wollte er sagen: «Von mir hast du nichts zu befürchten.» Dann hat er sie wieder in die Arme genommen.

Sie läßt sich gehen. Vorsichtig zuerst. Sie fühlt sich, als wäre sie in einen Eisblock eingeschlossen, der langsam zu schmelzen beginnt. Die Hände, die Arme befreien sich zuerst, dann die Füße, die Beine. Sie fühlt ein Kribbeln darin, als würden unzählige Zellen sich aus einem Gefängnis befreien, würden erst jetzt wieder zu funktionieren beginnen. Ihre Brüste fühlt sie auch, sie sind hart unter ihrer Bluse. Nur ihr Bauch ist noch gefangen im Eis der vielen vergangenen Jahre, der Bauch, der für sie vor allem der Sitz des Schmerzes ist: des Monatsschmerzes, des Penetrationsschmerzes, des Schmerzes bei einer Geburt. Wie kann man diese dicke Schicht zum Schmelzen bringen, die sie einengt? Ist sie es nicht selbst, die sie, ohne es zu wollen, zusammenhält, aus Angst vor dem Auseinanderbrechen, einer Eruption, die sich nicht mehr verbergen ließe?

«Fühlen Sie sich wohl, Cornelia?» fragt er und setzt sich neben sie an ihren Tisch.

«Ja», sagt sie und leert ihr Glas. Die wechselnden Lichter, die weißgekleideten Musiker, die Menge um sie herum, das alles scheint ihr unwirklich. Vielleicht träumt sie. Vielleicht hat sie alles, von Anfang an, geträumt. Vor diese undeutlichen Bilder schiebt sich ein anderes, eins wie aus einer anderen Welt: Sie steht aufrecht auf dem Treppenabsatz vor der Türe ihrer Nachbarin, das war heute, nur vor sieben oder acht Stunden, kaum zu glauben, und sie hält wie eine Reliquie den Käfig mit den Mandarinfinken. Die Vögel hüpfen von einer Stange zur andern. Die Nachbarin mit ihrer blaugepunkteten Schürze und ihrem braunen, um den Kopf gelegten Zopf neigt sich vor, macht alberne Geräusche: «So klein sind sie, so süß, wie rührend.» Ein Geruch nach Zwiebeln dringt aus der Wohnung, und Cornelia erhascht einen Blick auf die gewöhnlichen Möbel, den Fernseher, einen mageren Blumenstrauß. «Sorgen Sie gut für sie», sagt Cornelia, und sie kann sich nicht entschließen, den Käfig aus der Hand zu geben, «vergessen Sie nicht, ihnen zu trinken zu geben.» «Klein, so klein sind sie», wiederholt die Nachbarin und klopft mit dem Fingernagel ans Gitter, «natürlich werde ich gut zu ihnen schauen . . .» Voller Panik haben sich die Vögel in eine Ecke des Käfigs zurückgezogen, einer an den andern geschmiegt sind sie nur noch ein einziges zitterndes Knäuel gesträubter Federn. «Sie sind furchtsam», sagt Cornelia, «man darf sie nicht erschrecken.» «Ich weiß», sagt die Nachbarin und nimmt den Käfig, «machen Sie sich keine Sorgen.» Cornelia steht mit leeren Händen auf dem Treppenabsatz. Von hier aus gesehen, aus dieser bewegten, schimmernden Welt, wirkt diese Szene plötzlich lächerlich. Sie mit diesem Käfig in der Hand. Sie beginnt zu lachen, zuerst nur ganz leise, und dann wird dieses Lachen allmählich lauter, sie hat sich nicht mehr in der Hand: Ein Schluckauf schüttelt sie, sie kann nicht mehr aufhören, ein verrücktes Gekicher, so wie sie es in ihrer Jugend nie gewagt hat.

«Warum lachen Sie?» fragt Peter.

«Die Mandarinfinken», sagt sie und lacht noch heftiger.

«Die Mandarinfinken, meine Vögel», sagt sie, gekrümmt vor Lachen. Und so, wie sie sich vorher gesehen hat, wie sie auf dem Treppenabsatz steht, den Käfig umklammernd, so sieht sie sich jetzt in diesem römischen Dancing lachen wie eine Idiotin. Francesca wird sterben, sie hat diese Reise gemacht, weil Francesca sterben wird, und sie kann nicht aufhören zu lachen. Ist sie im Begriff, den Verstand zu verlieren?

«Ich glaube, Sie lachen nicht oft», sagt Peter.

Sie wischt sich die Augen, bemüht sich, wieder ernst zu sein. «Das stimmt», sagt sie, «ich lache nicht oft.»

«Ich bin froh, daß Sie heute abend lachen können.»

«Ich habe zuviel getrunken», sagt sie.

«Das passiert Ihnen wohl auch nicht oft.»

Er erhebt sein Glas: «Auf unsere Begegnung, Cornelia.»

Die Flasche ist fast leer. Der Abend wird in Kürze zu Ende sein. Cornelia hat keine Lust mehr zu lachen.

«Ich möchte noch einmal tanzen», sagt sie.

«Ich tanze noch viel schlechter Tango als alles andere», sagt Peter und nimmt ihre Hand, um sie auf die Tanzfläche zu führen.

Oh, wenn das Eis endlich schmelzen, ihr Bauch zu leben anfinge, ihn die Wärme endlich auch erreichen würde. Aber die Schicht hält immer noch. Sie versucht, nicht mehr daran zu denken.

Sie stehen auf dem Trottoir im Schatten, einige Schritte von Cornelias Hotel entfernt. Sie müssen sich entweder trennen oder etwas anderes tun. Vielleicht zögert Peter. Was würde sie antworten, wenn er ihr vorschlagen würde, mit ihm die Nacht zu verbringen? Hat er Skrupel, oder gibt es einen anderen Grund? Er sagt jedenfalls: «Ich werde Sie anrufen, wenn ich aus der Türkei zurück bin. Damit ich weiß, ob Ihre Reise gut zu Ende gegangen ist und ob Sie sich nicht auf dem Flugplatz von Fiumicino verirrt haben.»

«Ich sah dumm aus mit diesem Ticket in der Hand, nicht wahr?»

«Gar nicht dumm, nein, ganz und gar nicht. Sie waren ...»

Er sucht das passende Wort:

«Sie waren rührend.»

«Dumm», wiederholt sie.

«Sehr rührend.»

Und wieder Großaufnahme: Er hat sie bei den Schultern gefaßt und geküßt. Auf die Stirne wie ein großer Bruder, um sie vertraut zu machen, auf die Wangen, dann auf den Mund.

Cornelia hat ihre Handtasche losgelassen, und so ist sie aufs Trottoir gefallen und bleibt da zu ihren Füßen liegen. Wie eine große schwarze Katze.

Eine Leere in ihrem Kopf. Die Gedanken ausgeschaltet. Und plötzlich, aufgetaucht aus einer Art Bewußtlosigkeit, merkt Cornelia, daß sie ihre Arme um Peters Hals geschlungen hat, daß sie sich an ihn klammert, wie eine Ertrinkende sich an jemand klammert, der ihr hilft, wieder die ersten Atemzüge zu tun. Er hält sie ebenfalls an sich gepreßt. Sie löst sich, sieht ihre Handtasche auf dem Trottoir liegen, ohne auch nur daran zu denken, sie aufzuheben, fragt sich nur, ob sie sie hingeworfen hat oder ob sie einfach hingefallen ist, sie steht vor Peter, entwaffnet, die Arme hängen neben ihrem Körper herab.

«Cornelia», sagt er.

Sie weiß nichts zu antworten, keine Bewegung, die ihr helfen würde, diese Verwirrung zu überwinden, dieses Gesicht streicheln, das möchte sie, aber sie wagt es nicht, die Augen, diesen Mund, dessen Geschmack sie nun kennt, die Wangen, auf denen der Bart sprießt. Schließlich legt sie die Hände auf Peters Halsansatz, berührt unter dem offenen Hemd ein Stück Haut, unter dem die Adern pulsieren. Sofort, als hätte es ihr einen Stich versetzt, zieht sie die Hände zurück, unmöglich, unanständig, so ins Intime dieses fremden Lebens einzudringen. Aber Peter nimmt Cornelias Hände und legt sie an denselben Ort zurück, genau an dieselbe Stelle, auf seinen Hals, die Adern. Und seine eigenen Hände legt er darüber. Das Blut pulsiert. Eine lange Zeit vergeht.

Und währenddessen schmilzt das Eis, das Cornelias Bauch einschließt, und die Wärme durchdringt ihn, dieses süße Brennen des Verlangens, und Peter versteht nicht, warum sich ihre Augen plötzlich mit Tränen füllen. Es macht ihn betreten, berührt ihn seltsam. Auch seine eigene Gefühlsregung, die er ebenfalls nicht so gut im Zaume hält, wie er sich das wünschte. Also sagt er: «Ich rufe dich sicher an, Cornelia.»

Er hat seine Hände weggenommen, die Handtasche aufgehoben, sie Cornelia hingehalten und hat sich dann mit großen Schritten entfernt.

Cornelia in ihrem Hotelzimmer.

Sie hat nicht geweint, als ihr Vater starb.

Sie hat nicht geweint, als Guillaume ihr sagte, daß er sie seit langem nicht mehr liebe und ein neues Leben mit Sylvie beginnen wolle.

Sie hat nicht geweint, als man sie an der ersten Stelle, die sie nach der Scheidung gefunden hatte, unter dem Vorwand entließ, sie arbeite zu langsam.

Sie hat nicht geweint, als Francesca Genf verließ.

Sie hat nicht geweint, als ihre Mutter ihr ins Gesicht schrie, sie könne schon Jura studieren, aber sie werde dennoch nicht fähig sein, etwas anderes zu werden als eine kleine Sekretärin.

Seit wann denn hat sie eigentlich nicht mehr geweint?

Eine Ewigkeit.

Also, ich werde sie in Ruhe lassen. Hinter dem Schluchzen, das sie fast zerreißt, die Türe schließen.

10

Was Cornelia irritiert, was sie daran hindert, sich natürlich zu geben und spontan, wie sie eigentlich gern möchte, sind Francescas Haare. Was hat sie mit ihren Haaren gemacht? Sie waren doch kurz und gekraust wie die eines Jungen, jetzt sind sie lang und glatt, seltsam angeklebt an den Schläfen und an der Stirne. Francescas Gesicht hat sich nicht sehr verändert: Die Krankheit hat es noch kaum gezeichnet, es nur ein wenig magerer gemacht, zwei Schatten unter den Backenknochen hingetupft, aber Francesca hatte immer ein schmales Gesicht, ohne überflüssiges Fleisch. Ihre schwarzen Augen, die so oft bei Cornelia auf den Grund gesehen haben, Dinge erkannt, die sie sich nicht eingestehen wollte, diese Augen sind wach geblieben, durchdringend. Vielleicht ist sie doch nicht so krank, wie sie glaubt, denkt Cornelia, ohne daran zu glauben. Sie sieht sich in dem Zimmer um, in dem sie beide einander gegenübersitzen, gehemmt, ohne zu wissen, wie sie miteinander wieder in Kontakt kommen sollen; die Stühle sind so niedrig, daß man fast auf dem Boden sitzt, die unterschiedlichsten Gegenstände, scheinbar wie zufällig irgendwo hingestellt – Reiseandenken, sagt Francesca, die Cornelias Blick gefolgt ist –, und dann die Bücher, von denen die große Bibliothek überquillt, überall liegen sie, zufällig aufgestapelt. Cornelia vergleicht dieses Studio mit ihrem eigenen, so schön eingerichteten und aufgeräumten Wohnzimmer, die eine hat sich niedergelassen, die andere nicht, darin liegt der ganze Unterschied, die eine hat sich dazu entschlossen, den Anker auszuwerfen, die andere wollte nicht auf die Abreisen verzichten, die kurzen Aufenthalte, das Umherirren. Und Cornelia denkt an diese letzte Etappe am Ende des langen Weges von Francesca, an das, was jetzt, in diesem Moment in ihrem Körper geschieht, was sich hineinfrißt, seine giftigen Wurzeln wuchern läßt.

«Ich danke dir, daß du gekommen bist», sagt Francesca. «Ich mußte dich sehen.»

Sie fragt: «Hast du den Nachtzug genommen?»

«Ja. Die letzte Couchette, die noch frei war. Ich habe gut geschlafen. Heute morgen habe ich meinen Koffer im Hotel deponiert, und jetzt bin ich da . . .»

Diese Cornelia, die doch nie lügen kann . . . Die es nicht einmal versucht, wie ihre Mutter zu sagen pflegte, auf jeden Fall merke ich sofort, wenn du nicht die Wahrheit sagst. Als Cornelia ganz klein war, hat sie hinzugefügt: «Immer wenn du lügst, bewegt sie deine Nase ein wenig, und Mama sieht es.» Cornelia hat fast nie gelogen. Wozu denn auch: Sie hatte nichts zu verbergen. Weder vor ihrer Mutter noch vor Guillaume noch vor den Kindern. Übrigens auch nicht vor dem armen Papa, der immer abwesend war. Und jetzt ist sie bei ihrer dritten Lüge seit gestern angelangt. Aber wie könnte sie denn vom gestrigen Abend erzählen, von ihrem Gelächter und ihren Tränen, von dieser brennenden Wunde, die sie noch tief in sich spürt, obschon sie die ganze Nacht versucht hat, wieder Gewalt über sich zu bekommen. Eine Kirche ganz in der Nähe schlug die Stunden. Cornelia schlug die Decke zurück, stand auf, knipste das Licht an, trat zum Fenster, zum Lavabo, tauchte ihr Gesicht in ihre hohlen, mit kaltem Wasser gefüllten Hände. Am Ende sah sie eine türkisfarbene durchsichtige Morgendämmerung von unwahrscheinlicher Schönheit über den Dächern von Rom aufgehen, und sie begann wieder zu weinen.

«Wie geht's Cornelia?»

«Gut», sagt sie sehr schnell. «Immer dasselbe, die Garage, die tägliche Routine. Ich spiele oft Klavier, ich glaube, ich habe Fortschritte gemacht.»

«Die Kinder?»

«Es geht ihnen gut. Der Junge von Laure ist schon zwei. Und Christian scheint in Venezuela glücklich zu sein.»

«Und du, nicht zu einsam?»

«Nein, nein», sagt Cornelia, «durchaus nicht.»

«Tut es dir leid, daß du meinen Rat nicht befolgt hast?»

«Ich weiß nicht, es ist so schwer, sich ein anderes Leben vorzustellen.»

«Das ist es ja, man sollte dazu imstande sein, sich etwas vorzustellen. Unser Fehler ist doch, daß wir nicht genug Einbildungskraft haben, um den Lauf der Dinge zu ändern.»

«Du hast es getan.»

«Nicht genügend», sagt Francesca.

Sie ist aufgestanden. Sie trägt einen blauen Morgenrock, der um sie herum schwingt.

«Nicht oft genug», wiederholt sie, «und daran sterbe ich jetzt.»

«Das versteh ich nicht», sagt Cornelia.

Sie kann den Mäandern nicht folgen, die die Gedanken von Francesca beschreiben. Sie ist noch von den eigenen Gedanken gefangen, von dieser Nacht, die hinter ihr liegt, diesem Kampf gegen sich selbst. – Nichts ist geschehen, gar nichts, ein kleines Abenteuer, wie es mir öfter begegnet wäre, wenn ich mehr gereist wäre, ein geschenkter Abend, eine Ausnahme, ohne Zusammenhang mit meinem früheren oder meinem späteren Leben. Peter wird mich sicher nicht anrufen, übrigens will ich gar nicht, daß er anruft, er ist verheiratet, er hat zwei Kinder, was ist in mich gefahren, daß ich mich wie ein junges Mädchen küssen ließ? Francesca redet. Sie sagt, sie habe nicht gewagt, weit genug zu gehen, sie habe zu viele geistige Barrieren in sich gehabt. Sie habe gemacht, was sie machen wollte, ja, Reisen, Beziehungen, Abenteuer, Karriere, Abtreibung, aber ohne sich je vor sich selbst richtig das Recht dazu zu geben. In ihr waren zu jeder Zeit all diese Generationen von Frauen noch lebendig, die Passivität und Unterwerfung verkörperten und die ihr zuschrien, sie habe kein Recht, so eigenmächtig über sich zu verfügen. Nie ist es ihr gelungen, diese Stimmen in ihr ganz zum Schweigen zu bringen.

«Du hast abgetrieben?» fragt Cornelia.

«Ja, das ist lange her. Ich hatte nur einige Tage Zeit zwischen zwei Reportagen. Ich wandte mich an die erstbeste Adresse, die man mir angegeben hatte. Ein Drache, eine Megäre hat auf einem Küchentisch an mir herumgesäbelt.»

Sie setzt sich wieder, zündet mit einer heftigen Bewegung eine Zigarette an, ohne Cornelia eine anzubieten, und legt sie auf den Rand des Aschenbechers.

«Der Krebs», sagt sie mit fester Stimme, «hat in der Gebärmutter begonnen. Sie haben mir gesagt, daß vielleicht dieser schlecht gemachte Eingriff der Grund gewesen sein könnte. Aber das ist komplizierter, tiefgründiger.»

Sie nimmt ihre Zigarette wieder, nimmt zwei Züge, legt sie wieder hin, sieht dem Rauch zu, der kerzengerade davon aufsteigt.

«Ich weiß, daß ich mich bestraft habe, weil ich nicht genug Vorstellungskraft besessen habe, um ganz sicher zu wissen, daß meine Art zu leben richtig für mich war. Daß es die Gebärmutter war, das ist kein Zufall. Der Tempel, das Heiligtum der Weiblichkeit, der Mutterschaft, ich habe gewagt, dieses Heiligtum zu entweihen. Ich schrie mit den andern: Mein Bauch gehört mir, aber mir gelang es nicht, daran zu glauben, mein Körper gehörte meiner Gattung, und ich wurde schuldig, weil ich ein jahrtausendealtes Gesetz übertreten hatte. Daran werde ich sterben.»

«Du wirst nicht sterben.» Cornelia hat fast geschrien.

«Ich werde sterben», sagt Francesca ruhig. «In drei

Monaten, in sechs Monaten, in einem Jahr, wenn's gutgeht. Wenn du ihre Visagen sehen könntest, während sie mich belügen.»

«Vielleicht lügen sie nicht.»

«Du nicht auch noch, Cornelia, nicht du, ich bitte dich . . . Du hilfst mir mehr, wenn wir zusammen vom Tod sprechen können.»

Und da sagt Cornelia einen seltsamen Satz, ohne daß sie Zeit gehabt hätte, sich ihn im Kopf zurechtzulegen.

«Man weiß nichts über den Tod, wenn man die Liebe nicht kennt.»

Francesca schüttelt ihre langen Haare, so wie sie früher fröhlich ihr Lockengewirr geschüttelt hat.

«Warum sagst du das?»

«Weil ich glaube, daß ich dir nicht helfen kann. Ich habe es immer vermieden, an den Tod zu denken, so wie ich es vermieden habe, an die Liebe zu denken. Die ganze Zeit. Sogar als ich verheiratet war . . .»

«Ich habe es dir immer gesagt, Cornelia. Du hast Guillaume nicht wirklich geliebt, nie. Du hättest ihn nicht heiraten sollen. Du hattest andere Möglichkeiten. Auch da hatten wir zu wenig Phantasie.»

Wie das Bild der Schaukel gestern im Flugzeug taucht eine andere alte Erinnerung vom Grund von Cornelias Gedächtnis auf. Es ist sogar nicht einmal eine richtige Erinnerung, scheint ihr, sondern etwas, das nicht richtig gelebt worden ist. Wie ist das schwierig . . . Sie hört Francesca nicht mehr zu, die jetzt immer noch von dem Mangel an Vorstellungskraft spricht, der unser Leben einschränkt, es ärmer macht. Ein Abend, ja, es ist ein Abend, obschon die Sonne noch nicht untergegangen ist. Der See. Der Sommer. Ein Boot. Nie ist in all den letzten

Jahren dieses Bild aufgetaucht, wenn sie sich die Szenen, die sie mit Francesca gelebt hat, in Erinnerung rief. Francesca sitzt am Ruder. Sie, Cornelia, sitzt ihr gegenüber auf der Bank. Es ist Sommer, 1950, der Sommer, in dem sie 20 geworden ist. In einigen Monaten wird sie Guillaume kennenlernen, vorläufig existiert er für sie noch nicht. Die Ruder schweben unbeweglich über dem Wasser, glänzende Tropfen, ganz scharf, wie sie in den See fallen, nachdem sie den Ruderblättern entlang hinuntergeflossen sind. Sie sieht Francescas Gesicht nicht vor sich, es wird verdeckt durch jenes Gesicht, das sie jetzt, hier in dieser römischen Wohnung, vor sich hat, aber sie fühlt die Stille zwischen ihnen. Warum wurde diese Erinnerung so lange zurückgedrängt, wenn doch keine Bedeutung, kein besonderes Geschehen damit verbunden ist? Gab es nicht vorher, vor diesem Augenblick, oder vielleicht auch nachher, Gesten, Worte, die ihm etwas Geheimnisvolles verleihen, eine besondere Färbung, die Cornelia jetzt mit aller Kraft wieder zu beleben sucht? Die runden Tropfen fallen einer nach dem andern in den See, die Stille wird nur durch dieses ganz leichte, kaum wahrnehmbare Geräusch unterbrochen. Francesca und Cornelia sehen sich an. Sie sehen sich, am Grund der Zeit, ununterbrochen an. Sie sehen sich in der Erinnerung Cornelias an, zum ersten Mal nach mehr als dreißig Jahren.

Und auf einmal ist diese Szene nicht mehr isoliert, ein Schleier zerreißt, dieser läppische Vergleich kommt Cornelia in den Sinn in dem Moment, da sie sich erinnert. Bevor die Ruder so ruhig standen, vor den Wassertropfen, vor der Stille und diesen Blicken, ein Satz von Francesca, ein einziger. «Du bist schön, Cornelia.»

Und nach der Stille ließ Francesca die Ruder los,

streckte die Hände aus, umschloß die Hände von Cornelia, die diese auch ausgestreckt hatte. Zwischen ihnen eine tiefe Verwirrung, sogleich verleugnet, überwunden, dann in die Vergessenheit zurückgedrängt. Ihre Hände tauschen Wärme aus, die weichen Innenflächen berühren sich, liebkosen sich.

Was geschah dann? Nichts. Cornelia hat ihre Hände zurückgezogen. Francesca hat die Ruder wieder genommen und das Boot in den Hafen zurückgerudert. Die Sonne ist untergegangen. Und dann war alles, als hätte dieser Augenblick nie existiert. Jetzt stellt sich Cornelia zwei Fragen: War diese Verwirrung der Grund, warum ich so schnell, viel zu schnell in diese Heirat geflohen bin; ist es wegen Peter, daß ich mich jetzt, an diesem Vormittag, plötzlich zu erinnern wage?

«Man weiß nichts über sein eigenes Leben», denkt sie, und wie gestern abend hat sie den Eindruck, daß sich alles dreht in ihr und um sie herum. Noch einmal versucht sie, ihre Wohnung, die sie erst gestern verlassen hat, vor sich zu sehen, aber sie scheint davon durch Lichtjahre getrennt zu sein.

Übrigens kann sie sich nicht damit aufhalten: Wie sie Francesca zusieht, die im Zimmer auf und ab geht, die Zigarette in der Hand, die Haare auf dem viel zu großen Morgenrock ausgebreitet, ist das wie ein starker Schock für sie: Warum hat sie nicht sofort begriffen? Francescas dichte, gekrauste Haare, die sie vielleicht hätte streicheln mögen, die sie niemals liebkost hat, diese Haare sind unter der Einwirkung der Medikamente oder der Strahlen ausgefallen. Unter der Perücke verbirgt sich ein Kahlkopf mit sichtbaren Knochen, ein nackter Schädel, obszön. Nein, sie wird sich nicht mehr in ihre kleine, geschützte Welt zurückziehen, sie wird von jetzt an den Mut haben, allem ins Gesicht zu sehen, denkt sie, allem, das sie nicht sehen wollte. Auch dieser Augenblick des Verlangens zwischen ihr und Francesca gehört dazu, und auch das, was daraus hätte werden können, wenn sie erkannt hätte, was da geschah. Und dieses andere Verlangen, das seit gestern in ihrem Körper wächst. Und der Tod, an dessen Abgrund jetzt Francesca steht, allein, voller Entsetzen, so wie wir alle einmal dastehen werden.

11

Sie haben nicht weit von der Via Sallusto, in der Francesca wohnt, zu Mittag gegessen und dann einen Spaziergang gemacht. «Du mußt dir Rom ansehen», hat Francesca mit forcierter Fröhlichkeit gesagt, diese Fröhlichkeit tut weh. Sie geht sehr langsam, bei jedem Schritt spürt man, daß sie müde ist, bald werden sie wieder im Studio angelangt sein. Später wird Cornelia merken, daß sie von Rom nur sehr verschwommene Eindrücke mitgenommen hat, wie verwackelt, plötzlich mit einem fixen, ganz klaren Punkt darin, den sie aber nicht einzuordnen weiß: ein Brunnen, ein Platz, eine Straße, die Fassade einer Kirche, der Kiosk eines Blumenhändlers.

Während des Mittagessens und dann den ganzen Nachmittag hindurch haben sie geplaudert, nach und nach alle Schranken weggeräumt, die sie daran gehindert haben, wirklich wieder zueinander zu finden. Francesca hat gewagt, von ihrem Haar zu sprechen: Es ist in wenigen Wochen ausgefallen, eine Nebenwirkung der Behandlung, und sie hat überall eine Perücke mit Locken, die wie ihre eigenen sind, gesucht, aber das sah traurig, häßlich aus: «Ich und doch nicht ich, verstehst du, eine Karikatur von dem, was ich gewesen bin. Unausstehlich. Also habe ich gar nicht mehr versucht, mir selbst zu gleichen. Ich habe dein Erstaunen bemerkt, was hast du gedacht?»

Cornelia gesteht, daß sie gehemmt war, daß sie nicht sofort begriffen hat, was los ist, und daß sie jetzt alles darum geben würde, wenn Francesca ihr Haar wieder bekommen könnte.

«Es wird vielleicht nachwachsen», sagt Francesca.

Und nach einem kurzen Schweigen: «Wenn dazu noch Zeit bleibt.»

Und dann haben sie endlich über den Tod gesprochen, und Francesca hat vom Entsetzen, vom Grauen gesprochen, das sie davor empfindet, wie dieser Tod in ihrem eigenen Körper wächst, wie ihr Körper ihn gleichzeitig aussondert und nährt. Wenn sie Reportagen gemacht hat, hat sie sich nie gefürchtet, sagt sie. Damals kam der Tod von außen, er war ein loyaler Gegner, vollkommen akzeptiert, den sie, so gut es ging, bekämpfte, im Kongo, in Vietnam, anderswo, überall in der Welt.

«Aber jetzt habe ich Angst, Cornelia.»

Sie haben über Gott gesprochen, über diesen katholischen Gott, den Francesca als kleines Mädchen zitternd suchte, nachdem sie ihre Sünden gebeichtet hatte, und den sie später mit allen Kräften bekämpft, verleugnet hat, denn sie ertrug es nicht, daß man sich seiner bediente, um die Erniedrigten zum Schweigen zu bringen, sie in die Resignation zu treiben. Jetzt fragt sie sich, jetzt möchte sie wirklich wissen, ob nach dem Tod nichts ist, sie möchte sich die Ewigkeit vorstellen können, möchte dieses Wort ausloten: «nie mehr», und das andere, «immer» ... nie mehr leben, immer das Nichts, aber jedesmal kommt der Moment, wo der Geist sich weigert, wo ihn Schwindel lähmt.

«Ich glaube, das Nichts kann man mit Gedanken nicht fassen», sagt sie, «es ist nutzlos, das zu versuchen.»

Während sie zuhört, denkt Cornelia an den Gott ihrer Kindheit. Ein protestantischer Gott, furchteinflößend, immer bereit zu zürnen. «Er sieht dich immer», sagte ihre Mutter, «wenn ich nicht da bin, überwacht er dich.» Als ganz kleines Mädchen begriff Cornelia nicht, wie jemand, der so alt war wie Gott, es schaffte, so weit zu blicken, sogar durch die Mauern eines Hauses hindurch. «Vielleicht hat er eine sehr gute Brille», dachte sie. Sie ertappte sich dabei, daß sie sich fragte, was unangenehmer sei: von ihrer Mutter ausspioniert zu werden oder von Gott. Wahrscheinlich, wenn man sich das genau überlegte, war es doch lästiger, es mit diesem unsichtbaren, diesem forschenden, argwöhnischen Blick zu tun zu haben, der einen lähmte und bedrohte. Denn Gott war nicht nur indiskret, er petzte auch. «Er erzählt mir alles», sagte Cornelias Mutter, «alles, was du tust, und all deine schlechten Gedanken.» Das kleine Mädchen Cornelia lebte in der ständigen Angst, daß ein «schlechter Gedanke» sich, ohne daß sie es merkte, in sie einschleichen könnte; das konnte so schnell passieren, vor allem, weil sie nicht zum voraus wußte, in welcher Form er auftauchen würde, dieser schlechte Gedanke, wem er ähneln würde, also nahm sie sich die ganze Zeit in acht, und es gab Augenblicke, in denen es ihr gelang, weil sie sich so sehr darauf konzentrierte, überhaupt nichts mehr zu denken, vor sich einen großen weißen Raum zu sehen, der ihr Schwindel verursachte.

Später hat sie weder Gott noch ihrer Mutter verziehen, daß sie sich so verbündeten, um sie in Angst und Schrekken zu versetzen. Sie ging nicht mehr zur Kirche und hörte auf zu beten, aber nie hat sie sich ganz von diesem Gefühl befreien können, daß bei der geringsten Anwandlung von Schwäche ein Blick auf ihr ruht.

Den Abend verbrachten sie bei Francesca. Sie kochte ein leichtes Nachtessen, und plötzlich fand sie ihre Lebhaftigkeit, diese Lebensfreude wieder, während sie von ihren letzten Reisen erzählte, vom letzten Mann, in den sie sich vor fast zwei Jahren in Südamerika verliebte.

Cornelia nahm ein Taxi ins Hotel zurück. Wieder schlief sie kaum. Aber jetzt war es nicht die Aufregung des Verlangens, die sie schlaflos machte, sondern das Bild von Francescas Perücke, wie sie für die Nacht auf einem Sessel im Studio lag, diese langen, toten Haare, die bis zur Erde hingen.

12

Am Sonntag, am frühen Nachmittag, verabschieden sie sich voneinander. Statt sich wie bei der Ankunft mit einem verlegenen Kuß zu begnügen, drückt Cornelia ihre Freundin an sich, fühlt durch die Tunika diesen abgemagerten, zerbrechlichen Körper, der so leicht geworden ist. Sie berührt die kalten Haare, liebkost sie, als gehörten sie wirklich zu Francesca.

Die eine wie die andere bemühen sich, nicht daran zu denken, daß sie sich vielleicht zum letztenmal sehen.

«Vergiß nicht», sagt Francesca, «dein Leben kann sich noch ändern. Die Hauptsache ist, daß man vorwärts geht, nicht unbeweglich bleibt.»

«Es ist sehr spät.»

«Solange du am Leben bist, ist es nicht zu spät.»

Francesca nimmt Cornelias Gesicht in ihre Hände, hält es von sich, um es besser zu betrachten.

«Du siehst so jung aus. Man würde nie glauben, daß du zwei erwachsene Kinder hast. Du hast so etwas, ich weiß nicht, wie ich es sagen soll, so etwas Neues, Frisches. Wie ein junges Mädchen.»

«In meinem Alter ist das lächerlich», sagt Cornelia.

«Gar nicht, du bist . . .»

Francesca zögert und, seltsam, sie findet dasselbe Wort wie Peter am Freitagabend:

«Du bist rührend. Ich möchte, daß du glücklich bist.»

«Jetzt zählst du», sagt Cornelia und hält ihre Tränen zurück. «Ich werde in Gedanken bei dir sein, so nahe wie nur möglich.»

«Ich weiß.»

Sie hat die Wohnungstüre schnell zugemacht. Während sie auf der Straße aufs Taxi wartete, hat Cornelia zum Fenster hinaufgeblickt. Aber Francesca war nicht da.

Auf dem Flughafen von Fiumicino hat sich Cornelia tapfer durchgeschlagen. Sie hat ihre Boarding-Karte genommen, hat sie im richtigen Augenblick gezeigt, hat ihren Weg in dem Labyrinth der Korridore sehr gut gefunden, ist mit ruhigem Schritt aufs Flugzeug zugegangen, ihren Koffer in der Hand, hat ohne Schwierigkeiten den Sicherheitsgurt fixiert und furchtlos den Moment des Starts erwartet. Das Flugzeug hat an Höhe gewonnen, und bald lag da im Bullauge eine Karte von der Westküste Italiens in natürlicher Größe, gesäumt vom blauen Meer, mit einer Insel da und dort, umgeben von unbeweglich scheinender Gischt. Fast ohne Übergang dann das riesige Massiv des Montblanc, strahlend, so nah, daß Cornelia einen Augenblick ihre Angst wieder fühlt, weil sie sich vorstellt, wie sie abstürzt, wie sich das Flugzeug in den Schnee, das Eis hineinbohrt. Aber schon verliert es über Genf an Höhe, die Räder berühren die Landepiste, die sanfte Musik ertönt wieder, während es ruhig in der Sonne dahinrollt.

Bevor Cornelia ihre Vögel abholt, zieht sie die Jalousie im Wohnzimmer hoch und sieht auf den See hinaus, ans andere Ufer, an den Ort ungefähr, wo für sie von jetzt an ein gewisses Haus steht.

Jetzt schon erscheinen ihr die zwei Tage und die zwei endlosen Nächte, aus denen sie wieder auferstanden ist, ganz unwirklich. Hat sie in Rom Francescas Haar gestreichelt, vor wenigen Stunden? Gab es das vorgestern, oder hat sie das nur geträumt, diese riesige brennende Woge in ihrem Bauch? Wie ein fremdes Leben war das, das sich plötzlich in ihrem eigenen eingenistet hatte.

Außer sich bleibt sie plötzlich mitten im Zimmer stehen und erinnert sich, daß sie im Laufe dieses Wochenendes irgendwann gedacht hat, sie würde sich nie mehr in diese kleine abgeschlossene Welt, die sie sich da aufgebaut hat, zurückziehen können. Jetzt, da sie dahin zurückgekehrt ist, fragt sie sich, wie sie denn daraus flüchten könnte, und sie merkt, daß alles so weitergehen wird wie bisher.

Morgen wird sie ins Büro gehen, sie wird den Verkäufern den Kaffee servieren, wie immer wird Léonce sie nicht ansehen, sie wird Briefe tippen, immer dieselben, sie wird das Telephon abnehmen, sie wird in ihr kleines Restaurant essen gehen, und abends wird sie müde nach Hause kommen, erleichtert darüber, daß sie hier bleiben kann, hinter verschlossenen Türen, sie wird Klavier spielen, Musik hören. Von jetzt an aber mit diesem großen Schatten über allem, der Krankheit Francescas, dem Tod Francescas irgendwann in der Zukunft.

Cornelia steht jetzt vor der Wohnungstür ihrer Nachbarin.

«Nein, ich habe keine Zeit, hereinzukommen, ich möchte nur die Vögel holen. Ja, alles ist gut gegangen, danke.»

Sie trägt den Käfig in der Hand, erinnert sich plötzlich an ihre Ausgelassenheit; was hat sie denn mit jener Frau in einem römischen Dancing gemeinsam, die, durch den Alkohol und die Nähe eines Mannes aus der Fassung gebracht, sich vor Lachen krümmte? Wie ist das zu erklären, daß diese Frau während so vieler Jahre in ihr geschlummert hat, ohne sich je bemerkbar zu machen? Diese Verrückte, denkt Cornelia jetzt mit Abscheu, als sie in ihre Wohnung zurückkehrt, den Käfig mit den Vögeln auf einen Tisch beim Fenster stellt und wieder auf den See hinausblickt: Das gegenüberliegende Ufer ist im Abendnebel verschwunden.

Was hat Peter gesagt, bevor er sich entfernt hat? «Ich rufe dich bestimmt an, Cornelia», sie wiederholt sich diesen Satz, diese Frechheit, sie zu duzen, aber sie hat sich wirklich wie ein leichtes Mädchen benommen, und plötzlich dieses Cliché, das irritiert sie, ein «leichtes Mädchen», wie dumm. Ein nichtsnutziges Mädchen ist ein Mädchen, das zu nichts taugt, sagt ihre Mutter in der Erinnerung, ein Flittchen, eine «gourgandine». An einem Sonntagmorgen hat die kleine Cornelia in einem Tea-Room gesagt, sie möchte einen «Sirup gourgandine» und meinte einen «Sirup grenadine», und ihre Mutter hat ihr eine Ohrfeige gegeben: Wie konnte man mit sieben so etwas verwechseln? Aber der Vater, daran erinnert sie sich, lachte verstohlen.

Eines ist sicher, Peter wird sie nie mehr duzen können, dieser Weltenbummler, dieser Unbekannte, er wird die Gelegenheit dazu nicht mehr haben, einfach deshalb, weil er sie nicht anrufen wird. Worte in den Wind gesagt, fast ein Ritual, das ihn in keiner Weise verpflichtet. Genau so, wie wenn Leute, die man in den Ferien kennenlernt, einem versprechen, daß sie schreiben werden, und es dann aber doch nie tun. Und das ist gut so, denn sobald man sich verabschiedet hat, vergißt man sie, und man hat gar keine Lust mehr, mit ihnen in Kontakt zu bleiben. «Ich habe keine Lust, diesen Typ wiederzusehen», denkt Cornelia, während sie ihren Koffer auspackt, «keine Lust mehr, weiterhin an ihn zu denken.» Aber wenn sie es wagen würde, mit sich ehrlich zu sein, so müßte sie sich eingestehen, daß sie auf den unwahrscheinlichen Anruf Peters warten wird wie ein leichtes Mädchen, wie eine «gourgandine», ein Flittchen, was soll's, wie ein Hürchen. Sie würde sich eingestehen, daß sie Lust hat, mit ihm ins Bett zu gehen, einmal nur in ihrem Leben zu erfahren, wie das ist, wenn man aus Verlangen mit einem Mann ins Bett geht, aus Lust, nicht aus Pflicht oder Überdruß. Sie würde sich eingestehen, daß ihre kleine, ordentliche blitzsaubere Wohnung sie zu Tode langweilt, daß die Vögel sie ärgern, sie schneidet ihnen Grimassen, jetzt, während sie ihren Napf mit Futter füllt und ihnen Wasser gibt. Daß sie genug hat von ihrem Klavier, weil sie nicht so gut spielen kann, daß es ihr wirklich Spaß machen könnte, dieses infantile Geklimper interessiert sie doch nicht. Und die Symphonie von Beethoven, die sie jetzt auf den Plattenspieler gelegt hat und die sie gewöhnlich konzentriert anhört, macht sie noch verzagter als alles andere. Wenn sie es wagen würde, ehrlich zu sein, ich weiß nicht, was sie dann tun würde. Vielleicht würde sie den Käfig dieser unglücklichen kleinen Vögel, mit denen sie nichts anzufangen weiß, öffnen. Das wäre ein erster Schritt.

Aber man muß sich gedulden, der Augenblick ist noch nicht gekommen.

13

Am Montagmorgen ist Léonce immer entsetzlich schlechter Laune, offenbar, weil er den Sonntag mit Nachdenken über sein ungerechtes, grausames Schicksal verbracht hat, das ihn dazu zwingt, Autos zu verkaufen. Gaël dagegen strahlt mehr denn je und stolziert in der Garage herum; mit der Unbekümmertheit eines jungen Gockels ist er hinter schönen Kundinnen her. Die zwei anderen Verkäufer sind vertieft in die Sportresultate vom Wochenende und schreien sich an, weil sie sich nicht einig darüber sind, was zur Niederlage ihrer Lieblingsfußballmannschaft geführt hat. Herr Alphonse, der Verkaufschef, droht, sie vor die Tür zu setzen, diese zwei, «Vogelscheuchen sind es», sagt er, «Versager». Er hat seine freie Zeit dazu verwendet, Statistiken aufzustellen, die Kurve der Verkaufszahlen auszufeilen, eine Kurve, die fast senkrecht ansteigt, demonstrativ hat er sie in seinem Büro aufgehängt. Er ist voller Eifer, kämpferisch, aufgeregt: «Erwachen Sie meine Herren, etwas Schneid bitte!» Er kommt und geht in der Garage, stört die Mechaniker bei der Arbeit, stürmt in Cornelias gläsernen Käfig, gibt ihr widersprüchliche Anweisungen, die sie ohne aufzumucken entgegennimmt, geht wieder und läßt die Türe sperrangelweit offen hinter sich.

Niemand, darauf mußte sie gefaßt sein, fragt Cornelia nach Einzelheiten ihrer Reise nach Rom.

Sie sitzt in ihrem Büro wie immer, hat ihre Arbeit wieder aufgenommen, wo sie letzten Freitag aufgehört hat. Hinter dem Glas stehen Wagen, soweit das Auge reicht, alle Farben, neue Wagen, Occasionen, Wagen in Reparatur. Von Zeit zu Zeit startet ein Motor. Wer hat gewagt zu behaupten, daß das Glas die Abgase von dem kleinen Raum fernhält, in dem Cornelia sitzt? In dieser Vitrine, wo sie den Blicken aller ausgesetzt ist, wo keine ihrer Bewegungen ihr gehört – doch warum fällt ihr das erst heute morgen auf?

Monsieur Schwarz, der Chef, stürmt herein. Er braucht dringend einen wichtigen Brief.

«Schauen wir mal, wieviel Zeit Sie dazu brauchen», sagt er. «Das letzte Mal kamen wir auf zehn Sekunden. Sind Sie heute noch schneller?»

Es stimmt, ich habe vergessen zu erwähnen, daß Cornelia sich in der Garage «du Parc» den Ruf erworben hat, ein As in der Archivierung zu sein: Sie findet in Rekordzeit jedes Dokument, ob alt oder vergessen, es ist unglaublich.

«Top», sagt Monsieur Schwarz, mit Blick auf seine Uhr.

Gewöhnlich geht Cornelia gerne auf dieses kleine Spiel ein, sie möchte sich selbst überbieten, Monsieur Schwarz verblüffen, hören, wie er ihr gratuliert. Aber heute morgen hat sie komischerweise nicht die geringste Lust, sich zu beeilen.

«Schon zwanzig Sekunden», sagt Monsieur Schwarz enttäuscht. «Was ist los?»

«Nichts», sagt sie.

Er verschwindet mit dem Brief, ohne sich zu bedanken.

Die ganze Woche lang gelingt es ihr, sich in bezug auf ihre Arbeit, ihren Chef, ihre Kollegen eine Art leichter Gereiztheit zu bewahren – eine Gereiztheit, die mehr schlecht als recht die Panik überdeckt, die sie bei dem Gedanken erfassen würde, daß Peter nach seiner Rückkehr aus der Türkei nicht anrufen könnte, und ihre Verwirrung vor der Leere, die sie erwartet, wenn sie ganz sicher sein wird, daß sie ihn nicht wiedersieht. Sie verbringt das Wochenende damit, in ihrer Wohnung Ordnung zu machen, altes Papier wegzuwerfen, die Schränke, die eigentlich schon blitzsauber sind, noch einmal zu reinigen, Pullover auszuwaschen. Sie schreibt auch einen Brief an Francesca, aber sie zerreißt ihn gleich wieder, weil sie ihn dumm findet. Sie vermeidet es, auf den See hinauszusehen, der in diesen letzten Tagen des Oktobers so schön ist, von einem sanften Aquarellblau. Sie spielt einige Takte auf dem Klavier und hört plötzlich auf, versucht ohne Erfolg, etwas zu lesen, hört Musik und langweilt sich dabei, regt sich über die Fernsehsendungen auf, die sie geschmacklos findet. Fühlt sich schläfrig. Geht früh zu Bett und findet den Schlaf doch nicht. Schluckt Schlafmittel aufs Geratewohl und erwacht dann mit schwerem Kopf und trockenem Mund, als hätte sie einen Rausch ausgeschlafen.

Am Montagmorgen, um zehn, schellt das Telefon in dem kleinen Glaskäfig.

«Sind Sie das Cornelia?»

«Ja», sagt sie.

«Sind Sie gut nach Hause gekommen, haben Sie sich nicht verirrt?»

«Nein», sagt sie, «alles ist gut gegangen. Bei Ihnen auch? Ist der Wagen bis Porto Santo Stefano gefahren?»

«Schlecht, aber er hat durchgehalten.»

«Gut», sagt Cornelia.

Sie holt Atem, merkt, daß sie den Apparat umklammert, versucht, ihn vernünftiger in die Hand zu nehmen.

«Könnten wir irgendwann zusammen zu Mittag essen? Zum Beispiel Donnerstag?»

«Ja, am Donnerstag habe ich Zeit.»

«Ich komme vorbei und hole Sie gegen Mittag in der Garage ab.»

«Abgemacht», sagt Cornelia.

Sie legt den Hörer auf, wartet ein wenig, bis ihre Hände nicht mehr zittern, bis ihr Herz ruhiger schlägt, bis alles in ihr und um sie herum wieder seinen Platz findet, und dann tippt sie weiter auf ihrer Schreibmaschine, dort, wo sie aufgehört hat, als das Telefon läutete.

Sie haben in einem Restaurant im Stadtzentrum gegessen. Die Tische standen so nah beisammen, und das Lokal war so voll, daß sie kaum miteinander sprechen konnten. Sie haben nur Gemeinplätze ausgetauscht, eine Unterhaltung ohne jeden Reiz, und Cornelia hat gedacht, er hätte sie nur aus Höflichkeit treffen wollen, und alles würde nach diesem strahlenden Abend in Rom wieder seinen gewohnten Gang nehmen, und sie sagte sich, daß alles gut sei so. Peter hat sie zurück an die Arbeit begleitet, sie hat gebeten, einige hundert Meter von der Garage entfernt aussteigen zu dürfen, sie möchte noch ein wenig zu Fuß gehen, ja, wirklich, sie zöge das vor. «Danke, es hat mir Freude gemacht, Sie wiederzusehen.» Sie gibt ihm die Hand. Sie ist höflich, unpersönlich. Aber er behält diese Hand in der seinen.

«Möchten Sie mich nicht irgendwann abends zu sich nach Hause einladen, Cornelia?»

«Zu mir?» sagt sie.

«Ich möchte sehen, ob meine Villa wirklich genau gegenüber Ihrer Wohnung liegt . . .»

«Weshalb?» fragt Cornelia. «Was kümmert Sie das?»

Er lacht: «Verstehen Sie nicht? Ich möchte mit Ihnen zusammensein.»

«Wann Sie wollen», sagt Cornelia.

«Nächsten Montag?»

«Ja.»

Sie versucht, ihm den Weg zu erklären, er sagt, er kenne ihn, und er sei um halb acht bei ihr, und sie könne ein paar Sandwiches bereitstellen, sonst nichts. Er werde eine Flasche Wein mitbringen.

«Gut, Cornelia?»

«Ja.»

Sie geht die Straße zur Garage hinauf. Sie geht sehr schnell, ohne sich umzudrehen.

14

Zwei oder drei Dinge weiß ich oder vermute ich über Peter H.

Man muß zuerst nach Trondheim zurückkehren. April 1940. Peter ist ein kleiner blonder Knabe, schüchtern; nach ihm noch zwei Kinder, ein anderer Junge und ein Mädchen, noch ein Säugling. Sein Vater ist Lehrer und unter den ersten Opfern der Invasion. Sein linkes Bein wird bei der Explosion einer Mine weggerissen. Mit siebenundzwanzig Jahren ist er invalid, es fällt ihm schwer, sich damit abzufinden. Er beginnt zu trinken und seine Frau, die aus Deutschland stammt, zu quälen. Peter hat nur wenige Erinnerungen an diese Zeit, aber sie sind alle düster. In wenigen Jahren ist aus seiner Mutter eine verbitterte, frühzeitig gealterte Frau geworden. Obschon noch ein Kind, hat Peter das Gefühl, er, der Älteste, müsse die Familie beschützen, sie zusammenhalten. Er ist ein vorzüglicher Schüler, und mit achtzehn reist er ab nach Oslo, wo er ein Studium als Ingenieur-Agronom beginnt, während er nebenbei das Geld für seinen Lebensunterhalt verdient.

Er ist überzeugt, daß er wieder aufbauen muß, was andere zerstört haben. Er ist ehrgeizig. Um jeden Preis will er Erfolg haben.

Mit fünfundzwanzig hat er eine Stelle in Kalifornien. Während Jahren arbeitet er im Tal von Napa hart daran, das Land urbar zu machen. Ein bescheidenes, hartes Leben, aber ihm gefällt es. Er schickt jeden Monat große Summen nach Norwegen, die er spart, weil er auf alles Unnötige verzichtet. Gutaussehend wie er ist, gefällt er den Frauen, sie halten ihn für einen Schürzenjäger, während doch nur die Karriere für ihn zählt. Ein bißchen auch um seine Ruhe zu haben, heiratet er Joan. Mit ihr wird er das ruhige, harmonische Leben führen können, das er als Kind nicht gehabt hat. Zu der Zeit ist sie ein einfaches Mädchen, sehr schön, offensichtlich ohne jede andere Ambition als die, eine gute Ehefrau und Mutter seiner Kinder zu sein.

1973 ist er siebenunddreißig, seit fünf Jahren verheiratet, er hat schon eine Tochter, als man ihm die Generalvertretung einer großen Landwirtschaftsmaschinenfabrik in Europa anbietet. Joan drängt ihn anzunehmen. Er zögert. Er ist glücklich hier in Kalifornien, es scheint, er hat alles erreicht, was er sich vorgenommen hat. Dank ihm stehen sein Bruder und seine Schwester auf eigenen Füßen, beide haben einen Beruf. Sein Vater ist tot. Er hat genügend Geld, um seine Mutter, die in Trondheim geblieben ist, zu verwöhnen und ihr jedes Jahr eine Reise nach Kalifornien zu bezahlen. Er kommt gut aus mit Joan, er möchte noch mehr Kinder haben. Warum das alles aufgeben und sich blind in ein neues Abenteuer stürzen?

Zum ersten Mal hat er Angst.

Aber Joan läßt nicht locker, sie möchte mehr von der Welt kennenlernen als dieses Tal, in dem, wie sie sagt, die Zukunft schon verbaut ist. «Eine einmalige Chance, Peter, laß sie nicht entwischen.»

Schließlich gibt er nach.

So ist er jetzt also in Genf, mit dieser Angst in sich, die er nie losgeworden ist, aber die er überwinden muß, die er auch überwinden kann, weil er schließlich ein Mann ist und weil man von ihm immer erwartet hat, daß er stark sei. Er kauft eine Villa, richtet sich in diesem neuen Leben ein, schlüpft schlecht und recht in die Haut eines Geschäftsmannes, gesteht sich nicht ein, daß ihm das nicht gefällt, daß er sich nicht wohl fühlt, daß er sich zugleich nach Norwegen und nach Kalifornien sehnt, daß er eigentlich weder Lust hat, Geld zusammenzuraffen, noch ständig in der Welt herumzureisen. Er möchte Zeit haben, sich entspannen, das Leben, das er so schnell verrinnen fühlt, genießen.

Joan hat sich anders entwickelt. Das Geld, das Peter verdient, ist ihr zu Kopf gestiegen. Sie, die früher immer zufrieden war mit dem, was sie hatte, verlangt nun dauernd etwas Neues: ein Mädchen, das ihr im Haushalt hilft, ein Kindermädchen für Vanessa und das zweite kleine Mädchen, das kurz nach ihrer Ankunft in Europa geboren worden ist, ein Schwimmbad im Garten, ein Motorboot, teure Ferien, Pelzmäntel, Schmuck. Auch in ihren persönlichen Beziehungen ist sie anspruchsvoll geworden. Von den feministischen Slogans hat sie, so sieht es Peter, nur die Negativsten im Gedächtnis behalten: Sie ist in dauernder Auflehnung, kritisiert immer an ihm herum, nennt ihn «Macho» (sie scheint auf dieses Wort, das sie mit einem seltsamen spanischen Akzent ausspricht, versessen zu sein) und sagt in verletzendem Ton «ihr Männer», während er doch den Eindruck hat, er setze alles daran, sie zu befriedigen. A propos «befriedigen»: seit Joan Wilhelm Reich gelesen hat, ist sie eine Orgasmusfanatikerin. Besessen von Sorge um ihre Gesundheit und ihre Schönheit, hat sie sich in den Kopf gesetzt, der Orgasmus sei nicht nur unentbehrlich für ihr seelisches Gleichgewicht, sondern auch die beste Vorbeugung gegen Herzkrankheiten, Krebs, Rheumatismus und viele andere Leiden. So sehr, daß ihre intimen Beziehungen, die früher befriedigend waren, Peter jetzt angst machen und ein starkes Gefühl des Ungenügens und der Schuld in ihm wecken. Zu seiner großen Überraschung empfindet er plötzlich Widerwillen, ja Haß, wenn er diesen schönen gierigen Körper mit den vollkommenen langen Beinen, dem flachen Bauch, den wohlgeformten Brüsten sieht, diesen egoistischen Körper, der ganz in Anspruch genommen ist von seiner eigenen Lust. Die wenigen Frauen, mit denen er Joan betrogen hat, haben ihm nicht das geben können, was er suchte, und das ist zweifellos nur ein bißchen Zärtlichkeit, ein bißchen menschliche Wärme, etwas, das ihm hilft, die Härte der Welt zu ertragen, in der er lebt.

Diese Zärtlichkeit, diese Wärme, vielleicht wird er sie bei Cornelia finden.

Während seiner Reise nach Porto Santo Stefano, nachher in die Türkei, denkt er an sie wie an eine sehr reine, frische Quelle. Und jedesmal hat er den Eindruck, Jahre zurückversetzt zu werden, in seine Kindheit, in diesen kleinen Knaben, der seinen Anteil an Zuneigung und Sicherheit nicht erhalten hat.

Was wird er ihr dafür geben? Fragt er sich das überhaupt, fragt er sich, wohin sie das führen wird, in welches Unglück er sie stürzt, diese Sanfte, Weiche?

Natürlich nicht. Der kleine Junge, der in ihm schreit, ist egoistisch, fordernd, die Angst, jemandem weh zu tun, wird ihn nicht zurückhalten.

15

Sie hat keine Sandwiches bereitgestellt, sondern eine ganze kleine Mahlzeit gekocht, genau wie zu Guillaumes Zeiten, als sie sich bemühte, eine perfekte Hausfrau zu sein.

Und dann hat sie auf ihn gewartet. Um halb acht ist er gekommen, eine Flasche Wein unter dem Arm, die er auf den Küchentisch gestellt hat. Er hat die Tweedjacke getragen, die er an dem Abend in Rom angehabt hat, und einen Rollkragenpullover. Und er hat ausgesehen wie jemand, der in sein eigenes Heim zurückkehrt.

Er hat sie auf den Balkon geführt und den Arm ausgestreckt.

«Sehen Sie, dort liegt mein Haus.»

Sein Finger zeigt von dem Ort, wo die Linie des Jura sich zum Einschnitt des Col de Faucille senkt, quer hinunter, über den Abhang des Mont Mussy, und bleibt auf der Flanke über einem Wald stehen.

«Dort», sagt er. «Gleich links von diesem Dings für die Fahne auf dem Haus auf der anderen Straßenseite.»

«Die Fahnenstange», sagt Cornelia.

«Fahnenstange», wiederholt er. «Was für eine seltsame Sprache.»

«Norwegisch ist auch seltsam, nicht wahr?» sagt Cornelia.

«Ich habe das Norwegische schon fast vergessen», sagt Peter. «Jetzt spreche ich viel besser Englisch.»

Er lacht.

«Ich spreche sehr schlecht Französisch. Ich zähle darauf, daß Sie es mir beibringen.»

Als sie wieder ins Wohnzimmer gehen will, hält er sie zurück und legt ihr die Hand auf die Schulter.

«Ich bin froh, daß ich Sie wiedersehe, Cornelia.»

«Ich bin auch froh.»

Sie weiß nichts anderes zu sagen. Ihr Warten all diese Tage, ihre Freude, als sie seine Schritte auf der Treppe gehört hat, wie ihr das Herz bis zum Halse klopfte, als sie die Türe öffnete – wie soll sie das alles ausdrücken? Und diese Hitze in ihrem Körper, immer, wenn er sie berührt, wenn er sie ansieht.

Sie haben ziemlich schnell gegessen, haben über nichts und alles gesprochen, ihr wahres Gespräch ist schon ganz anderswo angelangt, dreht sich, zwischen den Wörtern, um etwas anderes. Ihr Zwiegespräch ist stumm, besteht aus kaum wahrnehmbaren Zeichen, aus Wellen, die von einem zum andern über den Tisch gehen, nicht nachweisbar, aber ich bin sicher, daß ein perfekter Empfangsapparat sie einfangen könnte, denkt Cornelia, während es in ihrem Kopf hämmert.

«Zeigen Sie mir den Rest ihrer Wohnung», sagt Peter, nachdem er seinen Kaffee ausgetrunken hat.

«Gern», sagt sie.

Ihm sagen, wie sie sich jetzt fürchtet. Aber nein, im Gegenteil, sie gibt sich fast weltgewandt:

«Da ist die Küche und hier das kleine Gastzimmer» (das Zimmer, in dem Christian von Zeit zu Zeit noch wohnte, bevor er nach Amerika abreiste, und in dem sie vorher noch mit dem Gefühl, ihren Sohn zu verleugnen, Landschaftsfotos und Poster von Sängern heruntergenommen hat). Als sie die Türe zu ihrem Schlafzimmer öffnet, sagt sie nichts. Sie steht auf der Schwelle, und er schiebt sie sanft:

«Und hier schläfst du, Cornelia?»

Sie hat vergessen, sie wollte vergessen, wie sanft seine Lippen gewesen sind. Diesmal hat sie keine Handtasche, die sie behindert, und so sind ihre Hände ganz natürlich emporgeglitten, haben sich um Peters Nacken geschlungen. «Was wird jetzt geschehen», denkt Cornelia, und die Angst kommt wieder. Die Angst vor all den Bewegungen, die man machen muß, um das Bett abzudecken, die Kleider auszuziehen; wie vermeiden, daß es lächerlich wirkt, wo sie doch so ahnungslos ist, wie die Blicke Peters auf ihrem nackten Körper ertragen, auf diesem Körper, den nie jemand wirklich angesehen hat – Guillaume hat es meistens vorgezogen, im Dunkeln Liebe zu machen, wie wenn er vergessen wollte, daß er mit ihr zusammen war. «Vielleicht bildete er sich wirklich ein, er schliefe mit einer andern», dachte sie gedemütigt.

«Möchtest du?» fragt er und drückt sie an sich.

Sie hat sich sanft von ihm gelöst und, in einem Anfall von Mut, ist sie zum Bett gegangen, hat die Kissen ein bißchen überallhin geschmissen – «das wäre so dumm», denkt sie, «sich die Zeit zu nehmen, sie ordentlich zu versorgen» –, hat den Bettüberwurf weggezogen und ihn zerknüllt auf einen Fauteuil geworfen. Und dann hat sie sich ganz schnell ausgezogen, die Bluse, den Rock, den Büstenhalter und mit einer letzten Anstrengung den Slip. Sie hat sich zwischen die Leintücher geflüchtet, die nach frischer Wäsche duften. Sie hat die Augen geschlossen, um Peter nicht ansehen zu müssen, die Zähne aufeinandergebissen, um nicht zu zittern.

Er hat langsam das Licht gelöscht, hat eine kleine Lampe am andern Ende des Zimmers angeknipst und die Vorhänge zugezogen. Er sieht Cornelia an, wie sie sich im Bett eingemummelt hat, das Laken bis ans Kinn hochgezogen, die Augen geschlossen, und jetzt merkt er, wie sehr sie sich fürchtet, wie unschuldig sie ist, wie unerfahren trotz ihres Alters und dieses Ehemanns, der bei einem Autounfall umgekommen ist. Er lächelt, er zieht, ohne sich zu beeilen, seine Kleider aus, um ihr Gelegenheit zu geben, sich zu entspannen, er schämt sich nicht, nackt zu sein, jeden Sommer fährt er an einen Nudistenstrand in Jugoslawien, er badet nackt im See, und er ist froh, daß er einen schönen Körper hat.

«Laß mir ein wenig Platz, Cornelia.»

Sie schmiegt sich an die Wand, ohne die Augen zu öffnen. Er schlüpft neben ihr unters Leintuch und nimmt sie in die Arme. Sie zittert, es ist unglaublich, wie sie zittert, er muß an ein Kaninchen denken, das er vor langer Zeit in Norwegen einmal in den Händen hielt und das so zitterte, dessen Herz unter seinen Fingern in Panik klopfte. Er drückt sie an sich, ohne sich zu bewegen, einen Augenblick, der ihm sehr lang erscheint, bis sie aufhört zu zittern. Dann beginnt er sie langsam zu streicheln. Abgeschirmt unter ihren geschlossenen Lidern, versucht Cornelia, sich ihm zu überlassen. Wenn sie ihm nur sagen könnte, aus welcher Wüste sie zurückkehrt. Sie zwingt sich, sie tut als ob, sie streckt die Hand aus und berührt schüchtern Peters Hals, die Schultern, die Brust, sie wundert sich, wie weich seine Haare sind, in denen sich ihre Finger verfangen, ihre Hand sinkt herunter bis zur Taille, tastet sich dem Rücken, der Wirbelsäule entlang wieder hinauf, bis zum Nacken, bis zu diesen lebendigen, warmen Haaren – nur jetzt nicht an die toten Haare Francescas denken.

Wie Peter beginnt, ihr Geschlecht zu liebkosen, wehrt sie seine Hand ab. Das kommt von weit her . . . «Wenn du dich je da unten berührst, Cornelia, wird der liebe Gott dich bestrafen.»

«Warum?» sagt Peter.

Er ist sehr sanft in sie eingedrungen. Es hat nicht weh getan wie früher, aber sie hat mit Abscheu an die Tiefen gedacht, in die er sich vorwagt, diesen versteckten, totgeschwiegenen Teil ihres Körpers, der für sie so unbekannt ist, schändlich, von Blut und Ausscheidungen verunreinigt, dieser unaussprechliche Teil von ihr, der gut erzogenen, korrekten Cornelia, die die andern kennen. Aber er, Peter, bewegt sich hier ohne Hast, so als fühlte er sich wohl da drin. Und Wellen von Lust durchwandern Cornelias Bauch, zögernd, leichte Schauer, die eine Art Gipfel erreichen, in dem Augenblick, da sie auch seine Lust spürt – und jetzt hat er seinen Kopf in die Biegung ihrer Schulter gelegt wie eines ihrer Kinder, dieser Kinder, die sie nie so an sich zu drücken wagte, man mußte sich vor körperlichem Kontakt hüten, als wäre er gefährlich. Wie oft hat sie Christian als kleinen Jungen zurückgestoßen, wenn er sich in ihre Arme flüchten wollte.

Spät abends ist er gegangen.

Glücklich? Von Liebe getragen?

Nein, natürlich nicht. Mit dem Gefühl, teilweise versagt zu haben. Aber auch mit der Gewißheit, daß er dafür nicht verantwortlich ist, was ihm die Schuldgefühle erspart, die so oft seine Beziehung zu Joan vergiften. Verunsichert auch durch diese reife Frau, die in der Liebe so unerfahren zu sein scheint.

Entspannt, weil er sich voller Vertrauen geben konnte, wie er ist.

Ob er jetzt erwägt, daß Cornelia die ideale Geliebte

sein könnte, eine, die nie mehr verlangt, als er geben kann, und die im Schatten bereitsteht, ihm Erholung zu bringen von den Ansprüchen Joans und von dieser Rolle des starken Mannes, in die sie ihn hineinzwingt? Vielleicht. Aber ich habe Sympathie für Peter. Ich will daran glauben, daß er Cornelia ein wenig zu lieben beginnt.

Zweiter Teil

1

Diese Szene. Peter hat sie nicht provoziert, aber sie kommt ihm nicht ungelegen. Irgend etwas hat er gesucht, um vor sich selbst den Wunsch zu rechtfertigen, den er zum erstenmal seit seiner Heirat verspürt: sich in ein Abenteuer zu stürzen, das in eine richtige Beziehung mündet oder sehr wahrscheinlich münden wird. Natürlich, da waren die Ansprüche und Launen von Joan und diese langweilige Geschichte vom obligatorischen Orgasmus, aber das genügte nicht, das gab ihm, so schien es ihm, nicht wirklich das Recht, sie zu betrügen.

Irgend etwas fehlte. Wie der Punkt auf dem i.

Und nun das. Es ist Abend, er sitzt schweigend vor dem Cheminée, in dem er ein großes Holzfeuer entfacht hat, denn die Abende werden allmählich kühl, er trinkt Whisky, er denkt gerade, daß er Cornelia bald anrufen wird. Joan – die eine lange Zigarre raucht, wie sie sich das seit einiger Zeit angewöhnt hat –, Joan sagt mit ruhiger Stimme: «Wir müssen unbedingt ein Hallenbad einbauen lassen. Die Kleinen und ich sollten auch im Winter schwimmen können.»

Und die beiden kleinen Mädchen, die ein bißchen abseits sitzen und sich um ein Kartenspiel balgen, flöten im Chor: «O ja, Daddy.»

«Was?» sagt Peter.

Joan wiederholt alles mit derselben ruhigen Stimme, wie wenn es sich um die selbstverständlichste Sache der Welt handeln würde: «Wir müssen im Garten ein Hallenbad bauen lassen.»

Und sie fügt nach einiger Zeit hinzu: «Für meine Gesundheit und die der Mädchen ist das unbedingt nötig. Für dich selbstverständlich auch.»

«Ein Hallenbad?» wiederholt Peter.

«Mit künstlichem Wellengang», fügt Joan hinzu.

Er hätte ganz ruhig antworten können, daß sie nicht an die Kosten eines solchen Unternehmens gedacht hätte und daß es überall öffentliche, sehr gut ausgestattete Hallenbäder gebe, wo Joan und die Kinder so oft schwimmen könnten, wie sie wollten, bis wieder sommerliches Wetter sei. Er hätte freundlich lachen können, nachsichtig, wie wenn es sich um einen ausgefallenen Wunschtraum eines Kindes gehandelt hätte. Er hätte ... Eine ganze Auswahl von versöhnlichen Reaktionen hätten ihm zur Verfügung gestanden, und gewöhnlich hätte er auch geschickt unter ihnen gewählt. Peter ist friedliebend, er verschwendet nicht gern seine Kräfte für nichts, er hat auch eine gewisse Vorstellung von Würde, die sich schlecht mit Geschrei und Vorwürfen verträgt. Und dann ist er langsam: Gewöhnlich geht es lange, bis er zornig wird, und wenn dieser Zorn dann endlich reif ist, ist der Gesprächspartner oft schon weg oder hat das Thema gewechselt. Oder er hat selbst schon wieder andere Sorgen, die sein Bedürfnis aufzubrausen wieder dämpfen. Und das ist sehr gut so, meist arrangieren sich die Dinge dann von selbst.

Aber heute:

«Du bist verrückt», schreit er.

«Warum eigentlich», sagt Joan. «In Kalifornien haben viele Leute ein Hallenbad mit künstlichem Wellengang.»

Ohne es zu wollen, hat sie ihm damit den Anlaß geliefert. Die Klagen, die er jetzt anbringen kann, gehen weit über diese leidige Geschichte mit dem Hallenbad hinaus.

Da steht er und gestikuliert gefährlich mit seinem Whiskyglas in der Hand: Wer wollte Kalifornien verlassen und in diesem verfluchten Land leben, wo es immer so kalt ist? Wer hat immer nur das Geld gesehen und keinen Moment an ihn gedacht und an das, was ihm gefällt? Wer hat seitdem an nichts anderes gedacht als ans Kaufen, Konsumieren, daran, seine verrückten Luxuswünsche zu befriedigen, während er sich damit abplagte, diese verdammten landwirtschaftlichen Maschinen zu verkaufen, die ihm in Wirklichkeit scheißegal sind? Wer hat ihn dazu gezwungen, eine Arbeit aufzugeben, die er liebte, und hat ihn die ganze Zeit nur benutzt, als sei er nichts als ein Mittel zum Zweck: schuften, Geld verdienen, immer mehr Geld, ohne je einen Gedanken daran zu verschwenden, was er gedacht, was er gefühlt hat?

Nach diesem Ausbruch, als sein Zorn schon etwas verraucht ist, hat Peter schließlich sein volles Glas ins Cheminée geschleudert. Der Whisky ist verbrannt, es gab sehr schöne bläuliche Flammen, die kleinen Mädchen sind erschreckt und schluchzend aus dem Wohnzimmer gerannt. Joan bleibt stumm. Sie sieht ihren Mann an und fragt sich, weshalb er heute abend denn mit solcher Heftigkeit reagiert hat. Eigentlich hat sie ja nie wirklich daran geglaubt, daß er einwilligen würde, so etwas zu bauen. Das war nur ein Versuchsballon, der doch keine so übertriebene Reaktion verdient hätte. Was ist mit ihm passiert?

«Was verlangst du das nächste Mal?» schreit Peter noch immer – aber ihm ist schon nicht mehr so zumute –, «ein Privatflugzeug, eine Jacht, ein Dampfschiff, weshalb eigentlich nicht?»

«Ein Dampfschiff? Was für eine glänzende Idee», sagt Joan lachend. «Wir werden damit eine Weltreise machen und Orgien darauf feiern ... ich hole jetzt die Mädchen, du hast sie erschreckt, du Böser!»

Sie steht auf, streicht Peter leicht übers Haar und fragt sich, ob vielleicht, zufälligerweise, nicht doch eine andere Frau in sein Leben getreten ist. Sie stellt sie sich sehr schön vor und viel jünger als sie selbst, die auf die Vierzig zugeht und sich sehr schlecht damit abfinden kann, daß sie altert. Sie nimmt sich vor, wachsam zu sein.

Diese Szene spielt sich an einem jener Abende ab, an denen Cornelia sich allein in ihrer Wohnung quält. Aus zwei ganz gegensätzlichen Gründen: Erst einmal, weil sie überzeugt ist, daß Peter, enttäuscht über ihre Ungeschicklichkeit und groteske Unerfahrenheit, ihr kein Lebenszeichen mehr geben wird, und dann, weil sie sich selbst mit Vorwürfen und Gewissensbissen wegen seiner Frau peinigt. Es liegt natürlich auf der Hand, daß diese beiden Sorgen sich eigentlich ausschließen sollten, aber Cornelia ist voller Ungereimtheiten, unfähig, ihren gesunden Menschenverstand zu brauchen. Das Klavier bleibt stumm, die Mandarinfinken flattern in ihrem Käfig herum, ohne daß sie sie beachtet. Kaum vorstellbar, daß sie noch vor wenigen Wochen in Frieden mit sich selbst gelebt hat, in kleinen Schritten dem Alter, dem Tod zu ging. Wenn sie sich vorstellen könnte, wie schön Joan ist, ihre überlegene Selbstsicherheit, die Anziehungskraft, die sie auf Männer ausübt, würden sich ihre Skrupel verflüchtigen, ihre Gewissensbisse würden vielleicht verschwinden, aber zu ihrem ersten Leiden, der Angst, daß sie Peter nicht fesseln kann, würde sich die Qual der Eifersucht gesellen, die Gewißheit, Joan unterlegen zu sein, würde sie zur Verzweiflung bringen. Ich hoffe nur, daß sich diese zwei Frauen nie begegnen. Daß Peter, so ungeschickt er auch ist, wenn es darum geht, seine Gefühle auszudrücken, nie genötigt sein wird, Cornelia zu erklären, daß man der Schönheit müde werden kann, daß man in gewissen Augenblicken sogar Abscheu dagegen verspürt und ihr ein Gesicht, einen Körper vorzieht, die vom Leben gezeichnet sind.

Als er eine Woche nach ihrem ersten Abend wieder bei Cornelia ist, hat er Gott sei Dank keinen Grund, dieses gefährliche Unternehmen zu wagen. Er muß jedoch eine in Tränen aufgelöste Frau beruhigen, die ihm kaum Zeit läßt, überhaupt hereinzukommen, und die in einem einzigen Stoß, so als wolle sie sicher sein, auch bis zum Ende zu kommen, alles sagt: daß sie viel nachgedacht habe, daß sie die Rolle, die sie spiele, abscheulich finde, daß der Gedanke, jemandem weh zu tun, ihr unerträglich sei, und daß sie nicht wisse, was sie tun solle. Und er sagt genau das, was sie zu hören wünscht, und spricht das sehr entschieden aus, denn er erinnert sich an die Szene mit dem Hallenbad: «Mach dir keine Sorgen, Cornelia, du weißt nichts über mein Leben. Ich weiß, was ich tue.»

Er nimmt sie in die Arme, drückt sie an sich und fügt mit sicherem Instinkt diesen kleinen Satz hinzu, dem keine Frau, oder fast keine, widerstehen kann: «Ich brauche dich.»

Cornelia hat deshalb nichts gesagt, sich nicht gesträubt, als er sie nach dem Essen ins Schlafzimmer führt. Wie das erste Mal hat sie sich sehr schnell ausgezogen, irritiert dadurch, daß sie sich nicht von ihrer Schamhaftigkeit lösen kann, daß sie nicht weiß, wie sie all diese Bewegungen machen soll, die sie sonst doch, wenn sie allein ist, so selbstverständlich vollzieht. Peter dagegen entledigt sich ruhig seiner Kleider, legt sie auf einen Stuhl, ganz natürlich, wie wenn er hier schon lange zu Hause wäre: Er zündet die Lampe an, löscht das Deckenlicht, ein Ritus, der schon zur Gewohnheit geworden ist. Unterdessen hat sich Cornelia wieder unter die Decke geflüchtet, aber diesmal schlägt Peter sie bis zum Fußende zurück, bevor er sich zu ihr legt, und steht da, unbeweglich, sieht sie an. Wie soll sie diesen Blick auf ihrem nackten Körper ertragen? Cornelia hat die Augen geschlossen, wie wenn sie ihn so, weil sie nichts sieht, auch daran hindern könnte, hinzusehen. Er legt sich neben sie, legt die Hand auf ihre Brüste:

«Mach die Augen auf, Cornelia.»

Sie hält sie geschlossen. Sie fröstelt, hat das Gefühl, er hätte ihr, indem er die Decke zurückschlug, die Haut abgezogen. Was er jetzt sieht, sagt sie sich in einer Eingebung, ist ihr Fleisch ohne Haut, ihr bloßes, blutiges Fleisch.

«Gib mir die Decke», sagt sie.

«Nein. Mach die Augen auf, Cornelia.»

Und das sieht er außer ihrem gehäuteten Fleisch noch: ihre widerlichen Eingeweide, diese Organe, die sie nie beim Namen nennen konnte, sind schamlos seinen Augen preisgegeben: die Gebärmutter, die Eierstöcke und die Vagina, dieser dunkle Gang.

«Ich bitte dich, Peter.»

«Nein.»

Er liebkost sie. Seine Hand bewegt sich auf und ab auf diesem Körper ohne Haut, auf den Brüsten, dem Bauch, den zusammengepreßten Schenkeln. Er küßt ihre Lider: «Hab keine Angst, Cornelia. Mach die Augen auf.»

Endlich gehorcht sie. Das Licht der kleinen Lampe

blendet sie. Ihr Körper ist weiß, es ist so lange her, seit sie ihn zum letztenmal der Sonne preisgegeben hat; der von Peter dagegen ist ganz braungebrannt, mit einem kleinen weißen Dreieck von der Badehose, die ganz winzig sein muß. Sie möchte in die Nacht zurücktauchen, in der sie sich geschützt fühlt, wo alles vorhanden ist, ohne daß sie sich ihm stellen muß. Aber gleichzeitig scheint es ihr, daß von diesem Blick auch Erleichterung kommt. Und sie zwingt sich, mit ihren Augen der Hand zu folgen, die sich auf ihrem Körper bewegt, von den Schenkeln zum Bauch, zur Taille, zu den Brüsten, und die sich dann langsam wieder nach unten wendet.

Wagt Cornelia es jetzt, ihrer eigenen Hand zuzusehen, wie sie sich diesem fremden Körper nähert, wie sie zuerst die Schulter berührt, den leichten Flaum auf der Brust liebkost, sich bis zum Bauchnabel vorwagt und dort stillhält. Wagt sie, Cornelia, es wirklich, das Geschlecht dieses Mannes anzusehen, mit dem sie jetzt, mit fünfzig Jahren, sich anschickt, die Liebe zu entdekken?

Und ihre Hand bewegt sich zu ihm hin, legt sich darauf, zögernd, deutet eine Liebkosung an.

Später, als Peter in sie eindringt, weiten die Kreise der Lust sich aus und ihr Zentrum brennt, als wollte es explodieren. Cornelia hat das Gefühl, daß sie sich am Rand von etwas befindet, das zu stark, zu heftig für sie ist, sie umklammert Peters Nacken, das Gesicht an seinen Hals gepreßt. «Bald», sagt sie zu sich selbst, «bald wird es soweit sein, hab nur Geduld», und sie fühlt in ihrem ganzen Körper, wie seine Lust sich entlädt, jetzt liegen sie einander in den Armen, befriedigt, er zieht sich nicht sogleich aus ihr zurück, wie Guillaume das jeweils machte, er verweilt in ihr, das Begehren hat sich in Zärtlichkeit verwandelt.

«Ich bin glücklich», sagt Cornelia ganz leise.

«Ich auch», sagt Peter.

Und er fügt hinzu: «Von jetzt an wagst du es immer, die Augen aufzumachen.»

«Ja. Es tut mir leid, daß ich so dumm war.»

Und er, immer noch in ihr, in der Ruhe, die der Lust folgt, sagt, ohne zu überlegen, diesen Satz, den sie sich in den nächsten Tagen, wenn sie getrennt sind, immer und immer wiederholen wird: «Weil du so bist, fühle ich mich so wohl mit dir.»

2

Woran dachte wohl Cornelia vor ihrer Reise nach Rom? Sie fragt sich das oft, ohne sich je wieder genau erinnern zu können, was damals ihren inneren Horizont ausmachte. Zweifellos dachte sie so wenig wie möglich, beschränkte absichtlich den Kreis dessen, womit sie sich beschäftigte. Das Büro, die Mahlzeiten, die Musik, die Lektüre. Wie der Vogel Strauß steckte sie ihren Kopf in den Sand, um nicht sehen zu müssen, daß ihr etwas fehlte. So stellt sie sich das jetzt vor. Jetzt, da ihre Gedanken den ganzen Tag lang mit nichts anderem als mit Peter beschäftigt sind. Vom Augenblick des Erwachens an bis zu dem Moment, da es ihr endlich gelingt, einzuschlafen, befaßt sie sich mit dem, was sie schon zusammen erlebt haben und was sie noch entdecken werden. Unermüdlich ruft sie sich jede ihrer Gesten in Erinnerung, dieses Fieber, das in ihr war, ohne daß sie es ahnte, diese Sehnsucht nach Glück, die sie so lange, mit so viel Hartnäckigkeit, zurückgedrängt hat.

Die Gedanken Cornelias kreisen auch um die Vergangenheit, diese Vergangenheit, die sie so total in sich vergraben hatte, daß es schien, sie sei ausgelöscht. Zuerst, als sie sich die Jahre ihrer Ehe in Erinnerung ruft, diese Armseligkeit und Trockenheit, packt sie eine große Wut auf Guillaume. Welches Recht hatte er, sie zu benutzen, ihr zwei Kinder zu zeugen, ohne auch je nur zu versuchen, sie glücklich zu machen, während er, dank ihr, sich jedesmal befriedigt hat?

«Dieser Mistkerl, Mistkerl», wiederholt sie sich zornig, und sie verabscheut ihn von ganzem Herzen. Und dann hat sich die Wut gelegt: Sie sagt sich, daß Guillaume zweifellos ein Opfer derselben Erziehung gewesen ist wie sie, daß er auch unerfahren war, ungeschickt, verschämt. Langsam hört sie auf, ihm deswegen böse zu sein. Schließlich hat niemand sie dazu gezwungen, ihn zu heiraten. Nur sie, sie allein hat diese Flucht ergriffen, sich dahin zurückgezogen. Und Cornelia zwingt sich mehrmals dazu, sich die Szene im Boot mit Francesca in allen Details wieder vorzustellen, diesen kurzen Moment, in dem ihre Freundschaft beinahe zu etwas anderem geworden wäre. Sie sieht die Glanzlichter auf dem See, riecht den Duft des Holzes und hat wieder das Gefühl, sie befinde sich am Rand von etwas Unbekanntem, Furchteinflößendem und gleichzeitig Anziehendem.

Hat sie seit jenem Tag Angst vor dem Wasser?

Angst vor dem Wasser und vor der Luft, wie sie Angst vor der Erde hat, die man ihr als Kind zu berühren verbot, Angst auch vor dem Feuer, das sie doch immer faszinierte.

Wovor hat sich Cornelia denn nicht gefürchtet in der Zeit vor jenem Herbstabend, da sie ins Flugzeug nach Rom gestiegen ist?

Vor ein paar Tagen hat ihre Mutter angerufen. Der wichtigste Grund für diesen Anruf bestand offenbar darin, daß sie wissen wollte, ob Cornelia diesen Herbst Zwetschgenkonfitüre eingemacht hatte oder nicht. «Meine ist mißraten», näselte die Stimme am anderen Ende des Drahtes. «Ich dachte, du könntest mir ein paar Gläser geben.» Cornelia hat gesagt, sie habe keine Konfitüre eingekocht, sie habe nicht einmal daran gedacht, und sie habe auch nicht die Absicht, es zu tun, selbst wenn man noch Zwetschgen bekommen könnte. «Das ist schade», hat ihre Mutter spitz bemerkt, «du hast doch so viel freie Zeit, da solltest du Konfitüre kochen, die, die man kauft, ist viel zu teuer und überdies noch ungesund.» Cornelia hat geantwortet, sie esse immer weniger Konfitüre, und es sei gar nicht wahr, daß sie so viel Freizeit habe: Im Gegenteil, sie sei sehr beschäftigt. «Ich frage mich nur womit», hat ihre Mutter gesagt, «wo du doch allein lebst.»

Und dann kam ein anderer Anruf, einer von Laure. Vor dem kleinen Tischchen sitzend, auf dem das Telefon steht, hat Cornelia mit ihrer Tochter mit einer ganz neuen Gelassenheit gesprochen. Sie hat so lange unter der schlechten Beziehung zu ihr gelitten und darunter, daß Laure sich vor ihrer Heirat und bevor sie sich in Paris niederließ, kaum um sie gekümmert hat. Sie hat sich so lange schuldig gefühlt, weil es ihr nicht gelungen ist, eine «gute Mutter» zu sein, hat sich Vorwürfe gemacht, daß sie die Kinder, ohne es zu wollen, deshalb dazu nötigte, früh von ihr wegzugehen, ohne je in Betracht zu ziehen, daß sie ihnen, indem sie in ihnen den Mut weckte, sie zu verlassen, ein unschätzbares Geschenk gemacht hat: die Freiheit.

Der Anruf von Laure hat genauso wichtige Gründe gehabt wie der von Cornelias Mutter: Julien esse seit einigen Wochen sehr schlecht, und sie frage sich, ob sie nicht die Vier-Uhr-Mahlzeit weglassen solle. Wie Cornelia darüber denke? Sie denkt gar nichts. Das Leben, in dem sie eine Großmutter ist, schwimmt undeutlich um sie her wie eine Wolke. Aber sie hat wenigstens eine Anstrengung gemacht und Laure einen einigermaßen vernünftigen Rat gegeben, und dann hat sie ihr von Francescas Krankheit erzählt. «Arme Francesca», hat Laure gesagt, und man hat gemerkt, daß sie schon an etwas anderes dachte. «Und du, Maman, geht es dir gut?» «Ja», hat Cornelia geantwortet, in einem Ton, der eigentlich noch mehr Fragen hätte provozieren können. «Mir geht es sehr gut.»

«Umso besser», hat Laure gesagt.

In diesen Tagen hat Cornelia auch einen langen Brief an Francesca geschrieben und hat ihr darin erzählt, was geschehen ist, und daß es damals begonnen habe, als sie sie besuchte, und daß sie geschwiegen habe, aus Angst, lächerlich zu wirken. «Entschuldige, daß ich Dir von etwas erzähle, das Du vielleicht als sehr unbedeutend ansiehst, weil Du viel schwerere Sorgen hast, aber wem soll ich es erzählen, wenn nicht Dir?»

Im Büro hat sich Cornelia in diesen letzten Oktobertagen zweimal aufgelehnt.

Zuerst einmal gegen Monsieur Schwarz, der, als er sie bat, ein Dokument zu suchen, das bewußte Spielchen mit ihr wieder machen wollte und schon auf die Uhr sah.

«Ich werde mich später darum kümmern», hat Cornelia gesagt, «ich muß einen dringenden Brief fertigschreiben. Ich werde es Ihnen bringen, sobald ich es gefunden habe.»

«Und unsere Rekorde?» hat Monsieur Schwarz gesagt.

«Ich bin nicht angestellt worden, um Rekorde zu brechen», hat Cornelia sehr trocken geantwortet.

Gegen Léonce dann, der vorbeikam, einen Vertrag vor sie hinschleuderte und, ohne eine Antwort abzuwarten, fragte: «Was Neues, Cornette?»

«Ich heiße Cornelia», hat sie mit fester Stimme gesagt, «und ich möchte, daß Sie diesen Vertrag auf anständige Weise hinlegen.»

«Ich habe Sie doch immer Cornette genannt», hat Léonce gesagt.

«Gut, heute sage ich Ihnen eben, daß ich diesen Übernamen nicht mag und daß ich Cornelia heiße und daß ich es hasse, wenn man mir Papiere so aufs Pult wirft, ohne mich anzusehen.»

«Tönt das nicht nett, Cornette?» hat Léonce gefragt und dann nichts mehr zu sagen gewußt. Er hat den Vertrag wieder an sich genommen und ein Gesicht wie ein kleiner Junge gemacht, den man ausschimpft.

«Es ist dumm und etwas vulgär. Sie können Madame zu mir sagen, oder Cornelia, wie Sie wollen.»

Er ist bis zum Eingang ihres Glaskäfigs gegangen und dann zu Cornelias Pult zurückgekehrt. Er hat den Vertrag mit einer übertriebenen Geste der Höflichkeit hingelegt und hat sie angesehen, während er gefragt hat: «Etwas Neues, Madame?»

Sie haben beide gelacht, und sie hat geantwortet: «Daß ich nicht will, daß Sie mich Cornette nennen, das ist neu.»

«Einverstanden», hat Léonce gesagt.

Er ist hinausgegangen und dann wieder gekommen.

«Im Grunde haben Sie recht. Cornelia ist ein schöner Name.»

Abends sitzt sie oft auf dem Balkon. Sie sieht hinüber, ans andere Ufer, an den Ort, den Peter ihr gezeigt hat, wo sein Haus ungefähr steht. Die Luft riecht nach verbranntem Gras, der Herbst zieht seinen Dunst über die Landschaft, nur die Linie der Jurahöhen hebt sich klar gegen den Himmel ab. Wolken ziehen über den See. Sie stellt sich ihn vor, dort drüben, so nah und doch so fern von ihr, mit seiner Frau und seinen kleinen Mädchen. Es schmerzt sie kaum. Was sie viel stärker spürt – ist das Einbildung oder nicht –, ist dieser starke Strom zwischen ihm und ihr, übers Wasser hin trotz der Entfernung, wie wenn etwas hinüberflösse, Gedanken, Begierde, Zärtlichkeit, all das miteinander verwoben, und vor allem: Erwartung.

3

Da ich mir selbst die Gabe verliehen habe, allgegenwärtig zu sein, werde ich jetzt Cornelias Blicken bis zu dem Ort folgen, wo sie haltmachen: auf halbem Weg zwischen Versoix und Coppet, nicht weit von einem Wäldchen.

Einmal mehr verbringen Peter und Joan den Abend gemeinsam in ihrem luxuriösen Wohnzimmer vor dem Kamin. Heute sind die Kinder schon im Bett. In der Küche ist das Mädchen mit Abwaschen beschäftigt.

Etwas sticht mir sofort ins Auge, wenn ich Peter ansehe und seine Frau Joan: Sie gleichen sich. Nicht nur weil sie beide schön sind und sich in ihrem Körper wohl zu fühlen scheinen, in ihren gutgeschnittenen Kleidern, sondern auch weil sie eine andere, wichtigere Eigenschaft gemeinsam haben, etwas, das sie mehr aneinanderbindet, als sie ahnen können: Sie sind beide Fremde in diesem Land, Immigranten. Natürlich sind sie privilegiert, sie haben nichts gemeinsam mit den Saisonniers und ihren Kommunikationsschwierigkeiten, den Baracken, ihrer Einsamkeit. Und doch sind sie Fremde ohne Wurzeln in dieser Erde, wohin sie der Zufall verschlagen hat. Ihre Freunde sind Amerikaner, Engländer oder Deutsche, manchmal auch Schweden. Sie sind nicht integriert in die Gesellschaft der welschen Schweiz, die ihnen oft wenig gastfreundlich vorkommt, eher kühl. Sie leben noch genauso wie in Kalifornien – der Zeitpunkt der Mahlzeiten, die Zubereitung der Speisen, die Erziehung der Kinder, und Englisch bleibt ihre Sprache.

Ich weiß nicht, ob ich mich täusche, aber ich habe den Eindruck, daß auch der uneingestandene Wunsch, sich besser zu assimilieren, eine Rolle spielt, wenn Peter sich von Cornelia so angezogen fühlt, die Sehnsucht danach, so etwas wie eine Heimat zu finden in diesem Land. Auf jeden Fall denkt er an die Wohnung auf dem anderen Seeufer wie an einen Ort, an dem er so etwas wie Wurzeln gefunden hat. Aber er treibt seine Analyse der komplizierten Gefühle, die er für diese Frau empfindet, die älter ist als er und weniger schön als Joan, eigentlich nie so weit. Er mag psychologische Spitzfindigkeiten nicht, ich glaube, ich habe das schon erwähnt, er nimmt die Ereignisse so, wie sie eben kommen, mit einer Einfalt, die Cornelia aus der Fassung bringen und enttäuschen würde, könnte sie sie ahnen. Jedoch fühlt er angesichts all der materiellen und mondänen Verpflichtungen seines Lebens tief in sich, daß ihm etwas fehlt, es ist eine Art Ungeduld. Dieses Unbehagen sollte nicht zu rasch größer werden, denn Peter wäre dann imstande, so fürchte ich, auf Cornelia zu verzichten, nur um seine Seelenruhe wiederzufinden, um zu bewahren, was er sich seit seiner Jugendzeit so mühsam aufgebaut hat. Gegenwärtig ist es nicht mehr als eine kaum merkliche Irritation, die er leicht verdrängen kann, aber die ihn doch dazu bringt, an diesem Abend, im Moment, da sie im Begriff sind, sich ins Schlafzimmer zurückzuziehen, zu Joan zu sagen, er sei immer so müde diesen Herbst, wirklich müde, die Arbeit, die schwierigen Geschäfte, die anspruchsvollen Kunden, die Reisen, er wünsche sich, ihre intimen Beziehungen würden ein bißchen weniger häufig, es tut ihm leid, aber Joan wird das doch verstehen. Joan sieht ihn an. Sie steckt das mutig ein, sie sagt, sie verstehe das. Und dann später, während Peter so tut, als schlafe er – sie weiß sehr gut, daß er nicht schläft, es gibt Anzeichen, die einer Frau, die so viele Jahre mit ihm verbracht hat, nicht entgehen –, denkt sie nach, mit offenen Augen in der Dunkelheit. Gründlich, so wie sie alles macht. Jetzt ist sie ganz sicher, daß es eine andere Frau in Peters Leben gibt. Es wird sehr leicht sein, denkt sie, herauszufinden, wer diese Frau ist, und dann, mit den Beweisen in der Hand, Peter dazu zu bringen, mit ihr Schluß zu machen. Aber sie hat keine

Lust dazu. Jedenfalls augenblicklich nicht. Sie weiß genau, daß sie damit nur seinen Argwohn wecken und das, was sie und Peter aneinander bindet, zerstören würde. Besser scheint ihr doch, die Gelegenheit zu nutzen und sich selbst Dinge herauszunehmen, die sie seit langem reizen, auf die sie nur ihrem Mann zuliebe verzichtet hat. (Jetzt tut er sogar so, als schnarche er, dieser Idiot.) Da gibt es einen sehr schönen Jungen, der ihr den Hof macht, erst dreißig, steht im Ruf, ein perfekter Liebhaber zu sein. Da gibt es auch eine Frau in ihrem Alter, die mit viel Hartnäckigkeit versucht, Joan davon zu überzeugen, es lohne sich, auch von anderen Genüssen zu kosten. Und schließlich gibt es unter ihren Freunden ein Paar, das Gruppensex praktiziert, und das ist etwas, was Joan gern kennenlernen möchte, aber lieber ohne Peter, der ist zu sehr von seiner protestantischen Erziehung geprägt, zu sentimental auch. Joan H. hat also offensichtlich verschiedene Möglichkeiten, und sie fühlt in sich ein brennendes Verlangen, das Leben zu genießen, alles zu versuchen, ihre Neugierde zu befriedigen, bevor es zu spät ist. Sie schließt also jetzt mit Peter, der diesmal wirklich eingeschlafen ist und an den sie sich jetzt kuschelt, um ebenfalls den Schlaf zu finden, einen stillen Pakt: Soll er seine Affäre haben – unter der Bedingung, daß sie nicht zu viel Raum einnimmt und nicht zu lange dauert –, sie wird nicht eingreifen und in aller Ruhe ihre eigenen Erfahrungen machen. «Aber wir werden uns wieder zusammenfinden», denkt sie und legt die Wange an Peters Rücken, «wir werden uns wieder zusammenfinden, du und ich.»

Ich überquere den See, das Wasser ist schwarz geworden. Cornelia hat das Licht gelöscht, sie vergräbt ihr Gesicht im Kopfkissen, das den Duft Peters noch bewahrt hat.

Sie hat vergessen, die Mandarinfinken zu füttern.

4

Gegen Ende November ist Cornelia zu einem Gynäkologen gegangen. Seit Christians Geburt war sie nie mehr bei einem Frauenarzt. Sie ist sich bewußt gewesen, welche Risiken sie eingegangen ist, weil sie sich nicht einer regelmäßigen Kontrolle unterzogen hat, aber sie hat einfach nicht den Mut dazu gefunden, sich so, mit gespreizten Beinen ausgestreckt auf einem Stuhl, dem Blick des Arztes bis in ihre geheimsten Teile hinein auszuliefern, jetzt, da sie kein Kind im Leib trägt. Sie wird sich jetzt bewußt, daß sie ihren eigenen Körper nur akzeptiert hat, wenn sie schwanger war, vielleicht, weil er dann nichts Persönliches mehr hatte – dieser verachtenswerte Körper der Cornelia V. –, und daß statt dessen die Art, die Spezies Mensch, von ihm Besitz ergriff. Die undurchsichtigen Manipulationen, die da drin in ihrem Bauch vollzogen wurden, rechtfertigten sich durch die wunderbaren Gesetze der Fortpflanzung, so daß all diese Organe durch sie wie rehabilitiert wurden. Ja, damals, als das Leben sich in ihr regte und wuchs, hat sich Cornelia während einiger Monate mit ihrem Körper versöhnt gefühlt, obschon er doch schwer und häßlich geworden war. Aber nach der Geburt ist wieder diese Gleichgültigkeit, ja fast Abscheu dagewesen.

Zu behaupten, es hätte sie in diesem November 1981

keine Überwindung gekostet, ist übertrieben. Sobald der Arzt den Stuhl gekippt hat und sie sich offen, die Beine gespreizt, wehrlos diesem mit Gummi behandschuhten Finger, der in ihr wühlte, ausgeliefert fühlte, hat sie gelitten. Aber sie hat es ertragen, hat sogar versucht, im Geist sich diese geheimen Teile ihres Körpers vorzustellen, weich und rosafarben wie Perlmutter in einer Muschel. Und nachdem der Arzt gesagt hatte, daß offensichtlich alles in Ordnung sei, was sicher durch den zytologischen Befund bestätigt werden würde, hat sie gewagt, mit fester Stimme zu fragen, ob in ihrem Alter Schwangerschaftsverhütung noch nötig sei.

«Welche Methode haben Sie in den letzten Jahren angewendet?» hat der Gynäkologe gefragt.

Mit derselben festen Stimme hat Cornelia erwidert, daß sie seit ihrer Scheidung keine sexuellen Kontakte mehr gehabt habe, das heißt seit zehn Jahren, und daß sie jetzt einen Freund habe.

Sie hat irgendeine Reaktion dieses Mannes in Weiß erwartet, daß er sich schockiert zeigt oder erstaunt, aber er hat keinen Laut von sich gegeben. Er hat nur gesagt, daß das Risiko, schwanger zu werden, nur noch ganz winzig sei, aber daß er ihr doch, vorsichtigerweise, eine Minipille verschreiben werde. Nachdem er ihr erklärt hat, wie sie sie nehmen muß, hat er das Rezept geschrieben, und sie hat sich auf der Straße wiedergefunden mit einem Gefühl, als hätte sie einen Sieg über sich selbst davongetragen. Wie wenn dieses zusammengefaltete Stück Papier aus ihr endlich eine richtige Frau gemacht hätte.

Der Apotheker hat wohl nicht verstanden, weshalb sie so gestrahlt hat, als sie ihm das Rezept hinhielt.

Was bleibt von diesen ersten Wochen der Liebe Cornelias zu Peter noch zu erzählen? Es gäbe viele Einzelheiten zu erwähnen: Sie wählt jetzt ihre Kleider sorgfältig, kauft nicht mehr schnell, schnell irgend etwas, um sobald wie möglich der Pflicht enthoben zu sein, sich mit sich selbst beschäftigen zu müssen; sie hat sich die Haare schneiden lassen, der Coiffeur hat ihnen Form gegeben. Cornelia beginnt, ihr Spiegelbild zu akzeptieren, bald bringt sie es vielleicht so weit, daß sie es liebt. Sie wagt es nun, sich nackt zu betrachten, was sie, so glaubt sie sich zu erinnern, ihr Leben lang nie getan hat: Sie steht im Korridor dem großen Spiegel gegenüber, an dem sie bis vor kurzem immer vorbeigegangen ist, ohne den Kopf zu drehen. Sie sieht, daß ihre Brüste noch immer fest sind, daß ihr Bauch fast flach und von den Schwangerschaften nicht gezeichnet ist, daß ihre Beine lang und schlank sind. Mein Körper ist schön, entdeckt Cornelia mit Verblüffung. Sie geht so weit, sich dazu zu zwingen, nackt durch die Wohnung zu wandern. Das Telefon läutet, es ist wieder die Mutter. Und ist da Cornelia, nackt im Wohnzimmer, den Hörer in der Hand, liebkost sie ihren Bauch, ihre Hüften, streichelt ihre Brüste. Sie möchte, daß die Mutter sie so sieht, und sie antwortet, nein, sie hat keine Tomaten eingemacht. Übrigens mag sie Tomaten gar nicht. «Ich habe schon immer gewußt, daß du eine schlechte Hausfrau bist», sagt die schneidende Stimme am anderen Ende, «ich frage mich, ob dich Guillaume nicht deshalb verlassen hat.» Ihr Bauch fühlt sich unter ihren Fingern sanft gewölbt an, die Haut ist sehr weich, Peter liebkost diese Weichheit, sie denkt an Peter, sie ist wunderbar nackt, und sie sagt, ja, sie sei wirklich eine schlechte Hausfrau, aber das sei ihr egal.

«Glücklicherweise ist Laure nicht wie du!» sagt ihre Mutter. «Das stimmt», antwortet Cornelia. Und sie fügt hinzu: «Sie gleicht dir!»

Ein wenig später, während sie sich anzieht, denkt sie, daß sie jetzt zweifellos den Grund für ihr tiefes Zerwürfnis mit Laure gefunden hat: Ja, sie gleicht ihrer Mutter, sie ist autoritär und eigensinnig wie sie. Und sie, Cornelia, wem gleicht sie? Vielleicht ihrem Vater, den sie so schlecht gekannt hat, oder der Tante, deren Vornamen sie trägt? Oder niemandem? Nur sich selbst, ganz einfach.

Was sie in dieser Zeit etwas stört, ist eine Art unwiderstehlicher Zwang: Früher bestanden für sie die Männer nur aus Oberkörpern und Beinen, und ihre Gedanken verirrten sich nie so weit, daß sie sich die untere Partie ihrer Gestalt vorstellte, doch jetzt ist sie plötzlich besessen von der Präsenz ihrer Geschlechtsorgane, diese Vorstellungen drängen sich ihr mit obszöner Hartnäckigkeit auf. Sie antwortet Monsieur Schwarz, der ihr Fragen zum Dossier eines Kunden stellt, und gleichzeitig sieht sie in der Vorstellung sein Glied, das zwischen seinen Beinen baumelt, ein gealterter Penis, runzlig, traurig. Sie bringt Léonce eine Tasse Kaffee und kann nicht anders, als dabei an sein Glied zu denken, es ist weniger alt als das von Monsieur Schwarz, aber auch etwas müde. Sie stellt sich den jungen, schnell zu weckenden Penis von Gaël vor, die Penisse der Kunden, denen sie die nötigen Formalitäten erklärt, wenn sie den Wagen wechseln wollen. Cornelias Kopf, der Geist dieser braven Sekretärin, so gut gekleidet immer, so gut gekämmt, fast elegant, ist voll von männlichen Geschlechtsorganen. Manchmal errötet sie deshalb, aber sie ist so klug, nichts zu dramatisieren und ganz einfach zu warten, bis es vorübergeht. Oft muß sie innerlich darüber lachen. Sie hat Lust, es Peter zu erzählen, aber damit er versteht, müßte sie ihm ihre ganze Geschichte erzählen, so wie sie ist, ohne zu lügen. Sie hat keine Lust dazu. Sie fürchtet sich vor Wörtern und den Mißverständnissen, die sie wecken könnten. Es scheint, als hätten sie zusammen eine andere Sprache gefunden, eine ohne Worte, in der sie einander aber das Wichtigste sagen können.

5

Er steht im Zimmer und schickt sich an, sich zu Cornelia zu legen, die ihn erwartet. Wie immer führt er bedächtig all die Bewegungen aus, die fast zu einem Ritual geworden sind: Er löscht das Deckenlicht, zündet die kleine Lampe an. Und während sie ihm zusieht, plötzlich dieser brennende Schmerz: Eines Tages wird er tot sein, eines Tages wird dieser lebendige, gebräunte, schöne Körper zerstört sein. Und Peter ist so ruhig, er besitzt eine solche elementare, tierhafte Ruhe, daß man meinen könnte, er wüßte es nicht.

Jetzt liegt er wie an den anderen Abenden neben ihr. Aber sie ahnt, daß nichts mehr sein wird wie zuvor, daß jetzt, nachdem diese Gewißheit in ihr plötzlich da ist – mit Peters Tod ist auch der nahe Tod von Francesca gegenwärtig und der längst vergangene ihres Vaters, plötzlich erinnert sie sich, sie hat dieses Gesicht mit solcher Verwunderung betrachtet, als hätte sie es früher nie so gut gesehen, wie wenn das Leben es ihr verschleiert hätte, ein kleines wehrloses Gesicht –, daß sie von jetzt an, da der Tod, diese unerhörte Tatsache, zwischen ihnen so gegenwärtig ist, hier im Bett, die Schranken überwinden wird, die sie bis jetzt noch einengen. Schon wandern ihre Lippen, und dies ist das erste Mal, über diesen bedrohten Körper, sie finden am Halsansatz die Stelle, wo das Blut in den Adern pulsiert, sie verweilen hier, bevor sie dann hinunter zu der Stelle vordringen, wo man das Herz schlagen hört. Und jetzt, die Wange an Peters Bauch, lauscht sie den Geräuschen dieses Körpers, wie sie nie auf die ihres eigenen gehört hat. Kleine Eruptionen, eine Art Gurgeln verraten, daß er brav tut, was nötig ist, damit das Leben, das in ihm wohnt, so lange wie möglich weitergeht, aber dieser Kampf ist schon jetzt entschieden, alle Anstrengungen zum Scheitern verurteilt, der Tod wird siegen, dieser häßliche Tod, die Tage sind gezählt, der Tod wird siegen, Liebster.

Noch nie hat Cornelia Peter so begehrt.

Und Peter ist mit einer Heftigkeit in sie eingedrungen wie nie zuvor. Rhythmisches Stöhnen, immer schneller, erfüllt die Stille. Cornelia hört es wie von weit her, versucht, es zu unterdrücken, die Nachbarn, was werden sie von ihr denken, die Wände sind so dünn . . . Und dann läßt sie sich gehen, und es ist, als stoße sie jetzt die Schreie aus, die sie unterdrückt hat, als sie in den Wehen lag. Damals hat sie ihre Nägel in ihre Handballen gedrückt, bis sie blutete, man nimmt sich doch zusammen, Cornelia, ein bißchen Haltung, bitte sehr. Jetzt stöhnt sie, und dann ist sie still, unbeweglich, konzentriert in ihrer Erwartung, ihrer Hingabe an das, was kommen wird, was ihren Leib durchzucken, ihren Körper überfluten wird, was droht, die Hülle ihrer Haut zu sprengen. Cornelia hat den Eindruck, sie zerstiebe in Millionen winzige, leuchtende Moleküle, die durch das All geschleudert werden, und sie klammert sich in dieser unerhörten Zersplitterung an Peters Nacken, halte mich, bring mich auf die Erde zurück.

Über sie gebeugt, liebkost er ihre schweißnassen Haare. Sie öffnet die Augen.

«Niemals vorher», sagt sie.

«Nie?»

«Nie hab ich so etwas erlebt.»

«Mit deinem Mann?»

«Nie.»

«Mit anderen?»

Sie kann nicht anders, als es zuzugeben:

«Es gab keine anderen.»

Er sieht sie an, erstaunt, er lächelt, und während sein Körper sich entspannt, muß Cornelia gegen einen Gedanken kämpfen, der in ihr aufsteigt, eine schöne Lüge: Jetzt wird uns nichts mehr trennen.

6

Abends, wenn sie von der Arbeit kommt, steht Cornelia oft auf dem Balkon. Das andere Ufer ist unsichtbar, ausgelöscht durch Dunkelheit und Nebel, der vom See aufsteigt. Sie steht da mit hochgeschlagenem Mantelkragen, weil es kühl zu werden beginnt, während drinnen in der Wohnung die Mandarinfinken um die Wette piepsen. Sie wartet. Sie weiß nicht genau, worauf. Vielleicht darauf, daß ein plötzlicher Lichtstrahl ihr erlaubt, den Ort zu sehen, an dem Peters Haus steht, links von der Fahnenstange, an deren Spitze zu dieser Jahreszeit keine Fahne flattert. Aber der Nebel ist hartnäckig, wird mit der Zeit immer dichter. Doch er hindert sie nicht daran, das Haus ganz klar zu sehen, und auch wie Peter nach Hause kommt, den Schal um den Hals, wie er seine Frau und seine kleinen Töchter küßt, ganz zufrieden, da ist sie sicher, glücklich ist er, wieder zu Hause zu sein in seinem Wohnzimmer, am Kaminfeuer zu sitzen, vom Tag zu erzählen, zuzuhören, was die andern berichten. Er denkt nicht an sie, oder nur ganz wenig. Aber ganz in ihm drin bewahrt er, wie sehr wünscht sie sich das, wie eine kleine Insel einen geschlossenen Raum, wohin er sich zurückzieht, um ihr, Cornelia, zu begegnen, der Erinnerung an das, was sie gemeinsam erlebt haben.

Gemeinsam? In gewissen Augenblicken – zum Beispiel jetzt, hier auf dem Balkon, im Nebel – scheint es ihr, daß sie beide nicht dieselbe Geschichte erleben, denn wie ist es vorstellbar, daß er, so verwöhnt, so gut eingerichtet in seinem Leben, davon so überwältigt ist wie sie. Wie könnte er diese Angst empfinden, von der sie manchmal überfallen wird, oder ein solch starkes Gefühl der Freude, wie sie sie in den Augenblicken fühlt, da sie zu denken aufhört, sich gehenläßt und dann brennend die Existenz ihres Körpers wahrnimmt, dieses neuen Körpers, der endlich ein richtiger Frauenkörper ist und ein Geheimnis in sich trägt, der schamlos sich entflammen, explodieren kann, eine Fähigkeit, von der sie früher nie etwas geahnt hat.

Er erlebt eine andere Geschichte, das weiß sie. Eine banale Geschichte, die seine Aufmerksamkeit vielleicht nur teilweise in Anspruch nimmt, er hat sich übrigens, das weiß sie, seit langem schon entschieden.

Cornelia betrachtet die Nebelfetzen, wie sie auseinanderdriften und sich wieder vereinigen und dann am Himmel davongleiten, denn der aufgekommene Wind treibt sie vor sich her. Und sie fühlt sich auch auseinanderdriften, in leichten Fetzen mit wechselnden Konturen davonschweben. Sie preßt die Arme gegen ihre Brust. Und sieht sich gleichzeitig auseinanderfallen, sich von sich selbst entfernen, sich in dieser Novembernacht auflösen.

Wer ist sie, diese Frau, die so unbeweglich auf dem Balkon steht? Wie weit wird sie es kommen lassen? Diese ausgehungerte, heftige, verliebte Cornelia, offen, sich hingebend, schamlos. Wie soll sie sich an sie gewöhnen, sich in ihr wiedererkennen?

Sie verbirgt diese Cornelia, so gut sie kann. Damit niemand ihre Existenz errät. Sie bemüht sich, sie selbst zu bleiben.

Aber es gelingt ihr nicht ganz.

«Was ist nur mit Ihnen los?» hat Léonce vor ein paar Tagen gefragt.

«Warum?»

«Ich weiß nicht. Sie sind so anders.»

Er sagt jetzt nie mehr Cornette zu ihr. Er sieht ihr jetzt in die Augen, wenn sie ihm seine Tasse Kaffee bringt, übrigens hat sie ihm soeben erklärt, daß sie keinen Kaffee mehr servieren wird, auch den andern nicht, und daß sie ihn sich gut selbst in ihrem Glaskäfig holen könnten, es sei schon nett genug von ihr, daß sie bereit sei, überhaupt für alle Kaffee zu kochen.

«Es stimmt», sagt Léonce hartnäckig, «Sie sind nicht

mehr dieselbe, Sie sehen jünger aus ... ist das so seit Ihrer Reise nach Rom?»

«Was glauben Sie eigentlich», sagt Cornelia und wendet sich ab.

Er sieht ihr nach. Etwas in ihrer Art zu gehen. Was? Und jetzt wird es ihm klar, daß es ihr früher gelang – er sieht sie vor sich, eine flinke kleine Maus – zu gehen, ohne die Hüften zu schwingen, wie wenn sie in ein Korsett gezwängt wäre, und daß jetzt diese Hüften lebendig sind, daß sie sich bewegen. «Ein Mann», denkt er, «sicher ein Mann.» Er verspürt eine Art Frustration, fühlt sich verschaukelt. Diese Garage wird noch viel düsterer sein, wenn Cornelia nicht mehr Cornelia ist.

7

Ein Abend im Dezember. Peter wird am nächsten Morgen sehr früh nach Portugal abreisen und dort eine Woche bleiben. Wenn er zurückkommt, so hat er erklärt, wird er nur einen einzigen Tag in Genf verbringen (er hofft, daß er dann Zeit hat, Cornelia kurz zu sehen oder sie wenigstens anzurufen), dann wird er zu seiner Familie nach Gstaad fahren, wo seine Frau, so sagt er, ohne ihn zu fragen, für die Festtage eine Wohnung gemietet hat.

Heute abend, vor dieser langen Trennung, wäre er wirklich sehr gern noch zu Cornelia nach Hause gekommen. Aber es ist ihm leider nicht möglich: Ein wichtiger Kunde, einer der größten Kunden, hat mit ihm eine Verabredung, um eine Angelegenheit zu besprechen, bei der es um mehrere Millionen Dollar geht. «Ich konnte nicht nein sagen, verstehst du, Cornelia?»

Sie haben sich in einem Park verabredet, am Stadtrand. Sie sind zusammen durch die verlassenen Alleen geirrt, Hand in Hand, fast ohne zu sprechen. Dann haben sie sich, trotz der Kälte, auf eine Bank am See gesetzt. Diesmal blicken sie gemeinsam zum Ufer hinüber, an dem Cornelia wohnt, und versuchen, die Lichter zu identifizieren, sie zu lokalisieren.

«Nein», sagt sie, «mein Häuserblock liegt mehr links, dort drüben, sieh doch.»

Dann aber verleidet ihnen dieses Spiel. Cornelia legt den Kopf auf Peters Schulter, flüchtet sich in die Wärme seines Arms, den er um sie gelegt hat. Sie findet, sie benehmen sich wie Mittelschüler, nicht wie Erwachsene in reiferen Jahren, die sie beide doch sind, sie mehr als er. Dennoch, sie kann in ihrem Gedächtnis stöbern, wie sie will, sie findet keine Erinnerung an etwas Ähnliches, keine Erinnerung, die an Süße und Intensität diesem Augenblick hier gleichkäme. Ist sie mit Guillaume früher auch im Park herumgeschlendert, haben sie sich auf einer Bank geküßt wie alle Verliebten auf der Welt? Vielleicht, aber sie hat es vergessen.

Peter erzählt von Erinnerungen an seine Kindheit in Norwegen. An die langen Winterabende, die Kälte und die Dunkelheit in den Kriegsjahren, den Kamin, in dem man manchmal ein mickriges Feuer entfachte, vorausgesetzt, es gab etwas Holz. Sein schweigsamer, unbeweglicher Vater, der seine Pfeife in einer Art stummer Wut rauchte. Seine Mutter, immer etwas von der Gemeinschaft ausgeschlossen, die ihr Gatte zusammen mit den Kindern bildete, isoliert, wie wenn sie, die Deutsche, sich für ihr Unglück verantwortlich gefühlt hätte. Er erzählt vom Sonnenlicht, das an bestimmten Morgen auf den vereisten Wiesen lag, von den Eisblumen an den Fenstern, den aufregenden Schneeballschlachten mit seinen Kameraden. Er merkt, daß er mit Cornelia mühelos wieder in dieses Norwegen zurückkehren kann, das sonst so tief in ihm verborgen liegt und von dem er Joan nie erzählt. Bei Joan hat er sich seit dem ersten Tag bemüht, einen ganz bestimmten Typ Mann zu verkörpern, diesen amerikanischen männlichen Typ, tüchtig, ohne Probleme, ohne Vergangenheit, denn er dachte, daß er nur so ihren Erwartungen entsprechen könnte. Er hat sich sehr angestrengt, sich mit diesem gutaussehenden Mann mit sicherem Auftreten, dessen Bild ihm die Spiegel überall zeigen und der ihm oft so fremd zu sein scheint, zu identifizieren. Warum hat er bei Cornelia ein solches Bedürfnis, zurück in die vergessenen Kinderjahre zu tauchen? «Weil sie sanft ist», denkt er, «weil sie nichts von mir erwartet.»

Während sie auf der Bank sitzen und mit gedämpfter Stimme sprechen, sich in dieser eisigen Dezemberluft aneinander wärmen, fängt es an zu schneien. Zuerst ganz langsam, dann in dichten Flocken. Allmählich legen sie einen Vorhang um sie, sondern sie ab vom Rest der Welt. Das linke Ufer, der See, die Stadt, all das existiert nicht mehr. Um sie herum ist der Horizont zu. «Bleiben wir so», denkt Cornelia, «für immer, bleiben wir so.» Morgen würden sie vielleicht erfroren eines in den Armen des andern liegen, sie würden nur noch ein einziger gefrorener Block aus Schnee sein, den man zerschlagen müßte, um ihre Körper voneinander zu trennen.

Wie lange sind sie so gesessen, ganz unbeweglich? Sie wissen es nicht. Die Flocken fallen auf ihr Gesicht, bleiben an Cornelias Wimpern hängen, verwandeln Peters Haare in eine weiße Perücke. Er schüttelt sich zuerst, entzieht sich mit Anstrengung diesem Schwindelgefühl – dieser absurden romantischen Todessehnsucht aus einer anderen Zeit. Diese ewige Versuchung, diese Täuschung, man könnte die Liebe festhalten, ihr Dauer verleihen, indem man aus dem Leben flieht, sich aus der Zeit davonstiehlt.

«Komm», sagt er, «wir holen uns sonst etwas Saumäßiges.»

Sie lacht, weil bestimmte Worte, die er übrigens selten benutzt, so schlecht zu seinem zögernden Französisch passen, zu seinem distinguierten Auftreten als amerikanischer Geschäftsmann.

Sie stehen auf, und Peter nimmt Cornelia in die Arme und küßt sie lange. Sie ist erstaunt darüber, daß er immer noch das Bedürfnis hat, sie so zu küssen, da sie doch mehrmals zusammen geschlafen haben und er sie doch, so glaubt sie, sicher nicht mehr so sehr begehrt wie damals an jenem Abend in Rom, da er noch nichts von ihr wußte. Und sie wundert sich auch, wie die Wärme des Begehrens sich wieder sanft, aber unweigerlich und total in ihrem Körper ausbreitet – wie es nicht nur aus der Berührung mit Peters Körper wächst, sondern auch aus der Zärtlichkeit, die sie in diesem Augenblick für ihn fühlt und die nichts Körperliches an sich hat, die auch jenseits physischer Wirklichkeit existiert, die ihr die Tränen in die Augen treibt, so wie in diesen letzten Jahren, denkt sie, wenn sie Musik hörte und für einige Sekunden einen Zustand der Gnade erreichte, wie sie das nennt, der Kommunikation mit dem Universum, mit einem Gott, der nichts mit diesem greisenhaften, griesgrämigen Aufpasser ihrer Jugend zu tun hat.

Sie haben an einem Wirtshaustisch gesessen, sich die Hände an Gläsern mit heißem Grog gewärmt. In diesem Augenblick hat sie wirklich begriffen, daß sie ihn während mehreren Wochen nicht mehr sehen wird und daß sie nicht weiß, wie sie diese Ewigkeit, diese unendliche leere Zeit füllen soll.

Und nun sagt er ausgerechnet: «Was wirst du über die Festtage machen?»

Sie schüttelt den Kopf. Was hat sie denn in all den andern Jahren gemacht? Sie erinnert sich nicht mehr, sieht vage vor sich einen Mistelzweig, den sie – war das letztes Jahr oder vor fünf Jahren? – über der Wohnzimmertüre befestigt hat und der ihr jetzt so mickrig vorkommt.

«Ich möchte nicht, daß du traurig bist», sagt Peter.

«Ich werde nicht traurig sein», sagt sie, «überhaupt nicht.»

Sie schweigt einen Augenblick:

«Ich liebe dich, Peter», sagt sie.

Und dann, als das Echo dieses Geständnisses in der Stille zwischen ihnen schwebt, scheint es ihr unpassend. Sie korrigiert schnell: «Ich hab dich gern.»

«Ich dich auch, Cornelia, ich mag dich.»

Sie sehen sich an, ihre feuchten Gesichter, mit winzigen Tröpfchen bedeckt, nackt.

«Aber man sollte sich nicht zu gern haben», sagt Peter und legt seine Hände auf Cornelias Hände, die immer noch das Glas umschließen.

«Hab keine Angst», sagt sie. «Ich werde keine Last für dich sein.»

Sie weiß, daß das, was sie sich jetzt, durch diese kleinen, scheinbar nichtssagenden Sätze mitteilen, sehr ernst ist. Eines Tages wird Peter wählen müssen, und es ist eigentlich übertrieben, von einer Wahl zu sprechen, so wenig wiegt sie, Cornelia, im Vergleich zu all dem andern, was er besitzt. Jetzt hat sie ihm versprochen, an jenem Tag einfach zu verschwinden, ohne ihm Vorwürfe zu machen, so unauffällig in den Schatten zurückzutreten, wie sie daraus hervorgekommen ist. Sie befreit ihre Hände, legt ihr Gesicht in die von Peter und fühlt die Wassertropfen an ihren Wangen herunterfließen, als wären es Tränen.

8

Drei Tage vor Weihnachten merkt Cornelia plötzlich, daß sie die Geschenke vergessen hat. All die andern Jahre hat sie schon Anfang November genäht, gestrickt, gehäkelt. Handschuhe für den Stiefvater, ein Halstuch für die Mutter, einen Pullover für Christian, eine Tischdecke für Laure, eine Mütze für den kleinen Julien.

Sie sieht sich wieder im Wohnzimmer sitzen: mit flinken Händen, aufmerksam, das Zwitschern der Mandarinfinken im Hintergrund, ein Trio von Mozart oder eine Sonate von Beethoven «Hi-Fi» dazu. Es scheint ihr, diese Frau hätte vor Jahrzehnten gelebt, ihr Bild ist blaß, unscharf, schon fast ausgelöscht.

Geschenke, ach ja.

Sie ist in die Stadt gegangen. Sie ist durch die Menge geschlendert, hat verschiedene Boutiquen betreten, ist wieder herausgekommen, ohne etwas gekauft zu haben, ist eine Stunde lang in einem großen Warenhaus herumgeirrt. Steht plötzlich mit leeren Händen wieder auf der Straße. Geht einen Kaffee trinken, um die aufsteigende Übelkeit zu bekämpfen, die beim Anblick dieser Flut von Gegenständen aufgestiegen ist, Gegenstände, die zum größten Teil überflüssig sind. Die Übelkeit beim Anblick der Menschen, die vorüberhasten, sich stoßen, mit verschlossenen Gesichtern, freudlos, diese Menschen, die sich, wie sie, verpflichtet fühlen zu kaufen, zusammenzuraffen, aufzuhäufen, nur weil bald Weihnachten ist – Papier in allen Farben, bald wird es, zusammengeknüllt, weggeworfen, die Abfallbehälter füllen, und währenddessen ... Es ist zu einfach, gewiß, aber sie hat ganz spontan daran gedacht: All die Kinder, die Hungers sterben, Millionen, anderswo, aber doch auf demselben Planeten, dem Planeten Erde, Friede auf Erden ...

Dann ist sie durch die Rue centrale gegangen, und da sind ihr die Weihnachtsbäume aufgefallen. Ungefähr alle zehn Meter steht einer, mit Kerzen und glänzenden Kugeln übersät. Man hat sie im Wald geholt, hat sie abgeschnitten, verstümmelt, sie diesem riesigen Jahrmarkt des Geldes geopfert, diesem Mummenschanz, den man immer noch hartnäckig Weihnachten nennt. Mit großen Schritten, mit leeren Händen geht Cornelia, die überhaupt nicht mehr daran denkt, Weihnachtsgeschenke zu kaufen, weiter und erinnert sich an den Zirkus in ihrer Kindheit: Die Tiger, die Löwen, die Elefanten, und wie sie alle dem Dompteur gehorchten, servil, lächerlich, da sie sich doch von ihm wie nichts mit einem Prankenhieb, mit einem Biß hätten befreien können. Zwischen ihren Eltern sitzend – «Gefällt es dir, Cornelia?» fragte ihre Mutter von Zeit zu Zeit –, nahm sie sich zusammen, kämpfte gegen den Drang, ohne Grund zu weinen. Diese entwürdigten Tiere. Entwürdigt wie diese Tannenbäume in den erleuchteten Straßen. «Freust du dich, Cornelia, es ist schön im Zirkus, nicht wahr?» «Ja, ja», sagte sie und klammerte sich an ihre Bank, und irgendwo barst das riesige Zelt, die gefangenen Tiere entwischten, begannen durch die Stadt zu galoppieren, verschlangen oder zerschmetterten einige Passanten, gewannen ihre Freiheit zurück, die Wildheit des Dschungels.

Sie ist wieder zu Hause. Ohne das kleinste Päckchen. Sie hat beschlossen, niemandem etwas zu schenken, nicht einmal ihrem Enkel, sie wird dieses Jahr eine unwürdige Tochter, Mutter und Großmutter sein. Sie hat sich zum ersten Mal in ihrem Leben entschieden, nicht zu tun, was man von ihr erwartet.

Und dann öffnet sie fröhlich den Brief von Christian, den sie in ihrem Briefkasten vorgefunden hat. Ein Foto ist aus dem Umschlag gerutscht, bevor sie das Papier auseinandergefaltet hat, deshalb hat sie sich zuerst damit beschäftigt. Sie steht im Korridor, hat den Mantel noch nicht ausgezogen, sieht Christian neben Olivier, dem Ethnologen. Christian scheint seit seiner Abreise noch größer geworden zu sein, breiter, aber Olivier überragt ihn um einen Kopf; Christian lehnt sich an Olivier, der den Arm um seine Schultern gelegt hat, und sieht mit einem außergewöhnlichen Ausdruck von Vertrauen zu ihm auf.

Vertrauen und Zärtlichkeit.

Zärtlichkeit.

Und da wagt Cornelia endlich sich einzugestehen, was sie eigentlich schon lange weiß, was sie seit Christians Pubertät vorausgefühlt hat – alle seine Freunde, einer nach dem andern. «Die Mädchen langweilen mich», hat er in einem Ton gesagt, der jede Frage unmöglich machte, «die Mädchen sind unmöglich, sie öden mich an.»

Jacques, André, Philippe, Pierre, Benoît.

Sie sieht ihre Gesichter vor sich.

Olivier.

Ihr Glück auf diesem Foto ist so offensichtlich. Ihre Liebe.

Langsam legt Cornelia das Foto hin, zieht den Mantel aus und liest den Brief ihres Sohnes. Ein nichtssagender Brief, eine oberflächliche Information darüber, wie er lebt. Gute Wünsche für Weihnachten und Neujahr, hoffentlich geht es allen gut. Das Wichtigste erzählt das Foto, es bringt die wichtigste Botschaft. Hat Christian das beabsichtigt? Maman, so bin ich, akzeptier mich, versuch, mich dennoch liebzuhaben ... Oder wollte er sie provozieren, ihr weh tun? Oder hat er sich gesagt, so naiv wie sie ist, wird sie gar nichts merken, sie wird höchstens zufrieden sein, weil sie sieht, daß es mir gutgeht. Sie hofft, daß ihre erste Vermutung zutrifft, daß er damit einen Schritt auf sie zu gemacht hat, trotz der vielen Zerwürfnisse, die sie einander entfremdet haben. Sie nimmt das Foto wieder in die Hand, streicht mit dem Finger sanft über die beiden Gesichter, die einander so nahe sind, merkt plötzlich, daß sie sie schlecht sieht, sie tanzen hinter einer Art Nebel, ist das so, weil sie die Augen voller Tränen hat? «Christian», sagt sie leise. Die Tränen fließen, ich muß wissen, warum ich weine. Sie ist nicht schockiert, auch nicht traurig, und jetzt denkt sie an das Ruderboot, an Francescas Blick, an die Tropfen, die von den Rudern ins Wasser fallen. Und sie fühlt, immer noch im Flur stehend, eine schmerzende, brennende Liebe für all das, für die junge Francesca, wie sie an jenem Tag war, für diesen Jungen, ihren Sohn, für den Mann, den er zu lieben wagt, für Peter, für das Leben.

Sie steckt das Foto und den Brief in den Umschlag zurück. Sie versucht, sich auszumalen, was sie Christian schreiben wird, die richtigen Worte zu finden ist schwierig, er müßte verstehen können, ohne daß es wirklich ausgesprochen wird; vielleicht später, wenn er zurückkommt, wenn er überhaupt wiederkommt, werden sie endlich wieder richtig miteinander reden können.

Am 23. Dezember hat Peter sie angerufen. Leider ist alles so gekommen, wie er es vorausgesehen hat. Er ist am Vorabend gegen Mitternacht nach Hause gekommen, schon am Abend reist er wieder ab nach Gstaad, es tut ihm wirklich leid.

«Du verstehst doch, nicht wahr?»

«Ja, ich verstehe es.»

«Wir werden am 11. Januar, wenn die Schule beginnt, wieder zu Hause sein.»

«Wir.» Er hat das sicher ohne Absicht gesagt. Sie weiß, er ist nicht absichtlich grausam.

«Sag etwas, Cornelia.»

«Schöne Ferien.»

Das trifft, tönt schneidend. Sobald sie den Hörer aufgelegt hat, denkt sie: «Ich muß zurückrufen, aber wohin anrufen, ich muß es ihm sagen, eine Viertelstunde, zehn Minuten wirst du doch übrig haben, deine Geschäfte können warten. Ich muß dich sehen.» Sie hat ihn nie ins Büro angerufen, heute wird sie es wagen. Sie blättert im Telefonbuch.

Der Kunde hat nicht angeklopft, bevor er hereingekommen ist, wütend ist er, schmettert die Glastür auf, daß man befürchten muß, die Scheiben würden bersten. Er ist klein. Schäumt vor Wut. Man hat ihm versprochen, seinen neuen Wagen bis zum 15. Dezember zu liefern, dann bis zum 20. Jetzt ist er immer noch nicht da, kümmert man sich in dieser Scheißgarage eigentlich um nichts?

«Ich will Weihnachten nicht ohne diesen Wagen verbringen», schreit er Cornelia an. «Liefern Sie ihn bis morgen früh. Es ist mir egal, wie.»

Cornelia hat das Telefonbuch hingelegt. Sie weiß jetzt, daß sie Peter nicht anrufen wird. Sie zählt die Tage bis zum 11. Januar. Neunzehn Tage. Das sind neunzehn Tage.

«Hören Sie eigentlich zu?» schreit der Kunde.

In einem solchen Fall findet Cornelia gewöhnlich beruhigende Worte. Erklärt, woher die Verspätung rührt, rechtfertigt sie, es gelingt ihr meist, die Garage als schuldlos hinzustellen und dennoch dem Kunden recht zu geben. Aber heute ist sie nicht fähig, diese Spielchen zu spielen. Sie fühlt eine dumpfe Wut gegen dieses alte, verwöhnte Kind in sich, sieht ihn an, stumm. Neunzehn Tage, wenn man die Woche hinzufügt, die jetzt vorüber ist, macht das sechsundzwanzig Tage ohne Peter.

«Antworten Sie doch, um Himmels willen!»

Sie schüttelt sich, sie sagt, sie wird telefonieren, alles für ihn tun, sie sagt, es tue ihr leid.

«Was nützt mir das, daß es Ihnen leid tut?» mault der Kunde. «Mir sind ihre Seelenzustände gleichgültig, meinen Wagen will ich, meine Kiste, hören Sie?»

Sie hört, sie hat Lust, ihm ihren Heftapparat an den Kopf zu werfen, das Lineal, irgend etwas. Er sagt, er werde in einer Stunde anrufen und den Vertrag kündigen, wenn er nicht eine offizielle Zusicherung bekommen würde, daß alles in Ordnung gebracht werde, er werde zur Konkurrenz gehen.

«Und ich werde nie mehr einen Fuß in Ihre dreckige Garage setzen.»

«Welche Erleichterung», denkt Cornelia.

Sie zittert noch vor Wut, als Léonce, der sich vorsorglich versteckt hat, damit ihn der Kunde nicht sieht, jetzt in den Glaskäfig tritt.

«Danke, Cornelia», sagt er. «Ich hätte ihm einen Kinnhaken verpaßt, diesem Blödian.»

Er beginnt eine lange Tirade über das Kind im Menschen, ja die Menschheit hat die geistige Reife eines sechsjährigen Kindes, das erklärt die Kriege und die Revolutionen. Und die Umweltverschmutzung. Und diese Manie, wie verrückt Autos zu kaufen.

«Geht's gut?» fragte er Cornelia.

«Ja», sagt sie.

«Nein, Ihnen geht's nicht gut. Ist dieser Idiot schuld daran, daß sie so durcheinander sind?»

«Ja.»

«Nicht nur er», sagt Léonce.

Er setzt sich auf den Stuhl ihr gegenüber, schlägt die Beine übereinander.

«Kummer?»

Sie schüttelt den Kopf, und die Tränen, die ihre Augen füllten, tropfen jetzt auf die Maschine. Wie viele Stunden sind das, sechsundzwanzig Tage?

«Wenn mir vor einigen Monaten jemand gesagt hätte, Sie könnten weinen, Cornelia, hätte ich es nie geglaubt.»

«Ich auch nicht», sagt sie.

9

Jetzt geht sie oft in Christians Zimmer und setzt sich auf den Divan. Die blaue Decke ist abgeschabt, man sollte sie ersetzen. Ohne die Posters sind die Wände nackt: An einigen Stellen ist die Tapete abgeschossen. Es ist kein einladendes Zimmer, Cornelia hat das früher nie gemerkt. Manchmal öffnet sie auch den Schrank, wo noch die Kleider hängen, die Christian nicht mitgenommen hat. Sie berührt die Krawatten, die Pullover und diese alte karierte Jacke, die er so gern hatte, sie versucht seinen lebendigen Geruch zu finden, aber es ist zu viel Zeit vergangen, seit er weg ist, der Schrank riecht muffig. Sie findet auch das Gefühl nicht wieder, das sie vor ein paar Tagen erfüllte, als sie das Foto ansah. Im Gegenteil, diese «Sache», die sie so plötzlich zu akzeptieren imstande schien, ist nun bis in ihre Kehle gestiegen und bleibt da stecken. Ein Klotz im Hals, den sie nicht herunterschlukken kann.

Weshalb?

Es schien ihr zuerst, sie könnte in diesem Zimmer eine Antwort auf ihre Fragen finden. Aber sie hat nur auf die eine oder andere Art die Gewißheit, daß sie daran schuld ist. Weil er sie nicht lieben durfte, konnte Christian andere Frauen auch nicht lieben.

Und wie hätte er sie lieben können?

Nach Laure hat sie kein Kind mehr gewollt. Sogar Laure hat sie sich nicht wirklich gewünscht. Aber sie hat sie akzeptiert, Christian hat sie im Grunde immer abgelehnt. Dieses kleine Männchen. Ihre Verlegenheit, ihr Widerwillen, jedesmal, wenn sie diese winzigen Organe berühren, wenn sie sie auch nur ansehen mußte, um sie zu waschen, zu pudern, ihre Hast, mit der sie sie wieder in den Windeln versteckte. Und später, mit fünf, sechs Jahren, wenn Christian sich ihr plötzlich in die Arme warf, sich an sie schmiegte, ihr Widerwillen, sie stieß ihn zurück, «Maman ist müde, Maman hat keine Zeit.» Später auch ihre Scham, ihre Wut vor den befleckten Leintüchern, wie sie ihn wie einen Geächteten von sich weghielt, weil sie nicht wagte, mit ihm – mit irgend jemandem – darüber zu sprechen. Sie merkt, daß er für sie immer, als er ein junger Mann war, als Kind, sogar schon als Säugling, irgendwie schmutzig war, ein kleiner Bock. Sie erinnert sich auch daran, daß sie ihn nicht stillen wollte – der gierige Mund von Laure, wie er ihr in die Brüste biß, der Schmerz, nein, damit wollte sie nicht noch einmal beginnen. Von Anfang an hat sie die Flasche benutzt, und sehr bald hat er diese Nahrung, die ihm so wider Willen, so ohne Liebe verabreicht wurde, auch verweigert, und das bildete eine neue Quelle von Konflikten zwischen ihnen.

Jetzt ist Christian schwul.

Sie erträgt es nicht, dieses Wort. Sie sucht ein anderes, findet keines, alle, die ihr in den Sinn kommen, sind vulgär, böse, wie sie auf Christian anwenden? Um etwas Ruhe zu finden, sieht sie sich wieder das Foto an. Die Zärtlichkeit, das Glück, interpretiert sie es da hinein? Sie möchte jemanden fragen. Aber das könnte nur Francesca sein, und Francesca liegt tausend Kilometer von hier entfernt im Sterben.

Seltsam: Cornelia hat in den letzten Jahren gar nie gemerkt, wie sehr sie allein ist, ohne Freunde, ohne jemanden, dem sie sich anvertrauen kann. Allein wie ein Hund, denkt sie, wie sie da auf Christians Couch sitzt, und sie würde fünf Jahre ihres Lebens dafür geben, wenn Peter jetzt nur hier wäre.

Aber Peter fährt mit seiner kleinen Familie Ski, liegt an der Sonne. Er denkt ganz sicher nicht an sie. Im Gegenteil, je weiter weg er ist, desto mehr wird er merken, daß er sie nicht braucht, daß er eine läppische Geschichte angefangen hat – diese alternde Frau, Sekretärin in einer Garage, wo er doch so gut aussieht, reich ist, einer auf der Sonnenseite des Lebens. «Absurd», sagt sich Cornelia, «das ist absurd.»

Sie läuft in Christians Zimmer herum. Dieses andere Leben, wann war das denn? Seither sind weniger als drei Monate vergangen. Es müßte doch möglich sein, dahin zurückzukehren. Diese Ruhe, die vielleicht Langeweile war, aber sie wußte es nicht, diesen Frieden möchte sie zurückhaben. Daß die Tage, die Nächte wieder so wären wie damals und daß beim Fenster, neben dem Käfig der Mandarinfinken, wieder diese Frau ohne Wünsche säße, ohne Sehnsucht, die sich nie ihrem Leben zuwandte, die nie der Zukunft, die sie erwartet, ins Auge blickte, nie an den Tod dachte. Die die winzigen Stücke Gegenwart aneinanderreihte, fraglos, Minute um Minute; und die Tage vergingen und die Nächte, sie war nicht unglücklich. «Ich war nicht unglücklich, Peter, oder ich wußte es nur nicht, das kommt aufs selbe heraus. Welches Recht hattest du, all das zu zerstören?»

Am 30. Dezember hat sie den Wagen genommen, hat die beinahe leere Stadt durchquert, ist dem rechten Seeufer entlang gefahren, zwischen Versoix und Coppet hat sie die Straße, an der Peters Haus liegt, gesucht. Sie hat sie mühelos gefunden, und dann, indem sie die Nummern ansah, auch die Villa entdeckt. Sie hat zweihundert Meter davon entfernt parkiert und ist dann zu Fuß zurückgegangen.

Es ist ein niedriges, einstöckiges Haus. Durch die Hecke, die den Garten umgibt, sieht man auf der Seeseite eine große Terrasse und einen Rasen mit einem Schwimmbad. Wenn Cornelia ein Fernglas hätte, könnte sie sicher auch ihren Wohnblock dort drüben sehen, am andern Ufer, genau gegenüber, ja, wie das Schicksal so spielt.

Sie ist stehengeblieben, ihr Herz klopft so stark, daß es schmerzt. Die Jalousien sind heruntergelassen, alles ist ruhig. Aber jenseits dieser Verlassenheit kann sie sich sehr gut das Lachen hinzudenken, die Stimmen der Kinder. Dieses ganze Leben ohne sie. Und jetzt geht es anderswo weiter – das Chalet, der Schnee, die Skiabfahrten, die Abende am Cheminée, diese Bilder dringen schmerzhaft in sie ein wie Nadelstiche. Die Nächte. Die Nächte hier, die Nächte dort.

Eifersucht, nie hat sie gewußt, was das ist. Worauf hätte sie auch eifersüchtig sein sollen? Was Sylvie ihr genommen hat, zählte damals schon lange nicht mehr für sie. Sie hat sich gedemütigt gefühlt, aber nicht eifersüchtig. Eifersucht, das muß sicherlich das sein, was ihr in diesem Moment die Eingeweide zusammenzieht, dieses körperlich fühlbare Elend, so heftig, daß sie fürchten muß, hinzufallen, genau hier, vor Peters Haus, ohnmächtig oder sogar tot, und sie entfernt sich instinktiv, sie geht zu ihrem Wagen, so schnell sie kann.

Aber der Schmerz ist immer noch da, so unerträglich, daß Cornelia, während sie die Türe öffnet, während sie mit zitternder Hand den Zündschlüssel sucht, beschließt, daß es nicht weitergehen soll. Wenn sie Peter Anfang

Januar wiedersieht, wird sie es ihm sagen, ihm alles erklären. Wenn nötig wird sie ihm auch gestehen, daß sie ihn angelogen hat: daß sie zwei erwachsene Kinder hat, daß sie schon Großmutter ist und viel älter, als er glaubt, daß sie nicht Witwe ist, sondern geschieden, daß ihr Mann sie verlassen hat und daß er recht gehabt hat, das zu tun, weil sie nie imstande gewesen ist, jemanden wirklich zu lieben, weder ihn noch ihre Kinder noch sich selbst, aber sei's drum, sie hat bekommen, was ihr zusteht, sie hat gar nicht so schlecht gelebt, sie will ihre Ruhe wiederhaben, ihre Gleichgültigkeit, die kleinen Cafés am Morgen, die Kreuzworträtsel, die Musik, die traumlosen Nächte. Plötzlich sieht sie ihr eigenes Gesicht im Rückspiegel, ein gezeichnetes Gesicht, voller Heftigkeit, pathetisch, ein fremdes Gesicht anstelle dessen, was sie gekannt hat, das ihres war und das wieder so hergestellt werden wird, das ist unbedingt nötig.

«Jetzt», denkt sie, «jetzt, solange es noch Zeit ist.»

10

Anfang Januar hat Cornelia am Telefon eine Nummer mit zwölf Ziffern eingestellt und ist entzückt, daß sie sofort Francescas Stimme hört, warm, voller Präsenz, sie sagt: «Pronto!» in ihrem römischen Studio. «Ich bin's», stammelt Cornelia, wieder überwältigt von diesem Drang zu weinen, der sie gegenwärtig fast nie verläßt. Und sofort fragt Francesca, als hätte sie diesen Anruf erwartet: «Cornelia! Wo bist du?» Sie erklärt, daß sie in Genf ist, daß sie mit jemandem sprechen muß, «mit dir Francesca, wie geht es dir, ist ...» Sie stockt, unfähig weiterzumachen, weshalb, weshalb hat sie in all den Jahren, da sie sich fröhliche Dinge hätten sagen können, nie daran gedacht, Francesca anzurufen? Diese absurde Sparsamkeit, die ihre Mutter ihr erfolgreich eingetrichtert hat, keine unüberlegten Ausgaben, ein Rappen ist ein Rappen, du wirst es später besser verstehen.

Und jetzt sagt die warme, nahe Stimme von Francesca: «Mir geht es gut, alles geht besser, und dir, Cornelia?» Sie hat plötzlich Hoffnung, vielleicht haben sich die Ärzte geirrt oder ein Wunder ist geschehen, ich werde alles verlassen, Francesca, ich werde nach Rom kommen und mit dir leben ... Sie antwortet, daß bei ihr alles ganz gut gehe, «aber du, Francesca, gibt es etwas Neues?»

Sie sitzt im Wohnzimmer, neben dem kleinen Tischchen, auf dem das Telefon steht. Die Mandarinfinken zwitschern und stoßen sich mit kleinen Schnabelhieben am Gitter, jenseits der Balkontüre glänzt der See in der Wintersonne.

«Ja, es gibt etwas Neues», sagt Francescas Stimme.

Stille.

«Ich habe mein Leben wieder in die Hand genommen», fügt sie hinzu. Und sie erklärt mit Heftigkeit, so wie sie früher von ihren Reiseplänen gesprochen hat, von ihren Reportagen: Endlich ist es ihr gelungen, ihren Willen gegenüber ihren Ärzten durchzusetzen: Sie will keine weitere Operation, sie hat mit den Bestrahlungen aufgehört, mit den Medikamenten, und jetzt wachsen die Haare nach, bald wird sie diese schreckliche Perücke nicht mehr brauchen, sie wird sie wegwerfen, meine Haare sind nicht einmal grau, genau so schwarz wie vorher. Sie spricht sehr schnell, wie wenn sie Cornelia daran hindern wollte, die Frage zu stellen, die ihr auf der Zunge brennt: Hat man die Krankheit eindämmen können? Francesca erzählt jetzt, daß sie dabei ist, eine Erzählung zu schreiben, eine Art Tagebuch, daß ihre ganze Zeit davon in Anspruch genommen wird, ihre Gedanken, sie hofft, bald einen Verleger zu finden.

«Das wichtigste ist», fügt sie hinzu, «daß man nicht einfach dasitzt und wartet, sondern handelt.»

Und sie sagt mit derselben Lebendigkeit, daß man auch vor dem Tod nicht einfach die Waffen strecken soll, daß man ihn überwinden muß.

«Wie denn?» fragt Cornelia.

«Ich kann dir das jetzt nicht erklären, du wirst das eines Tages begreifen. Mach dir meinetwegen keine Sorgen.»

Pause. Sie horchen auf ihren Atem.

«Und du, Cornelia?»

«Ich werde auch versuchen zu handeln», sagt Cornelia, «aber ich habe nicht soviel Mut wie du. Ich habe überhaupt keinen Mut. Ich möchte dich sehen, warum bist du so weit weg?»

Sie haben noch einige Zeit miteinander gesprochen: Was für Wetter in Genf und in Rom ist, die Langweiligkeit dieser Festtage, aber daß der Januar wie ein Aufstieg ist, dem Licht entgegen, und Francesca hat gesagt, daß die Mimosen bald blühen werden, daß sie sich darauf freut, sie wieder zu sehen, diese Lichter vor den alten Steinen, welche Freude jedes Jahr.

Und dann haben sie aufgehängt.

Cornelia ist lange neben dem Telefon sitzen geblieben.

Sie hat versucht, dieses Gefühl wieder in sich wachzurufen, das sie Christian für einen Augenblick so nahe gebracht hat, denn sie muß unbedingt auf seinen Brief antworten. Aber umsonst. Vor dem weißen Papier sitzt sie, und in ihr ist nur Schweigen, Härte. Sie schreibt: Mein lieber Christian, und zerreißt das Blatt, mein kleiner Christian, und diese Anwandlung von fürsorglicher Zärtlichkeit ekelt sie an, sie zerknüllt das Papier und wirft es quer durchs Zimmer. Mein Liebling, und sie hält inne: Sie weiß zu gut, daß sie ihn nicht so geliebt hat, wie sie ihn hätte lieben müssen, daß sie ihn sogar manchmal verabscheut hat. Vor ihren Augen, zwischen ihr und dem Blatt, ziehen Bilder mit Schneefeldern vorbei, Pulverschnee stiebt, Peter lacht, und plötzlich dreht ihr ein anderes Bild den Magen um: der golden schimmernde Türklopfer, in Form eines Ringes, an der Tür der Villa. Damals hat sie ihn nicht bewußt bemerkt, und jetzt plötzlich taucht er in ihrem Bewußtsein auf, beladen mit allem Leid der Welt, als wäre er ein Symbol dafür, wie hermetisch sich diese Tür hinter einem Leben schließt, in dem kein Platz für sie ist, ein Symbol für alles, was sie von Peter trennt.

Mein Liebling. Dieses Blatt hat sie auch zerrissen. Hat, ohne irgend etwas zu empfinden, noch einmal das Foto von Christian und Olivier betrachtet. Später, denkt sie, irgendwann.

11

Montag, 11. Januar, am frühen Vormittag läutet das Telefon im Glaskasten, und während sie den Hörer ergreift, weiß Cornelia schon, daß das kein Kunde ist: «Ich muß mit dir sprechen.» Ja, Cornelia wird den Mut haben . . .

Sie hört ihm zu, wie er sagt, er sei gestern angekommen, daß er sich freut, sie wiederzusehen, daß er sich morgen, Dienstag, freimacht. Halb acht, wie immer?

«Ja», sagt sie, «morgen um halb acht.»

«OK», sagt Peter, und er fügt ein bißchen leiser hinzu: «Die Zeit ist mir lang geworden, Cornelia.»

«Mir auch», sagt sie.

«OK», wiederholt er fröhlich, «bis morgen.»

Er hat die Tür mit dem Fuß zurückgestoßen, um Cornelia schneller in die Arme zu schließen.

Er drückt sie an sich, liebkost ihre Schultern, zeichnet mit beiden Händen die Linie ihres Halses nach, umfaßt ihren Kopf, und dann lehnt er diesen Kopf an seine Schulter und bleibt so, unbeweglich, hält sie immer noch fest, als wäre sie eine Kostbarkeit, die er fast verloren hätte, die er jetzt wiederfindet, aber er ist ihrer immer noch nicht sicher, er braucht etwas Zeit, um ganz zu fühlen, daß sie da ist, bis sein unregelmäßiger Herzschlag sich beruhigt hat.

Sie hat nicht die kleinste Bewegung des Rückzugs gemacht. Nur hat sie das Gefühl, plötzlich doppelt zu sein. Eine Cornelia steht da, an Peter gelehnt, und eine andere, genauso wirklich, hat ihn ins Wohnzimmer geführt, ihn gebeten, sich zu setzen, hat sich aufs Sofa gesetzt und spricht jetzt mit ihm. Sie sagt so viel Vernünftiges, so viel Kaltes, sie spricht von ihren Skrupeln, ihren Gewissensbissen, und dann, weil sie versucht, ehrlich zu sein, spricht sie auch von ihrer unerträglichen Eifersucht, von ihrer Angst, daß diese Geschichte, die sie doch zuerst so glücklich gemacht hat, ihr über den Kopf wächst. Sie redet und redet, während die andere Cornelia seine warmen Hände an ihrem Kopf spürt, diesen Körper, den sie so begehrt, an den ihren gepreßt, auf den Schlag dieses Herzens lauscht, der viel zu schnell ist. Sie weiß nicht mehr, in welcher dieser zwei Frauen sie eigentlich wohnt, es scheint ihr, ihr Geist irre zwischen beiden hin und her, löse sich von ihr, schwebe über ihr vom Flur zum Wohnzimmer, hin und zurück.

Er hat sie nicht geküßt, aber er hat sie in seinen Armen emporgehoben, eine der beiden Cornelias – während die andere weiter Reden hält – denkt, daß nie je ein Mann sie so getragen hat, nicht einmal ihr Vater, als sie ganz klein war, überhaupt kein Mann, so leicht ist sie plötzlich, scheint ihr, so ausgeliefert, und als sie ihre Stirne gegen Peters Hals lehnt, fühlt sie wieder diese klopfende Vene, ihre Lippen suchen sie – und jetzt ist es, als fühle sie das Klopfen in ihr drin –, ist das alles wirklicher, wahrer als die andere Szene, diese Frau, die nicht aufhören kann, im Wohnzimmer zu reden, zu sagen, daß sie nicht weitergehen will?

Im Schlafzimmer hat Peter begonnen, sie, ohne ein Wort zu sagen, auszuziehen, hat ihre Kleider eins nach dem andern auf den Boden fallen lassen, und sie ist sehr schnell nackt, diese Cornelia hier, während die andere, diese Schwätzerin im Wohnzimmer, sich zu verwischen beginnt, ihre Konturen verliert, ihre Stimme. Und dann, nachdem er seine eigenen Kleider achtlos auf den Spannteppich, neben die ihren, zusammen mit den ihrigen, fallen gelassen hat, kommt er zu ihr. Er hat die Decke über sie beide gezogen, bis über ihre Köpfe hinauf, und da liegen sie nun in diesem abgeschlossenen Raum wie in einer Gebärmutter, wie in einer Raumkapsel, sie klammern sich aneinander, wissen nicht, welche Zärtlichkeiten sie noch füreinander erfinden könnten, um dieser wunderbaren Freude des Wiedersehens, des Sich-wieder-Berührens zu genügen.

Wenn man sie so sieht, wie sie sich suchen, sich heftig umarmen, könnte man wirklich glauben, daß diese Liebe stark genug wäre, um all dem Widerstand zu leisten, was sie seit dem ersten Tag bedroht, all dem, was sich still nun irgendwo bereitmacht, um sie zu zerstören.

Als Peter in sie eingedrungen ist, hat Cornelia gestöhnt, und sie weiß nicht, ob aus Glück oder aus Entsetzen, weil sie jetzt fühlt, daß es zu spät ist, daß sie nie mehr den Mut finden wird, sich aus eigenem Antrieb von ihm zu reißen.

Ich lasse sie, sollen sie sich lieben, diesen Augenblick werde ich nicht antasten, denn es ist vielleicht der innigste ihrer Geschichte, ein Augenblick, an den sie sich noch während Jahren erinnern werden, vielleicht bis an ihr Lebensende.

Als der Rauch ins Zimmer qualmt, springt Cornelia mit einem Satz auf, erinnert sich an den Braten, den sie im Ofen gelassen hat und den sie, wie sie es eigentlich geplant hat, traurig einander gegenübersitzend nach ihrem großen Gespräch, hätten verzehren sollen. Nackt ist sie durch den Flur gelaufen, hat im Vorbeirennen ihre Gestalt im Spiegel gesehen und ist, für ein paar Sekunden, plötzlich wieder das kleine Mädchen, genauso nackt, vier Jahre war sie oder fünf, diese Freude, die Luft auf der nackten Haut zu spüren. «Was fällt dir eigentlich ein, Cornelia. Willst du dich sofort wieder anziehen!» Und, während sie den Ofen aufmacht, erinnert sie sich daran, wie ihr plötzlich jede Freude vergällt war, wie sie, plötzlich voller Scham, ihr Geschlecht mit beiden Händen bedeckte, diese Bewegung, wie sie Eva, einmal aus dem Paradies vertrieben, gemacht hat und wie sie sie später auf den Bildern italienischer Meister wieder gesehen hat.

Und jetzt, nackt in ihrer Küche, vor dem offenen Ofen, im beißenden Rauch, der immer dichter wird, denkt sie an eine andere Scham, ebenso brennend, die sie so oft als Ehefrau, als Mutter verspürt hat: die, ein Essen verdorben zu haben: ihre Schuldgefühle: «Es tut mir so leid, ich weiß nicht, wie das geschehen konnte.» Guillaume und die Kinder ließen sich dann meist dazu herab, ihr zu verzeihen, aber nicht, ohne sie ihren Groll doch fühlen zu lassen. «Na ja», sagte Guillaume etwa in resigniertem Ton. «Was sollen wir denn jetzt essen?» lamentierten die Kinder. «Ich hatte solchen Hunger», fügte Laure hinzu und: «Ich hab mich so drauf gefreut!» doppelte Christian nach.

«Der ist verbrannt», sagt Peter gleichmütig.

Er ist ihr nachgegangen, er ist nackt wie sie, sie können sich durch den dichten Rauch hindurch kaum sehen, und Cornelia wird nie wissen, welches von ihnen beiden angefangen hat zu lachen, das andere mit seinem Lachen angesteckt hat, aber sie wird oft an dieses befreiende Lachen denken, das, besser noch als der Liebesakt, die Pein dieser letzten Wochen hinwegfegt.

Später, sie hat einen Morgenrock angezogen und er ein Tuch um die Hüften geschlungen, haben sie in der Küche, in der, obschon sie sie gelüftet haben, noch immer der Geruch des verkohlten Fleisches schwebt, eine Büchse Corned beef und den Salat gegessen, den Cornelia zum Braten servieren wollte. Dann sind sie wieder ins Bett gegangen und haben lange geredet. Unwichtige Dinge, aber auch über Gstaad, und jetzt macht es sie glücklich, daß er in den Ferien war, sie versteht ihre Eifersucht nicht mehr, ihren Kummer, ihre Wut. Sie liebkost seine Brust mit ihren Fingerspitzen, und es scheint ihr in diesem Augenblick ganz leicht, ihn selbstlos zu lieben, ohne mehr von ihm zu verlangen, als was er ihr geben kann. Mitten in diesem Gespräch hat Peter gesagt: «Anfang Februar muß ich fünf oder sechs Tage nach Wien. Ich möchte, daß du mit mir verreist.»

«Wohin?»

«Nach Wien ... Kennst du Wien, Cornelia?»

Hat er denn noch nicht begriffen, daß sie gar nichts kennt, nichts gesehen hat, nichts erlebt?

«Nein», sagt sie, «ich kenne Wien nicht, ich war nie in Österreich, aber eine Tante von mir war Wienerin, nach ihr hat man mich Cornelia genannt.»

«Also mußt du unbedingt mitkommen», sagt Peter.

Er fügt hinzu: «Ich reise zuerst, und wir treffen uns dann dort.»

«Mit dem Zug?» fragt Cornelia.

«Warum mit dem Zug? Getraust du dich nicht, nochmals das Flugzeug zu nehmen?»

«Doch natürlich.»

«Ich besorge dir das Ticket, alles», sagt Peter. «Ich möchte, daß du ja sagst.»

«Ja», sagt sie, «ich werde mit dir nach Wien fahren.»

Er hat angefangen von Wien zu erzählen, und sie hat ihm zugehört, ein bißchen ungläubig – früher ist doch sonst nie etwas geschehen in meinem Leben, Guillaume ist immer allein verreist, nie kam es ihm in den Sinn, mich mitzunehmen, ich war doch so lange niemandem wichtig, niemandem teuer, niemand hat mich gebraucht, nur nützlich im Alltag war ich, wie hab ich das nur ertragen, wie nur akzeptiert, warum habe ich nie aufgeheult, statt einfach zu warten, bis er, bis sie sich von mir gelöst haben?

«Danke», sagt sie sehr leise, aber er hört es nicht, er redet weiter vom Prater, vom Stephansdom, von der Spanischen Reitschule, den Wiener Sängerknaben und von Mozart. «Wir werden auch nach Schönbrunn gehen, ich freu mich so, das alles mit dir zu erleben, Cornelia.»

12

Der Brief an Christian ist natürlich gar nicht so, wie sie ihn eigentlich schreiben wollte, aber als sie ihn durchliest, scheint es ihr, die ungeschickten Worte vermittelten doch ein wenig von dem Gefühl, das sie dabei hatte. Sie findet, wenn Christian ihn aufmerksam liest, wird er von dem etwas spüren, was sie ausdrücken wollte, nämlich, daß sie begriffen hat und ihn nicht verurteilt.

An dem Samstag, da sie den Brief zur Post gebracht hat, hat ihre Mutter angerufen: «Danke für die Karte», sagte eine schnippische Stimme am andern Ende, «es ist wirklich freundlich von dir, daß du dich an den Festtagen an uns erinnert hast.»

Zuerst wollte Cornelia sich in Erklärungen, Lügen verstricken: Es tut ihr so leid, daß sie dieses Jahr nicht zu mehr Zeit gefunden hat, aber die Arbeit im Büro, so viele Verabredungen, und dann die Krankheit von Francesca ... Plötzlich hat sie mitten im Satz innegehalten: Wie lange noch wird sie sich von ihrer Mutter in die Rolle des ertappten kleinen Mädchens drängen lassen, des Kindes, das immer an irgend etwas schuld ist? Warum sagt sie nicht ruhig, bestimmt, daß sie keine Lust gehabt hat, etwas zu stricken, zu sticken oder zu häkeln, auch nicht, Geschenke zu kaufen, daß sie diese Sitten schrecklich findet, diese sinnentleerten Traditionen, und warum fügt sie eigentlich nicht noch hinzu, daß in ihrem Leben etwas Wichtiges geschehen ist, etwas, das alles andere in Frage stellt?

«Bist du noch da? Cornelia?» fragt die Stimme ungeduldig.

«Ja.»

Wieder sitzt sie neben dem kleinen Telefontischchen, sie hat die Jalousie noch nicht heruntergelassen. Es ist Abend. Sie hört jetzt ihrer Mutter zu, wie sie in allen Details die Geschichte der Bronchitis erzählt, die ihr Stiefvater vor Weihnachten aufgelesen und die er noch nicht überwunden hat, all die Arbeit, die diese Krankheit verursacht hat, die Leinsamenumschläge, die Krüge voll Tee, die schlaflosen Nächte, weil er doch hustet, dieser arme Mann, wenn du wüßtest, wie er immer hustet. Ihr fällt wieder einmal auf, mit welchem Triumph ihre Mutter all die Widrigkeiten aufzählt, die sie heimsuchen. Früher, wenn Cornelia aus der Schule kam, ließ sie ihr kaum Zeit, die Mappe abzustellen, den Mantel auszuziehen, bevor sie begann, immer im gleichen Ton wie heute abend, von all dem zu erzählen, was an diesem Tag schiefgegangen war. Am Tisch sitzend verschlang das kleine Mädchen seine Butterbrote mit großen Bissen, erstickte fast daran und träumte von dem Augenblick, da sie allein in ihrem Zimmer sitzen würde, um Aufgaben zu machen, dort, wohin diese mäkelnde Stimme nicht dringen würde, die bis zum Überdruß wiederholte, daß das Waschbecken im

Badezimmer verstopft sei, die Karotten teurer geworden, der Krämer sich wieder mal geirrt hätte, als er ihr das Herausgeld gab, und dein Vater, weißt du, was deinem Vater wieder mal in den Sinn gekommen ist?

Cornelia legt den Hörer auf. «Sie erreicht mich nicht mehr», denkt sie. Aber sie weiß sehr gut, daß das nicht stimmt, daß die Stimme ihrer Mutter, auch von weit weg, auch so gealtert, ihre Macht behält, daß sie das ganze Leben in eine graue tote Ebene verwandeln kann, aus der das Glück für immer verbannt ist. Das Glück, dieser Skandal, ist es nicht zu spät, um zu lernen, wirklich daran zu glauben? Cornelia, lebendig, nackt, Cornelia mit Zärtlichkeit überhäuft, Cornelia voller Lust, wie das alles vor einer Vergangenheit verteidigen, die es leugnet?

Sie geht ans Fenster, lehnt ihre Stirn gegen das Glas, das auf den See blickt, auf das Ufer gegenüber, wo jetzt die ersten Lichter aufflammen.

13

Cornelia läßt sich vom Rollband tragen, den kleinen Koffer, immer noch derselbe, an sich gedrückt. Sie trägt ein braunes Jackenkleid, den Mantel über dem Arm. Sie hat jetzt die Sprache der Flughäfen gelernt, nichts unterscheidet sie diesmal von den anderen Reisenden, kein Zögern, keine Unsicherheit. Aber in ihr drin diese Verwunderung: Ist es denn auch wahr, ich fahre nach Wien, um meinen Geliebten zu treffen, träume ich nicht, sehe ich nicht einfach einen Film?

Auf beiden Seiten des Rollbands ziehen die riesigen

Bilder vorüber: Die Stadt, der Springbrunnen, die Quais und dann Plakate für Uhren, Versicherungsgesellschaften, Banken. Unter dem Foto eines Geschäftsmannes, der ein wenig Peter gleicht, ein Satz, der sie zum Lächeln bringt: *For the man with exceptional goals an exceptional bank.* Und hier reicht ein alter Winzer mit verschwörerischem Blick einem jungen Paar eine Weintraube, und sie scheinen entzückt zu sein über dieses Geschenk, das so gut nach Acker und Arbeit duftet.

Angesichts dieser Welt, in der Chronometer die Zeit messen, Versicherungen einen beschützen, die Banken das Geld Frucht tragen lassen, wo die Arbeit die Tugend Nummer eins ist, angesichts dieser Welt, die Cornelia bis heute nie in Frage gestellt hätte, fühlt sie plötzlich fast körperlich, daß die Liebe, jede Art von Liebe, eine ungeheure Kraft der Veränderung in sich trägt, der Subversion, die allergrößte Kraft, die es gibt, die gefährlichste, und daß man sich deshalb immer so sehr bemüht hat, sie einzudämmen, sie zu reglementieren, zu unterwerfen, sie einzuschließen. In Freiheit, sich selbst überlassen, ihrer Wildheit, ihrer Kraft, würde sie drohen, jedes soziale Gefüge zu zerreißen, zu zerschmettern. In wenigen Augenblicken wird man den Koffer Cornelias durchleuchten, ihre Handtasche, aber niemand, denkt sie freudig, niemand wird die kleine Bombe entdecken, die sie tief in sich verborgen bei sich trägt.

Sie hat sich an ein Fenster gesetzt, und schon rollt das Flugzeug, gewinnt Geschwindigkeit, reißt sich vom Boden weg. Wieder die Erde verkehrt, weit da unter den Flügeln, der See, die Berge, die Straßen, und dann umhüllen Wolken das Flugzeug wie ein Kokon, und man ahnt nur das Geräusch der Winde, das allein diesen Raum füllen würde, würde es nicht übertönt vom Lärm der Triebwerke. Wie die DC-9 wieder in die Sonne auftaucht, ins Blau, und über den Wolken schwebt, ist da unten nichts als ein graues Meer, weit, nur von Zeit zu Zeit fast unbeweglich riesige Kumuluswolken in bizarren, seltsamen Formen. Cornelia legt den Kopf an die Lehne, schließt die Augen und überläßt sich der Freude, die immer in ihr hochsteigt, wenn sie an Peter denkt, der dort, in dieser fremden Stadt, in Wien, auf sie wartet. Und kaum einmal wird diese Freude ganz schnell durch das Bild des goldenen Türklopfers in Form eines Rings gestört, dort an der Türe der Villa, die so weit hinter ihr liegt, hängt er, irgendwo unter der Masse der Wolken.

Sie hat gesehen, wie er die Eingangshalle des Hilton Hotels durchquert, noch so weit von ihr entfernt, und einen Moment lang hat sie ihn nicht mehr angesehen, so sehr, fast unerträglich schmerzte das Glück, ihn wiederzuhaben. Als sie den Kopf hebt, steht er vor ihr.

«Hallo, Cornelia.»

Offensichtlich ist es für ihn das Einfachste von der Welt, hier mit ihr zusammen zu sein. Er führt sie in die Bar und erklärt ihr, daß sie hier zwei Zimmer hätten, aber daß sie morgen aus dem Hilton ausziehen würden – «ich mag diese großen Kästen nicht» – und in ein kleines Hotel, das er in der Nähe des Doms gefunden hat, in ein Doppelzimmer ziehen würden. «Wenn du das magst, Cornelia, wenn du es nicht vorziehst, allein zu schlafen.» Und sie sagt, sie versucht zu sagen, daß sie glücklich sei, neben ihm zu schlafen.

Nach dem anonymen Luxus im Hilton wird Cornelia nicht müde, sich an dem kleinen Zimmer in der Seilergasse zu freuen, wo sie sich eingerichtet haben. Die Wände sind mit Holz getäfert, es hat gewürfelte Vorhänge, und man würde sich in den Bergen wähnen, wenn man durch die Fenster nicht auf die Dächer Wiens blikken könnte. Das Bett mit einem dicken Federbett füllt fast das ganze Zimmer aus. Cornelia sieht es etwas geniert an, wie eine frisch Verheiratete Anfang des Jahrhunderts, dann wirft sie sich in Peters Arme.

«Das ist nicht möglich, werden wir wirklich mehrere Tage hier bleiben?»

«An einem Abend muß ich dich allein lassen», sagt er, wie um sich zu verteidigen. «Ich muß die Kunden zum Essen einladen.»

«Ich warte auf dich», sagt sie. «O Peter, ich bin so glücklich, daß du mich gebeten hast, hierher zu kommen.»

Sie verscheucht das undeutliche Bild der Frau, die eigentlich hier, an ihrem Platz sein sollte . . . aber nein, mit ihr wäre er im Hilton geblieben, was wir hier durchleben werden, gehört nur mir.

Während dieses kurzen Aufenthalts hat sie viel auf ihn gewartet. Aber ohne Angst, ohne daß die Freude sie verlassen hat. Den ganzen Tag ist sie allein; sie bleibt im Zimmer, solange sie kann. Dann geht sie spazieren, zu beschäftigt allerdings mit sich selbst, um die Stadt wie eine Touristin besichtigen zu können. Von Zeit zu Zeit ist ihr, als sähe sie vor sich eine undeutliche Erscheinung, unerreichbar, das ist die andere Cornelia, die, die der Bruder ihrer Mutter damals geheiratet hat, die ihn aber nach einiger Zeit verließ, um nach Wien zurückzukehren, wo sie unter mysteriösen Umständen gestorben ist. Bei Cornelias Geburt wohnte sie noch in der Schweiz, sie reiste erst zwei Jahre später ab, allein oder mit einem Mann, offenbar hat das nie jemand gewußt. «Eine Vagabundin», sagte Cornelias Mutter, «eine Herumtreiberin, wenn ich das gewußt hätte, hätte ich dich nicht nach ihr benannt.» Als kleines Mädchen hat Cornelia manchmal von dieser unbekannten Tante geträumt, die dieses Leben zurückgewiesen hat – ein Leben im Wohlstand, ein leichtes Leben, wie ihre Mutter mit Ressentiment sagte – und es vorzog, zu vagabundieren, sich herumzutreiben – wo denn, wie? Sie stellte sie sich sehr schön vor, elegant, ein bißchen verrückt, und sie mußte die Lust unterdrücken, auch fortzugehen, einfach fort, sich auf die verheißungsvollen und gefährlichen Wege des Abenteuers zu wagen. Das Abenteuer, jetzt ist es da, zu einem Zeitpunkt, da sie es schon lange gar nicht mehr erwartet hat. Sie erlebt es, glücklich, beflügelt, ohne Gewissensbisse, und alles, was sie während Peters Abwesenheit tut, gehört dazu, sogar die nichtssagendsten Handlungen gleichen in nichts jenen in ihrem gewöhnlichen Leben: sich in einem Kaffee an einen Tisch setzen, den Kellner anlächeln, der sie auf wienerisch fragt, was sie wünsche, eine Schokolade bestellen, einen Strudel essen, aus dem Portemonnaie die unbekannte Währung hervorsuchen, und dann ins Hotel zurückgehen und den Turm des Doms bewundern.

Warten. Sie kennt jetzt die leisen Geräusche, die die Rückkehr Peters anzeigen, wie die Stufe auf der Treppe knirscht, wenn er den Fuß auf sie setzt, die Schritte, die auf dem Flur näherkommen, fast unhörbar auf dem Spannteppich. Dann dieses Kratzen an der Tür.

«Komm rein», sagt sie, er tritt ein, jedesmal sagt er: «Ich bin es», wie wenn es jemand anderer sein könnte, und dann dieser Moment, wenn er sich neben ihr aufs Bett legt, auf dieses große Bett, ohne zu sprechen, und sie streichelt sein Gesicht und wartet darauf, daß die Müdigkeit daraus verschwindet, die Spannung des Tages, sie wartet darauf, daß er aufspringt: «Ich habe Hunger, Cornelia!» und dann ihre Schritte in den winterlichen Straßen, sie gehen im gleichen Schritt, Peters Hand drückt ihren Arm, und sie suchen irgendein Restaurant.

Immer noch freut sie sich, ihm gegenüber zu sitzen und zu essen, in der leichten Erregung, die der Wein, den sie trinken, in ihnen weckt, in dieser Aufregung, die das langsam in ihnen emporsteigende Begehren entfacht, das Warten auf den Augenblick, da sie allein sind und den sie hinausschieben, um ihn besser genießen zu können.

Die Nacht ist ganz still. Das Hotel scheint unbewohnt. Cornelia fühlt sich jetzt als die Frau, die überwältigt ist vom Kontakt mit einer Haut, von der sie nie müde wird, sie zu berühren, eine Frau mit fast unstillbarem Hunger nach einem Männerkörper, süchtig nach seiner Wärme, seinem Geruch, sie weiß nicht mehr, was sie in ihm sucht, sicher mehr als nur Lust und Befriedigung – es ist eine langsame Fahrt, süß und schmerzhaft zugleich, eine Fahrt ins Unmögliche, aus sich heraustreten, die Vereinigung, die Verschmelzung für einen Augenblick erreichen, es scheint ihr, daß in diesen heftigen, strahlenden Sekunden Leben und Tod sich berühren.

Wenn sie von diesen Reisen zurückgekehrt sind, sprechen sie nicht, wie sollten sie so starke Worte finden, die ausdrücken können, was sie erlebt haben, so einfache

Worte, mit denen man sagen könnte, daß sie miteinander glücklich sind. Sie verschmelzen mit der Stille der Nacht, ganz allein inmitten dieser fremden Stadt, und manchmal überfällt sie zusammen der Schlaf, wie kurz vorher die Lust.

Manchmal liegt Cornelia auch unbeweglich mit offenen Augen in der Dunkelheit, sie weiß, wie kostbar diese Augenblicke sind, wie unersetzlich, weil ihr bis jetzt das alles gefehlt hat: das Vertrauen in Peters Hand, die sich um die ihre schließt, während sie einschläft, diese Sicherheit und Zärtlichkeit, die Einsamkeit ist besiegt.

Mitten in dieses Glück, in einem ungarischen Restaurant, wo sie zu viel Tokayer getrunken hat, wird Cornelia von dem unwiderstehlichen Drang heimgesucht, endlich ehrlich zu sein.

«Hör zu», sagt sie, «du mußt mir zuhören, Peter, wir reden nicht viel, und das ist vielleicht richtig so, aber es gibt Dinge, von denen ich möchte, daß du sie weißt.»

«Nein», sagt er schnell, «bitte nicht.»

«Doch, doch», beharrt sie, «es ist sehr wichtig . . .»

Ich möchte jetzt bei ihr sein, möchte sie zurückhalten, bevor es zu spät ist. Ihn kümmert sie nicht, die Wahrheit. Warum versteht sie das nicht? Ist es denn wichtig, daß er weiß, wer sie wirklich ist. Das Bild, das sie ihm gezeigt hat, und das er nach seinem Gutdünken allmählich vervollständigt hat, genügt ihm doch vollkommen. Er hat nicht die geringste Lust, das ist offensichtlich, sich in ihre Geheimnisse zu vertiefen, den «Grund ihres Herzens» zu kennen, mit ihr irgendwelche Probleme zu lösen. Schweig, Cornelia, schweig doch!

Aber sie sagt alles, der Wein löst ihr die Zunge, sie

schwebt über dem Tisch in einer gefährlichen Euphorie. Ihr Mann ist nicht bei einem Autounfall ums Leben gekommen, durchaus nicht, es geht ihm gut, er hat sie wegen einer andern, viel jüngeren Frau verlassen. Und es stimmt nicht, durchaus nicht, daß sie keine Kinder hat, er kann das selbst nachprüfen: einen Jungen und ein Mädchen, beide natürlich schon erwachsen, und ihre Tochter hat einen kleinen Jungen. «Ich bin Großmutter, Peter, und sicher älter als du denkst. Mein Sohn . . .» sie zögert, nein sie wird nichts von Christian und Olivier erzählen. Uff . . . dennoch, die Unglückliche hat in wenigen Minuten eine ganze Reihe von Dummheiten gemacht.

Er leert sein Glas langsam. Sie sieht ihn wie durch einen dünnen Schleier, der die Dinge seltsamerweise viel plastischer statt undeutlicher macht. So bemerkt sie zum ersten Mal, daß Peter, wenn ihm etwas peinlich ist, unangenehm, wenn er sich unbehaglich fühlt, sich zu einer Langsamkeit zwingt, eine Art Steifheit, die fast germanisch wirkt.

«Warum hast du denn gelogen?» fragt er. Kein Vorwurf liegt in seiner Stimme, es ist nur eine Frage, er möchte es verstehen.

Sie beginnt zu erklären, von ihren eigenen Worten fortgerissen spricht sie, noch nie ist es ihr so leicht gefallen, sich auszudrücken. Sie hat ihn kaum gekannt damals, aber sie hatte schon Angst, ihn zu verlieren, schon in jenem Moment hätte sie ihn gewiß verloren, wenn sie ihm die Wahrheit gesagt hätte, von ihrem verfehlten Leben erzählt hätte, diesem absurd mißratenen Leben, wie es das ihre gewesen ist. «Vergeudet, verdorben sogar, Peter . . . ich habe aber eine Freundin Francesca, sie hat mich damals gewarnt, sie hat versucht, diese dumme Heirat zu verhindern. Aber ich wollte nicht auf sie hören ... Allerdings muß man auch sagen, daß meine Mutter ...»

«Ach, sprechen wir nicht mehr davon», sagt Peter, und nach kurzem Schweigen nochmals: «sprechen wir nie mehr davon. Das ändert nichts. Witwe, geschieden, einige Jahre mehr oder weniger, was macht das aus?» Er hebt sein Glas, er lächelt:

«Auf dein Wohl, Cornelia!»

Sie sehen sich an. «Zum erstenmal sieht er in mir die Frau, die ich wirklich bin», denkt Cornelia. Sie fühlt sich eins mit sich selbst, glücklich, weil sie ihm diesen Beweis ihrer Liebe und ihres Vertrauens gegeben hat. Sie ahnt nicht, daß sie sich heute dem genähert hat, was sie am meisten auf der Welt fürchtet: dem Augenblick, da Peter sich genügend fürchtet, um die Kraft zu finden, sich von ihr zu lösen. Und während dieser paar Tage in Wien, dessen bin ich fast sicher, beginnt er, sich zu fürchten. Diese Kraft, die ihn zu Cornelia hintreibt, die Leidenschaft, mit der sie sich lieben, dieses Bedürfnis, das ihn treibt, zu ihr zu gehen, sich in ihr zu verlieren – das bedroht alles, was er sich seit seiner Jugend mit Beharrlichkeit aufgebaut hat, das weiß er sehr gut. Und nun noch das am Rand ihrer Beziehung, diese Unordnung, dieses Lügengewebe, dieses andere Leben, das er erahnt: Verfehlt, sagt sie. Er mag dieses Wort nicht, er haßt es, wenn man sein Leben ruiniert und es dann noch zugibt. Eine würdige, tapfere Witwe, so hat er sie gesehen: Er ist nicht sicher, ob er diese besiegte, verratene Frau akzeptieren kann, die sich vielleicht nur deshalb mit ihm eingelassen hat, weil sie ein unwiderstehliches Bedürfnis hatte, sich zu rächen, und die es ein zweites Mal nicht ertragen würde, verlassen zu werden. Und er denkt an sein Gespräch mit Joan, heute morgen. Er hat sie vom Büro eines Kunden angerufen. Warum hat sie plötzlich mit seltsamer Betonung gefragt: «Und du wohnst immer noch im Hilton?» Warum hatte sie dieses unangenehme Kichern, als er antwortete, das sei doch selbstverständlich, er habe nicht die mindeste Lust, aus dem Hilton auszuziehen, wo er sich, wie immer, sehr wohl fühle? Warum hat sie so plötzlich aufgehängt und ihm kaum auf Wiedersehen gesagt?

Warum? fragt sich Peter und hebt sein Glas:

«Auf dein Wohl, Cornelia!»

14

Gegen Ende ihres Aufenthalts hat es zu schneien begonnen, und später wird sich Cornelia an eine Stadt mit weichen Konturen erinnern, von einem Vorhang aus Flocken verschleiert, an eine sanfte Stadt, von Gespenstern bevölkert, die ebenso unbeständig sind wie das tanzende Phantom der unwürdigen Tante. Einige Bilder werden ihr isoliert im Gedächtnis bleiben: Ein Sonnenstrahl, der die Wolken durchdringt und die Spitze des Stephansdoms trifft, eine Taube, die auf einem Dach sitzt, nicht weit von ihrem Zimmerfenster entfernt, ein alter Drehorgelspieler an einer Straßenecke. Sie wird sich nur mit Mühe an die Bilder von Breughel erinnern, die zu bewundern sie sich im Kunstmuseum zwingt, mit der Zeit vermischen sie sich, verschmelzen zu einem einzigen Bild mit undeutlichen Einzelheiten. Sie wird sich vage daran erinnern, daß sie einen ganzen Nachmittag lang in

Schönbrunn herumgeirrt ist – ganz allein inmitten einer Touristengruppe, denn Peter konnte sich dann doch nicht freimachen, um sie zu begleiten, wie er ursprünglich versprochen hatte – und wie sie, um ihr Interesse zu wecken, vergeblich versucht hat, sich die traurige Geschichte des Königs von Rom in Erinnerung zu rufen, von der sie doch, als sie mit dreizehn *L'Aiglon* las, so gerührt war. Sie wird merken, daß sie nur in jenen Momenten richtig präsent war, die sie mit Peter zusammen verbracht hat, und in der Zeit danach, da sie innerlich noch davon zehrte.

So wird sie sich noch lange an die Panik erinnern, die sie an dem Morgen nach ihrem Geständnis überfallen hat, und wie sie darum kämpfte, sich wieder sicher zu fühlen, wie sie jede Geste, jede Haltung Peters beobachtet hat und Gottseidank nichts bemerkte, keine Veränderung. Sie hat sogar eine ungeschickte Frage riskiert: «Schwör, daß du nicht enttäuscht bist von mir.» Und er sagte lächelnd, sehr entspannt: «Aber Cornelia, weshalb sollte ich denn enttäuscht sein?» Aber, irrt sie sich vielleicht, ist diese Gelassenheit nicht so groß, daß sie auch vorgegeben sein könnte? Oder ist es Peter einfach vollkommen gleichgültig, was sie denkt, wer sie ist, was sie aus ihrem Leben macht? Diese Frage unter anderen hat sie zu Breughel begleitet, durch die Salons von Schönbrunn: Sie hat Stunden damit verbracht, sie im Kopf zu drehen und zu wenden, und entdeckt dabei die Kehrseite der Liebe – diese Qual, im Bewußtsein des anderen, in seinem Herzen nicht anwesend zu sein, nicht zu wissen, welches Bild er von einem in sich trägt, jenseits der körperlichen Verschmelzung den Fluch zu fühlen, daß man getrennt ist, verschieden, eins für das andere undurchdringlich, und wie unwichtig sind angesichts dieser Tatsache diese schönen Kachelöfen, diese wunderbar gemalten Landschaften?

Es gibt sogar ein paar so unerträgliche Augenblicke, daß Cornelia plötzlich froh ist, daß sie Guillaume nie so sehr geliebt hat und deshalb mit ihm ohne Erschütterung, ohne diese Qualen durchs Leben gehen konnte, denn leicht wog im Vergleich zu dieser hier die andere Qual, die, nicht zu wissen, was Glück eigentlich ist.

Sie hat die letzte Nacht durchlebt, als würde sie nie mehr so etwas erleben können. Minute um Minute gegen den Schlaf kämpfend, um Peter nicht verlassen zu müssen. Sie ist erst gegen Morgen eingeschlafen, und sofort, fast ohne Übergang, kam die Abreise, der Flug, die Landung.

Sie haben sich bei der Ankunft in Cointrin getrennt: «Verzeih mir Cornelia, aber ich möchte lieber ...» Er braucht seinen Satz nicht zu beenden. Schon glaubt sie bohrende, feindliche Blicke auf sie beide gerichtet, vielleicht die seiner Frau, die ihn abholen kommt und die sie nun belauert, ohne daß Cornelia sie erkennen kann. Er hat ihr die Hand gegeben wie einem Passagier, den er nur zufällig kennengelernt hat, dann geht sie allein durch die langen Gänge. Dort hat sich Peter, der sie überholt hat, nicht mehr nach ihr umgedreht. Sie hat ihn nicht mehr gesehen, weder bei der Paßkontrolle noch beim Zoll, noch vor dem Flughafen, wo sie schnell in ein Taxi gestiegen ist.

Sie hat ihren Wagen in der Garage «du Parc», wo sie ihn abgestellt hat, geholt. Der Chefmechaniker hat ihr das Tor geöffnet. «Schöne Reise gehabt?» hat er in komplizenhaftem Ton gesagt, aber doch mit einem gewissen

Respekt, einem Respekt, den man Cornelia zollt, seit man vermutet, daß es einen Mann in ihrem Leben gibt. Sie hat geantwortet: «Eine sehr schöne Reise, merci», und ist dann dem See entlang nach Hause gefahren, eine Straße, die sie so gut kennt, daß die Tränen fließen können, das stört nicht, sie könnte hier mit geschlossenen Augen fahren.

15

Der Frühling 1982 ist der erste richtige Frühling für Cornelia. Sie denkt manchmal an die lange Reihe von Frühlingstagen, die seit ihrer Geburt schon vorübergegangen sind, ohne daß sie es bemerkt hat. Einige steigen aus der Tiefe der Zeit wieder auf, sie ist fünfzehn, sechzehn, sie riecht den Geruch der Erde, vermischt mit dem der blühenden Bäume, ein Drang, den sie schnell unterdrückt, wirft sie etwas Undefinierbarem, Geheimnisvollem entgegen, das sie verwirrt. Schüchterne Sehnsüchte einer beharrlichen Cornelia, gut getarnt hinter der Erscheinung einer sanften Jugendlichen, die von vorneherein vor der Eintönigkeit ihres Alltags resigniert hat. Und wirklich, nichts Außergewöhnliches ist geschehen bis jetzt, in diesem Frühling, in dem sich mit solcher Heftigkeit Glück und Leiden in ihr streiten.

Nach diesen paar Tagen mit Peter, da sie die ganze Nacht mit ihm im selben Bett geschlafen hat, erträgt es Cornelia schlechter als vorher, daß sie ihn nur so selten sieht und daß sie weiß, wie er dort drüben am anderen Ufer ein Leben lebt, von dem sie ausgeschlossen ist. Die

Anrufe, die kurzen Begegnungen, sogar die intimen Momente genügen nun nicht mehr. Aber sie hat sich geschworen, vernünftig zu sein, durch keine Bitterkeit ihre Beziehung zu trüben. Sie zwingt sich also, ihre Gefühle zu verbergen und nie den leisesten Vorwurf laut werden zu lassen, sogar dann nicht, wenn Peter ein Rendezvous im letzten Moment absagt. Aber ich, die ich aus Distanz ihrem Leben zusehe, merke doch, daß sie immer mehr Fehler macht, so sehr sie sich auch Mühe gibt. Und ich sehe auch, und das ist viel schlimmer, wie Peter diese Schnitzer mit einer gewissen Erleichterung begrüßt, so als denke er schon daran, irgendwie einen Ausweg aus dieser Beziehung zu finden, und als helfe ihm Cornelia, ohne es zu wissen, auf diese Weise dabei. So kehrt sie denn, nur um ein dumpfes Unbehagen zu bekämpfen, das seit jenen Geständnissen an ihr nagt, immer wieder zu diesem Thema zurück, mit immer größerer Ungeschicklichkeit. Sie will wissen, ob die Enthüllungen, die sie ihm gemacht hat, nichts an seinen Gefühlen ihr gegenüber geändert haben, ob er sie so akzeptiert, wie sie wirklich ist. Eines Tages hat sie die Türe zu Christians Zimmer geöffnet:

«Da wohnt mein Sohn, wenn er in Genf ist.»

«Ah», sagt Peter düster. Nie hat er, wie sie es eigentlich erhoffte, gefragt, wo dieser Junge sei, weshalb er abgereist sei, was er mache. Ein andermal zeigt sie ihm Bilder von Laure und Christian als Jugendliche: «Ungefähr zu dieser Zeit hat ihr Vater mich verlassen.» An jenem Abend hat er gar nichts dazu gesagt, hat die Fotos nur aufmerksam betrachtet. Aber bei ihrem nächsten Zusammensein sagt er plötzlich, so als führe er eine unterbrochene Unterhaltung fort: «Die Lüge wegen deinem Mann, die verstehe ich. Aber warum hast du gesagt, du hättest keine Kinder?»

«Ich hab dir das doch schon erklärt. Wegen meines Alters. Ich wollte nicht, daß du weißt...»

Er schüttelt den Kopf:

«Das leuchtet mir nicht ein», hat er gesagt und nach Worten gesucht, «du hättest sie doch einfach ein wenig jünger machen können.»

«Daran hab ich nicht gedacht, ich habe keine Zeit gehabt, zu denken...»

Er schweigt einen Augenblick und sagt dann in vollkommen neutralem Ton, diesem Ton, den er oft hat, wenn er sehr wichtige Sachen sagt: «Verstehst du dich gut mit deinen Kindern, Cornelia?»

«Ja», hat sie sehr schnell gesagt, «wir verstehen uns ausgezeichnet.» Und dann, weil sie jetzt glaubt, sie müsse sich ihm gegenüber in ihrer ganzen Wirklichkeit zeigen: «Das heißt, nein, nicht sehr gut, es ist meine Schuld, ich habe sie nicht behandelt, wie ich es hätte tun sollen...»

Sie möchte nicht weitersprechen. Aber sie spürt, daß ein Geständnis das andere nach sich zieht: «Jetzt weiß ich, daß ich sie nicht genug geliebt habe.»

Peter hat den Kopf weggedreht, zündet eine Zigarette an: «Jetzt? Warum jetzt?»

«Weil ich jetzt anders bin...»

«Anders...»

Er hat einen Augenblick nachgedacht, hat einen Zug an der Zigarette genommen: «Weil du einen Liebhaber gehabt hast, merkst du, daß du deinen Kindern zuwenig Liebe gegeben hast... Ist es...»

Er zögert, wie wenn er ganz sorgfältig nach dem richtigen Adjektiv suchen müßte: «Es ist seltsam.»

Und wie in Wien hat er hinzugefügt: «Aber sprechen wir nicht mehr davon.»

Natürlich hat sie wieder davon gesprochen, wie wenn sie diesen Satz nicht gehört hätte. Von der Unterhaltung ist ihr ein einziger Satz im Gedächtnis geblieben: Peter hat gesagt: «Du hast einen Liebhaber gehabt», und nicht, wie es doch logisch gewesen wäre: «Du hast einen Liebhaber.» Gehabt ... ein kleines nichtssagendes Wörtchen, das in ihrem Kopf rumort, Tag und Nacht ... zwei harmlose Silben, die, zu diesem Zeitpunkt zusammengefügt in Peters Mund, die Welt erschüttern. All diese Fragen, die sie sich in bezug auf dieses «gehabt» gestellt hat: unglaublich. Diese Versuche, den Satz genau zu rekonstruieren, damit sie herausfindet, ob die Grammatik denn dieses «gehabt» verlangt, die Angleichung der Zeiten vielleicht, und jetzt ist sie soweit, diesen Regeln wieder nachzusinnen, als hinge ihr Leben davon ab. Aber auch dann, wenn das «gehabt» grammatikalisch logisch wäre, spricht denn Peter gut genug Französisch, um diese Regeln zu kennen? Oder, im Gegenteil, ist ihm dieses «gehabt» nur entschlüpft, gerade weil er die genaue Bedeutung der französischen Vokabeln nicht ermessen kann, und schließlich: Hat er vielleicht nicht dieses «gehabt» anstelle eines «genommen» gesagt: «Weil du einen Liebhaber genommen hast ...», das würde alles ändern, würde einen Anfang und nicht ein Ende suggerieren wie dieses «gehabt», über das sie sich immer wieder den Kopf zerbricht.

Was tut man, um solchen Obsessionen zu entrinnen?

Man kann versuchen zu lesen, fernzusehen, Freunde zu besuchen, eine Flasche Whisky zu leeren, Patiencen zu legen. Cornelia hat begonnen, gefährlich zu fabulieren.

Sie hat sich eine Geschichte erzählt, die wenig Bezug zur Wirklichkeit hat, sie hat sich plötzlich als selbstsichere Frau gesehen, fähig, sich selbst zu verwirklichen (sie mag dieses modische Wort), mehr noch: fähig dazu, ihr Leben zu gestalten. Sie ist zu dem existentialistischen Wortschatz ihrer Jugend zurückgekehrt: damals mit achtzehn. So ist es: Sie hat endlich den Mut gefunden, sich «zu entwerfen», sich mit ihrer Vergangenheit, mit all ihren Niederlagen anzunehmen, und das noch unter den Augen des Menschen, der ihr am meisten bedeutet. Der Weg, den sie in einigen Monaten so zurückgelegt hat, ist wichtig, ist so entscheidend, daß das alles nie wieder rückgängig zu machen ist. Sie wird nie mehr so sein wie früher, die neue Cornelia, sie ist ganz geworden, liebesfähig, es wird ihr sicher gelingen, Peter zu halten, sogar, wenn dieses «gehabt» für Peter die Bedeutung hatte, die sie fürchtet. «Die Zukunft hängt von mir ab», denkt Cornelia, «augenblicklich hat sie noch keine Gestalt, ich muß sie so gestalten, wie ich sie will . . .» Sie wird kühn, erfindet neue Zärtlichkeiten, übernimmt die Initiative, so daß sie selbst über sich erstaunt ist. So hat sie sich jetzt, wenn Peter mit ihr im Zimmer ist, zur Gewohnheit gemacht, seine Krawatte aufzubinden, an ihn gelehnt, die Knöpfe an seinem Hemd aufzumachen, einen nach dem andern, dabei jedes Stück seiner Haut, das sie entblößt, mit Fingern und Lippen zu berühren. Er läßt es zu, etwas erstaunt, daß man ihn auszieht, als wäre er eine Frau, nicht unbedingt glücklich über diese Art, wie sie vorprescht, während sie, indem sie seine Krawatte aufmacht, sich erinnert, wie sie am Anfang ihrer Ehe manchmal morgens Guillaumes Krawatte gebunden hat, weil er in Eile war, und es scheint ihr, daß zwischen diesen beiden Handlungen, der der unterwürfigen Ehefrau und der der sinnlichen Liebhaberin, ein langer, steiniger Weg liegt, den sie zurückgelegt hat, von der unvollkommenen, deformierten Frau, die sie damals war, zu der Frau, die jetzt den Frühling 1982 erlebt.

Um diese Frau zu feiern, hat sie sich einen Strauß Butterblumen gekauft und neben die Schreibmaschine aufs Pult gestellt: Der Frühling ist im Glaskäfig eingezogen, triumphierend, frech.

«Haben Sie Geburtstag?» hat Léonce gefragt.

Und sie hat mit einem Lächeln gesagt: «Ja, wenn Sie es so nennen wollen . . .»

«Ich habe den Eindruck, daß Sie jetzt jeden Tag Geburtstag haben», hat er mit undefinierbarem Timbre in der Stimme gesagt – Eifersucht, Bedauern?

Das alles kann nicht verhindern, daß irgendwo sich ein Riß auftut, kaum auszumachen noch, daß er sich lautlos vergrößert.

16

Wie Cornelia versuche ich manchmal, mir das Leben vorzustellen, das Peter H. in seiner schönen Villa am rechten Seeufer führt.

Am Morgen erwacht er früh in dem warmen Bett, das er mit Joan teilt. Man hört schon das Lachen und Schwatzen der kleinen Mädchen, die sich auf die Schule vorbereiten. In der Küche ist ein junges spanisches, portugiesisches oder türkisches Dienstmädchen dabei, den Kaffee zu kochen, dessen Duft sich im ganzen Haus ausbreitet. Peter steht auf, streckt sich, geht ins Badezimmer, wo er eine Dusche nimmt, zuerst ganz heiß, dann eiskalt (wirklich, er sollte doch eine Sauna einbauen, im Keller ist Platz genug, warum hat er nicht früher daran gedacht?). Sobald er angezogen ist, geht er bei jedem Wetter auf die Terrasse, sieht in den Garten hinaus, zum Schwimmbad, das er bald reinigen und füllen lassen muß, dann geht er zum Frühstück ins Eßzimmer oder vielleicht in die Küche, denn die Küche ist einer der schönsten Räume im Haus: groß, mit roten Fliesen, die Möbel aus einem Kunststoff, der täuschend echt wie Holz aussieht, so echt, daß man sich in einem Chalet in den Bergen oder in einem skandinavischen Bauernhaus wähnt. Auf dem Tisch stehen Orangensaft, Toast, ein weiches Ei, und nun bringt Conchita (nennen wir sie der Einfachheit halber Conchita) Honig, verschiedene Sorten Konfitüren, Butter und einen Krug mit dampfendem Kaffee. «Hat Monsieur gut geschlafen?» fragt sie, denn Joan hat sie gelehrt, sich in der dritten Person an sie zu wenden. Und Joan kommt jetzt auch, um ihm Gesellschaft zu leisten: Sie hat sich die Mühe genommen, sich zu kämmen, ein leichtes Make-up aufzulegen und natürlich die Zähne zu putzen. Sie ist blond, gebräunt, makellos, strahlend, unmöglich, nicht zu sehen, daß sie schön ist. Peter wechselt mit ihr ein paar unbedeutende Sätze, aber hier zeigt sich die lange Gewohnheit, die sie miteinander teilen, eine Art zärtlicher Komplizenschaft, die sie trotz allem verbindet. Die kleinen Mädchen haben nun ihren Auftritt. Beide sind blond, Vanessa besitzt die blauen Augen ihrer Mutter, die Augen Jessicas, der jüngeren, haben diese wechselnde Farbe eines nordischen Meeres, wie die ihres Vaters. Sie sind gewaschen, gut gekämmt, sehr hübsch angezogen mit ihren Jeans und T-Shirts, richtige kleine Amerikanerinnen, trotz des waadtländischen Akzents, den sie in ihrer Schule aufgelesen haben, wie man die Röteln aufliest. Peter geht zuerst weg, nachdem er ihnen einen Kuß gegeben hat, ohne großes Aufhebens zu machen, manchmal begleitet ihn Joan dann bis zu seinem Wagen.

Vielleicht dreht er sich um, bevor er wegfährt, wirft einen befriedigten Blick auf das Haus, den Garten, er weiß, daß ihm das alles gehört, daß er sich das verdient hat, daß seine Willenskraft die Entbehrungen, jeglichen Widerstand überwunden hat.

Übergehen wir seinen Tag, den Arbeitstag eines Geschäftsmannes – Korrespondenz, Telefonanrufe, ein schnell in einer Snackbar eingenommener Lunch, Reisepläne, bequem eingerichtetes Büro, crèmefarbenes Tischchen, Lederfauteuils, Schreibtisch mit Marmorplatte, gut bestückte Bar – und treffen wir ihn abends wieder. Wenn er nicht mit Kunden in der Stadt diniert oder zu Cornelia geht, beeilt er sich, in die Villa zurückzukehren und dort den Garten zu spritzen: Er mag es, wenn er unter seinen Füßen – er geht barfuß, wenn es nicht zu kalt ist – den Kontakt mit dem Boden spürt, der ihm gehört: ein bißchen Erde sein eigen nennen, einige hundert Quadratmeter der Erdoberfläche, welch Gefühl der Sicherheit!

Dann ist es Zeit zum Essen. Joan hat ein sehr elegantes Hauskleid angezogen, die Kinder erzählen von ihren Erlebnissen, nie sprechen sie durcheinander, immer schön eine nach der andern, wie man es sie gelehrt hat. Joan hält nichts von amerikanischen Erziehungsmaximen, sie findet sie zu large, und auch Peter ist es wichtig, daß seine

Töchter gut erzogen sind, unvorstellbar, daß in diesem harmonischen Rahmen aufsässige Kinder die Idylle stören könnten. Conchita paßt auch hinein, sie hat mühelos gelernt, auf kalifornische Art zu kochen, Joan hat es auf bewundernswerte Weise verstanden, sie zu stylen. Sie ist auch hübsch. Joan hat darauf geachtet, daß keine Mädchen ins Haus kommen, die ihren Sinn für Ästhetik beleidigen könnten. «Ich ertrage die Häßlichkeit nicht», pflegt sie zu sagen.

Abends gehen sie meistens nicht aus, sondern empfangen Gäste in ihrem großen Wohnzimmer, das sich über zwei Etagen erstreckt und mit sehr bequemen Sesseln ausgestattet ist, die sich um ein Cheminée gruppieren. Elegante Freunde sind es, distinguierte, fast immer sportlich und gebräunt. Wovon sprechen sie an diesen Abenden, wenn sie Whisky trinken und Champagner und dazu kleine Brötchen essen, die Conchita zubereitet hat? Mich langweilt es etwas, wenn ich mir das vorstelle, ich werde mich nicht lange bei diesen Gesprächen aufhalten – die Frauen einerseits (Probleme mit Dienstboten, Erziehung, Urlaub, Mode, Coiffeur usw.), die Männer andererseits (Politik, Planung, Sport, Geschäfte, Geschäfte, Geschäfte). Mir ist es viel wichtiger zu wissen, ob Peter in seinem Kopf diese Abende mit seiner Beziehung zu Cornelia zu verbinden weiß oder ob er im Gegenteil den Gedanken daran meidet, weil ihm das mit diesem familiären Dekor unvereinbar scheint, fast unfein. Ich glaube aber doch, daß irgend etwas tief in ihm manchmal erschrickt, sich wundert: Wie ist das möglich, was treibt ihn denn so stark zu ihr? Warum sie und nicht eines dieser schönen jungen Mädchen, die ihm fast täglich zu verstehen geben, daß sie nichts dagegen hätten, mit ihm zu schlafen? Was ist da noch? Er reibt sich an einem kleinen harten Kern, der nicht zu knacken ist und ihn irritiert, ein Gefühl, das er noch nicht zu lokalisieren, zu analysieren, mit seinem übrigen Leben in Einklang zu bringen weiß. Nennt er es Liebe? Das würde mich erstaunen. Es scheint mir, daß dieses Wort in seinem Wortschatz nicht zu finden ist. Er hat sein Leben nach ganz anderen Kriterien eingerichtet, auf der Grundlage von Vernunft und Tüchtigkeit. Liebe, Unordnung, Leidenschaft, nein: Der kleine Kern in ihm, den berührt er nicht, er kreist nur darum, betrachtet ihn, ohne ihn zu verstehen.

Aber am Wochenende, wenn er im Garten ist, kann es geschehen, da bin ich fast sicher, daß er manchmal stillsteht, dem See zugewandt, ein paar Sekunden nur, ganz still, und sich an sie erinnert, an diese seltsame Frau, die ihn erwartet, die er manchmal nicht versteht, all diese Lügen, aber diese ... er sucht das richtige Wort ... diese Intensität. Wie eine Flamme, die einen wärmt. Wenn diese Flamme einen nur nicht am Ende noch verbrennt.

Glücklicherweise kann er sie nicht sehen, sie, Cornelia, wie sie mit dem Fernglas auf ihrem Balkon steht. Ja, vor einigen Tagen ist ihr plötzlich in den Sinn gekommen, daß ihr Vater ein Fernglas besessen hat und daß ihre Mutter es ihr gegeben hat, als er gestorben war: «Mir macht es keinen Spaß, die Sterne zu sehen.» Dieses Fernglas mußte irgendwo im Estrich sein. So hat sie einen ganzen Nachmittag damit verbracht, alte Bücher, alte Koffer, Teller voller Staub zu durchstöbern. Mit Schaudern hat sie vertrocknete Leichen von Spinnen, in ihren Spinnennetzen verwickelt, weggeräumt und endlich unter einem Stoß verblichener Vorhänge das braune Futteral gefunden, das sie gesucht hat. Sie hat es gereinigt, hat gesehen, daß das Fernglas darin offenbar noch ganz ist, und es sofort ausprobiert.

Auf dem Balkon, mit beiden Händen diesen sperrigen schweren Gegenstand haltend – es ist ein sehr altmodisches Fernglas, wie man es nicht mehr herstellt –, hat sie begonnen, das gegenüberliegende Ufer abzusuchen. Als das Glas endlich richtig eingestellt ist, so daß sie nicht mehr doppelt sieht, hat sie Anhaltspunkte gesucht, um *die* Villa zu finden: Ja, da sind die paar Bäume, die gehören zum Quai von Versoix, das Schloß rechts, zweifellos, das ist das Schloß von Coppet; also muß Peters Haus ungefähr dazwischen liegen, auf der Höhe, am Rand eines Waldes. Sie hat lange gesucht ... Manchmal ermüdet davon, das Fernglas zu halten, mit schmerzenden Schultern, gelingt es ihr nicht mehr, es genau auf etwas zu richten, und da erscheint dann gegen den Himmel ein dunkles, drohendes Gebirge wie der Himalaja – und das ist doch nur der Jura – oder dann eine blaugraue bewegte Masse. Dann schüttelt sie ihre steifen Arme und beginnt wieder hinzusehen, bis ihr fast schwindlig wird, bis ihre Sicht sich verwirrt, bis sie im rechten Auge einen nervösen Tic verspürt. Aber trotz all dieser Anstrengungen ist es ihr nicht gelungen, das Haus zu finden, das flache Dach neben den beiden Pappeln zu entdecken, an die sie sich so gut erinnert.

Dieses Scheitern ist ihr so unerträglich erschienen, daß sie einen ganzen Sonntag lang nichts anderes tun konnte, als vom Wohnzimmer auf den Balkon zu gehen und wieder zurück, Selbstgespräche zu führen, zu versuchen, sich zu beruhigen, sich zu sagen, daß das alles keine Bedeutung hat, daß sie das überhaupt nicht weiterbringen würde, wenn sie das Haus von Peter sehen könnte, im Gegenteil, und sie setzt sich, sie öffnet eine Zeitschrift, beginnt ein Kreuzworträtsel zu lösen, steht wieder auf, nimmt das Fernglas mit einer Art Wut wieder in die Hand, beginnt von neuem, den Horizont abzusuchen, wie ein Kapitän auf einem verirrten Schiff, der vergeblich nach dem rettenden Ufer Ausschau hält. Einen ganzen Sonntag lang.

Übrigens muß man zugeben, daß Cornelia seit ihrer Rückkehr aus Wien nicht mehr viel unternimmt. Sie spielt nicht mehr Klavier, sie hört nicht mehr Musik, sie liest nicht mehr: Sie schaltet den Fernseher ein, sieht fünf Minuten zu, schaltet ihn aus. Sie legt die Karten für eine Patience aus, doch sofort wischt sie sie mit der Rückseite ihrer Hand wieder vom Tisch.

Sie macht gar nichts mehr.

Sie fragt sich nur, was Peter wohl denkt, ob er bald anruft, ob er nächste Woche kommen wird. Sie erzählt sich dauernd Geschichten rund um ihre gemeinsame Geschichte. Sie wartet.

17

Der Brief aus Italien ist Mitte Mai gekommen. Cornelia hat ihn im Briefkasten gefunden, als sie aus dem Büro nach Hause gekommen ist. Es ist ein schöner Abend, sehr mild, kleine silberne Wellen kräuseln den See, in der Luft ist ein Duft von Glück. Cornelia ist mit Einkäufen beladen, denn sie erwartet Peter, den sie während fast drei Wochen nicht gesehen hat, zum Nachtessen. «Alles kommt immer auf einmal», denkt sie, als sie die Handschrift Francescas erkennt. Sie eilt die Treppe hinauf, stellt die Sachen in der Küche hin und sucht einen Brieföffner. In diesem Moment wundert sie sich über das Format des Briefes, es ist größer als üblich, und über die ungewöhnliche Beschaffenheit, das Couvert ist aus Karton, wie wenn ein Gegenstand darin wäre. Und dann merkt Cornelia, daß der Brief nicht in Rom aufgegeben worden ist, sondern daß der Poststempel einen fast unleserlichen Namen trägt, mit Mühe entziffert sie ein L, ein A, ein N, und vielleicht ein O. «L-A-N-O», buchstabiert sie überrascht. Vielleicht ist Francesca irgendwohin an die Riviera, vielleicht zur Erholung in Urlaub gefahren – aber ja, das sollte Loano heißen –, und von dort schickt sie Cornelia ein paar Seiten ihres Manuskripts, Gedichte, Fotos, irgend etwas. Kein Grund, beunruhigt zu sein. Aber weshalb denn plötzlich diese Angst, diese Furcht davor, den Umschlag zu öffnen?

Sie zögert einen Augenblick, den Brieföffner in der Hand, und dann geht alles ganz schnell: Aus dem großen Umschlag fallen zwei kleinere heraus, beide verschlossen, einer mit der Schrift von Francesca, der andere mit einer unbekannten Schrift. Und dann noch ein Papier, auf dem dieselbe Hand geschrieben hat: «Liebe Madame Cornelia, ich bin ein Freund von Francesca, ich schreibe Ihnen auf ihren Wunsch hin, ich bitte Sie, zuerst den Brief zu lesen, den sie an Sie geschrieben hat, und erst nachher den von mir selbst, in dem ich Ihnen erzähle, wie sich alles abgespielt hat.»

Was soll das heißen? Wozu diese Inszenierung? Es schnürt Cornelia die Kehle zu. Die Briefe nicht lesen, zuerst den Abend mit Peter genießen, auf den sie sich so lange gefreut hat. Sie legt die beiden Umschläge hin. «Wenn er weggegangen ist, denkt sie.»

In der Küche macht sie mechanisch ein paar Gesten, dann aber kommt sie auf die Briefe zurück. Das Geräusch des Brieföffners, ein leises Rascheln, das den ganzen Raum ausfüllt. Im Vorraum stehend beginnt sie den Brief von Francesca zu lesen, dann geht sie, weil ihr schwindlig wird, ins Wohnzimmer und setzt sich in einen der Sessel.

«Mia cara», schreibt Francesca, «wenn Du diesen Brief liest, habe ich das schon getan, was mir seit einigen Monaten jede Angst genommen hat, das, was mir meine Würde wiedergegeben hat. Ich habe Dir in Rom gesagt, daß dieser Tod, der sich in mir ausbreitet, mir Entsetzen einflößt, dieser Tod in meinem Körper, gegen den ich mich nicht wehren kann. Nur erleiden, wo ich doch mein Leben lang versucht habe, eben nicht das Schicksal einfach hinzunehmen, einfach zu erleiden. Das war eine Niederlage, die mein ganzes Leben nichtig zu machen drohte und alles, was ich unternommen habe. Gegen Ende November habe ich den Entschluß gefaßt, der mich entlastet hat, der mir den Frieden wiedergab und mir erlaubte, mein Manuskript zu beenden (es erscheint nächstes Jahr bei Einaudi), und der mir die Kraft gegeben hat, nein zu sagen den Ärzten gegenüber, zu der Operation, zu den Medikamenten. Ich bin wieder ich selbst geworden. Mein Plan ist Zug um Zug genauer geworden, und ein sehr lieber Freund hat mir versprochen, mir bei der Verwirklichung zu helfen. Ich will nicht, daß Du traurig bist, Cornelia. Der Tod ist nichts – ich habe schon viele Menschen sterben sehen, in allen Ländern der Erde –, unerträglich ist diese Machtlosigkeit, dieses Aufgebenmüssen . . .»

Zwischen den folgenden Zeilen – die Schrift von Francesca ist wie immer fest und voller Willenskraft – reimt sich Cornelia tastend zusammen, wie der Plan wohl ausgesehen hat, den Francesca sich ausgedacht und den auszuführen sie den Mut hatte: «Ich habe das Meer immer geliebt, habe es in mich aufgenommen als etwas, das vor der Geburt, nach dem Tod kommt, es ist wie das Land, in dem alles beginnt und alles endet.» Durch die Tränen, die sie blind machen, sieht Cornelia ein Motorboot, ein sehr kleines Boot, das sich eines Morgens von der ligurischen Küste löst. «Mein Freund hat eingewilligt, sich mir zur Verfügung zu stellen, mir beim Starten des Motors zu helfen, er wird so lange wie möglich bei mir bleiben.» Jetzt steuert das Boot aufs offene Meer zu, bald wird die Sonne aufgehen, jetzt sieht man noch die Sterne, wie sie, einer nach dem andern, am Himmel erlöschen. «Ich habe immer gedacht, es wäre schön, im Morgengrauen zu sterben», schreibt Francesca. Das Boot ist nun weit von der Küste entfernt: Um Francesca ist eine große Stille, und Cornelia denkt an ein anderes Boot, an die Wassertropfen, die von den Rudern fallen, die Jugend, die Sehnsucht und die Angst, die verflossene Zeit. Und dann hat Francesca den Inhalt des Röhrchens, das sie mitgebracht hat, in ihre Handfläche gelehrt. Sie hat einige Augenblicke gewartet, bevor sie sich ins Meer gleiten ließ. «Ich denke, daß das Wasser noch kalt sein wird, ich wollte eigentlich bis im Juni warten, aber die Zeit drängt. Cornelia, meine Liebe, ich möchte, daß man meinen Körper nicht findet, deshalb gehe ich so weit hinaus wie nur möglich, Ertrunkene sehen häßlich aus, ich möchte mich auflösen, zu Sand, zu Tang, zu Muschelkalk werden. Vielleicht wird diese Gnade mir zuteil. Saint-Exupéry hat man auch nie gefunden, wie hat mir dieser Tod in der Luft gefallen, dieser Tod eines Vogels. Ich glaube, ich werde keine Angst haben. Wenn die Schlafmittel wirken, werde ich die Besinnung verlieren und langsam versinken, vielleicht werde ich gar nicht spüren, wie das Wasser mir in die Lungen dringt. Ich verlasse Dich, Cornelia, und ich möchte Dir etwas zurücklassen, was Dir helfen könnte, eine Botschaft wäre falsch, zu großsprecherisch, ich hinterlasse Dir keine Botschaft. Nur ein Buch, mein Verleger wird es Dir schicken, Du bist die erste auf seiner Liste. Es enthält das Wichtigste aus meinem Leben, und so werde ich noch lange Zeit bei Dir sein. Und vergiß nicht, Cornelia: Es ist nie zu spät, man kann sein Leben immer in die Hand nehmen, wenn man will . . .»

Ist es denn nötig, noch den zweiten Brief zu lesen?

«Es hat sich alles so abgespielt, wie Francesca es wollte», schreibt der unbekannte Freund. «Wir haben den letzten Abend zusammen verbracht, sie war ruhig, man merkte ihr nichts an, entspannt, fast froh. Bis heute ist ihr Wunsch erfüllt geblieben: Man hat ihren Körper nicht gefunden. Ich muß noch hinzufügen, daß dem Morgengrauen, in dem sie starb, einer jener strahlenden Tage folgte, die sie so geliebt hat.»

Cornelia hat sich nicht aus ihrem Sessel gerührt, bis Peter läutete. Sie hat sich schluchzend in seine Arme geworfen, und er hat ihr ungeschickt und ein bißchen betreten den Rücken getätschelt und überhaupt nichts verstanden.

«Beruhige dich, bitte, beruhige dich», wiederholt er.

Geniert. Erstaunt. Sogar ärgerlich? Vielleicht. Sicher ist, daß Cornelia immer weniger dem Bild gleicht, das er sich von ihr gemacht hat. Er liebt sie immer noch, die

Geschiedene, die Großmutter, aber er würde es schlecht vertragen, wenn sie nun weinerlich würde. Ja, bestimmt ist er ein bißchen ärgerlich. Aber dann reimt er sich allmählich zusammen, daß sie soeben eine sehr gute Freundin verloren hat und daß nicht er, Gott sei Dank, der Grund ihrer Verzweiflung ist. Er nimmt es sich übel, daß er so ungeduldig war, und zwingt sich, sie zu trösten, aber immer noch ist da dieser Eindruck, genarrt worden zu sein: Damit er heute hierher kommen konnte, hat er Joan eine ziemlich schlecht erfundene Lüge erzählt, und er weiß, daß sie ihm nicht geglaubt hat. Er weiß auch, daß sie seit Wien die Wahrheit ahnt, obschon sie, aus einem Grund, den er nicht kennt, so tut, als wüßte sie nichts. Eines Tages, vielleicht bald, wird sie handeln, und Peter kann sich nicht vorsehen, er verspürt nur eine unbestimmte Unruhe. Cornelia löst sich von ihm, zeigt ihm ihr verweintes, tränenüberströmtes Gesicht. Er wendet den Blick ab, während sie stammelt: «Ich habe nichts gekocht. Es tut mir leid.»

«Das macht nichts», sagt er.

«Setz dich, ich werde sehen, was ich machen kann.»

Sie ist allein in der Küche. Sie hat gehofft, daß er auch kommt, daß er ihr hilft, und sie räumt die Lebensmittel weg, die sie eingekauft hat, ohne richtig zu sehen, wohin. Es ist zu spät für den Braten, und heute hat sie keine Konserven im Schrank wie an jenem glücklichen Abend, als die Küche voller Rauch war und sie zusammen darüber lachten. Jetzt ist es wie früher. Cornelia fühlt sich unfähig, schuldig. Aus der Vergangenheit ersteht diese gehetzte Hausfrau wieder auf, immer im Hintertreffen, verloren in der Unordnung von Tellern und Pfannen, voller Panik vor alldem, was zu tun ist, während alle drei ungeduldig warten. «Ist es bald fertig?» schreit jemand. Es ist auch zu spät, um Bratkartoffeln zu machen, wie sie sich vorgenommen hat, zu spät für einen Risotto – übrigens ist die Packung mit Reis fast leer –, warum eigentlich geht Peter nie mit mir ins Restaurant? denkt Cornelia. Sie hat sich das nie gefragt bis heute abend, so glücklich war sie, ihn zu empfangen, sich Mühe zu geben für ihn, aber sie weiß, daß sie die Antwort kennt: Er hat Angst davor, mit ihr auszugehen, Angst, mit ihr zusammen gesehen zu werden – Kunden, Geschäftsfreunde, Freunde seiner Frau –, er versteckt sie, er schämt sich. Und während sie weinend in der Küche Salatblätter wäscht und der Tod Francescas allmählich immer mehr in ihr Raum nimmt, findet Cornelia diese Liebesaffäre plötzlich lächerlich – so nennt man das, Liebesaffäre, und sie lebt das mit solcher Intensität, solchem Engagement und solcher Blindheit seit sieben Monaten. Lächerlich und erbärmlich. Plötzlich erinnert sie sich – während sie Öl in die Salatschüssel gießt – an Gesprächsfetzen, die sie in der Garage aufgeschnappt, manchmal nimmt Monsieur Schwarz an diesen Gesprächen teil, diese zugleich verächtliche und verschwörerische Miene, die sie alle machen, wenn sie von Frauen sprechen. «Ich frage mich, ob sie gut fickt, dieses Weibsbild», sagt Gaël, «sie ist ein bißchen überreif, aber die Reste sind nicht schlecht.» «Sie hat einen schönen Arsch», fügt Léonce ohne Überzeugung bei, um sich ins rechte Licht zu setzen. «Ja, ein schöner Arsch», sagt Monsieur Schwarz, «fügt sich schön in die Hand, aber das ist eine Kundin, meine Herren, respektieren wir die Kunden.» «Aber wenigstens die kleine Blonde», sagte Gaël, «ich hab sie mal gehabt, kurz nachdem der Vertrag unterschrieben war, sie hat nur drauf gewartet, wenn man sich vorstellt, daß sie seit drei Monaten auf dem Trockenen saß ...» «Sie lassen sich alle ficken», sagt der dritte Verkäufer, «es genügt, im rechten Moment zur Stelle zu sein.» Cornelia hat zwei Eier im Kühlschrank gefunden, sie schlägt sie wütend in die Pfanne, verzweifelt. Wenn er mich liebte, wenn er nur die mindeste Zärtlichkeit für mich übrig hätte, wäre er jetzt zu mir in die Küche gekommen, er würde mich hier nicht allein lassen. Sie sind alle gleich, Egoisten, große verwöhnte Kinder. Aber genau in diesem Moment kommt er herein.

«Es tut mir leid für dich», sagt er in gemessenem Ton, «mach dir nicht zuviel Mühe mit dem Essen.»

Und sie, Idiotin, unheilbare, wirft sich nun wieder in seine Arme und beginnt von neuem zu schluchzen, das Gesicht an seinem Hals, atmet sie die Wärme seiner Haut, kuschelt sich – wie man das früher in den Romanen für junge Mädchen beschrieb – an seine Schulter, in die trügerische Sicherheit dieser Männerschulter, und Achtung, Cornelia, die Eier werden anbrennen, dann habt ihr wirklich gar nichts mehr zu essen.

Die Eier waren nur ganz wenig zu stark gebraten. Sie haben sie mit Salat, Brot und Käse gegessen. Peter hat die Flasche Wein entkorkt, die er mitgebracht hat. Es ist eine sehr gute Flasche Wein, die er mit Sorgfalt in seinem Weinkeller ausgewählt hat und die er bis zu seinem Wagen unter seinem Regenmantel versteckt hat. Er hat sich darauf gefreut, sie mit Cornelia zu trinken, aber sie bemerkt nicht einmal, wie gut dieser Wein ist, sie ist taub, blind, gefühllos; er wird ihr nicht sagen, er möchte mit ihr ins Bett, das gehört sich nicht, wenn man jemanden verloren hat, der einem nahesteht, und übrigens hat er gar keine Lust mehr dazu, er schaut auf die Uhr. Er wird vielleicht Joan vom Konzert abholen, zu dem sie ohne ihn gegangen ist.

Im Wohnzimmer haben sie sich aufs Sofa gesetzt, sie haben ein Stück von Mozart gehört, und beim Andante hat Cornelia wieder zu weinen begonnen, er hat ihre Hand gehalten und wirklich nicht gewußt, was er sagen sollte, und mit der andern Hand hat er ihr übers Haar gestreichelt und dabei an die Kunden gedacht, die er morgen treffen würde, und an Joan, wo soll er sich hinstellen, damit er sie in der Menge nicht verpaßt?

Als das Stück zu Ende ist, löst sich Cornelia von ihm: «Ich glaube, ich möchte allein sein», hat sie gesagt, «verzeih mir.» Er ist aufgestanden, hat sie geküßt: «Ich werde dich bald anrufen», und er ist gegangen.

18

Jeden Tag wird Cornelia vom selben Lärm geweckt; zuerst hat sie sich gefragt, was das sei, hat nichts begriffen, gemeint, sie träume noch. Und dann hat sie aufmerksam hingehört, hat ihn wiedererkannt: Ein Zweitaktmotor, so wie ihn die Boote auf dem Mittelmeer haben – die Fischer brachen in Spotorno jeweils sehr früh auf, fast um Mitternacht, manchmal erwachten die Kinder davon, sie waren noch klein und begannen zu weinen. «Bring sie zum Schweigen», murmelte Guillaume und drehte sich im großen Bett. Ja, jetzt fährt dieses Boot jeden Morgen los, der Motor hustet, das Geräusch kommt näher und wird dann allmählich leiser. Cornelia liegt unbeweglich im Bett, vor Angst gelähmt, und zugleich scheint es ihr, sie müßte handeln, es bleibe noch Zeit genug, um einzugreifen, und wenn sie sich statt dessen in ihre warmen Leintücher verkrieche, helfe sie Francesca zu sterben. Dieses Boot gibt es nur in meinem Kopf, denkt sie. Dennoch hört sie es wirklich. Manchmal hat sie den Mut aufzustehen, sie geht zum Wohnzimmerfenster: Der See ist leer, schläft noch, die Fransen der Nacht verbergen das andere Ufer – das andere Ufer ist jetzt so weit weg, aber das ist eine andere Geschichte, an die sie sich erinnern wird, sobald sie mit diesem Boot zu Ende gekommen ist. Sie geht ins Badezimmer, spritzt kaltes Wasser auf ihr verschwitztes Gesicht, sieht im Spiegel diese verstörte Frau, das ist sie, im Begriff, vielleicht verrückt zu werden.

Eine ganze Woche hat es gedauert, und dann hat sie das Boot nicht mehr gehört. Es ist von der Vergangenheit geschluckt worden, hat sich diesem anderen Boot hinzugesellt, dem Ruderboot aus glücklichen Tagen. Das Motorengeräusch im Morgengrauen ist weg, aber der Tod Francescas ist schwer, ist fast unmöglich zu ertragen. Bei wem soll sie dieses Gewicht abladen? Was für eine absurde Idee, ihre Mutter anzurufen: «Ich habe immer gesagt, daß es mit dieser Frau ein schlimmes Ende nehmen wird.» – «Aber versteh doch, sie war unheilbar krank, und sie wußte, daß sie verloren war!» – «Das ist kein Grund, man hat nicht das Recht, Gott die Entscheidung aus der Hand zu nehmen.» – Cornelia hat aufgelegt, ohne zu antworten.

Sie hat auch Laure angerufen. Der kleine Julien schrie im Hintergrund. «Es ist traurig», hat Laure gesagt, «aber du hast sie ja nicht oft gesehen.» Und Cornelia hat versucht zu erklären, daß Francesca, auch wenn sie weit weg war, doch in all den Jahren irgendwo in ihrem Leben immer präsent war. Julien hat lauter geschrien. «Entschuldige, ich muß mich um ihn kümmern», hat Laure gesagt, und sie hat schnell hinzugefügt: «Armes Mamilein, mir tut es sehr leid für dich.»

Was hat Cornelia denn erwartet, erhofft?

Weiß sie denn in ihrem Alter noch nicht, daß man in den schlimmsten Momenten im Leben immer allein ist? Und sie gibt sich selbst die Antwort: «Genau das ist es ja, in den schlimmsten, den schmerzlichsten Momenten war ich nie ganz allein, weil es Francesca gab.» Vielleicht war Francesca, ihre ferne Präsenz, daran schuld, daß sie nie andere Freundinnen gewonnen hat. Sicher ist nur, daß, wie sie sich auch dreht und wendet, nirgendwo jemand ist, der ihr Leid mit ihr teilen könnte, ja nicht einmal jemand, der mit Sympathie zuhören könnte, wenn sie davon erzählt. Peter? Sie hat ihn seit jenem Abend, an dem sie sich so fern von sich fühlte, nicht wiedergesehen. Er hat sie nicht angerufen, und es ist, so scheint es ihr, das erste Mal, daß er so lange nichts von sich hören läßt. Sie hat gehofft, daß er sehr bald wieder anrufen würde, um zu fragen, ob es ihr besser gehe, und um durch eine andere Begegnung das Bild jenes schrecklichen Abends auszulöschen. Zehn Tage sind vergangen, und zehn Tage sind lang, vor allem, wenn das Telefon dauernd schellt und immer jemand anders am anderen Ende ist, Kunden, Lieferanten. Endlich, am elften Tag, ist er es. Er schlägt ihr vor, zusammen auswärts essen zu gehen – genau das, was sie sich damals, als sie in der Küche herumhetzte, gewünscht hat –, ein kleines Restaurant auf dem Land, er erklärt ihr, wo es ist, und fügt hinzu, daß jedes im eigenen Wagen dorthin fahren und sie sich dort treffen sollten. Ist es dieses Detail, oder ist es der Ton von Peters

Stimme, was Cornelia daran hindert, glücklich zu sein? Oder die Lage des Restaurants, in einem Dorf an der Salève, also mehrere Kilometer von ihrer Wohnung entfernt, so weit, daß sie sich nicht vorstellen kann, wie Peter nachher zu ihr kommen könnte. Sie fragt sich, ob diese ungewöhnliche Einladung nicht eine Art ist, sich ihr zu entziehen. Vielleicht hat er beschlossen, sich von ihr zu trennen, denkt Cornelia. Sie sitzt an ihrem Pult, und die Kälte, die in ihr hochsteigt, läßt sie in der feuchten Hitze dieses Glaskastens frösteln.

«Geht's Ihnen nicht gut?» fragt Léonce, der gerade hereinkommt, um ihr einen Vertrag zu bringen, den er eben unterschrieben hat.

«Doch, es geht schon», sagt sie und kämpft gegen die Versuchung, ihm alles zu erzählen, vom Tod Francescas, von der Sache mit Peter, von ihrer Einsamkeit und ihrer Angst.

Sie haben in einem kleinen, fast leeren Raum Platz genommen. Peter hat gut gewählt, er hat sicher gewußt, daß es ein schlechtbesuchtes, etwas düsteres Lokal ist und daß er nicht befürchten muß, irgendwelchen Geschäftsfreunden oder Bekannten seiner Frau zu begegnen. «Er ist da», denkt Cornelia, «er ist endlich da», und sie stellt sich ganz zufällig ein Menü zusammen, auf das sie keine Lust hat. Sie erwartet, daß er mit ihr von Francescas Tod spricht. Aber nein, er macht gar keine Anspielung auf ihren letzten gemeinsamen Abend. Er erzählt von seiner Arbeit, und plötzlich fühlt sich Cornelia, wie wenn sie einem Kunden aus der Garage gegenüber säße, der sie aus reiner Höflichkeit, und um sich bei ihr für ihre Bemühungen erkenntlich zu zeigen, eingeladen hat. Wovon haben sie denn sonst, all die andern Abende, gesprochen? Sie weiß es nicht mehr, alles war so spontan, so natürlich, auch wenn sie zusammen geschwiegen haben. Was ist geschehen? Wo liegt der Fehler? Warum ist plötzlich, seit diesem Aufenthalt in Wien, dieser Graben zwischen ihnen, der immer tiefer wird? Sind ihre Geständnisse die Ursache – «diese dummen Geständnisse», denkt sie –, oder ist Peters Frau im Begriff, sich zwischen sie zu stellen, diese Frau ohne Gesicht, ohne Körper, ohne Vornamen, die sich vorzustellen Cornelia immer vermieden hat?

Beim Dessert endlich fragt Peter: «Geht es dir besser, Cornelia?»

«Ja», sagt sie, «natürlich.»

Sie wird ihm nicht erzählen, wie sie im Morgengrauen von diesem Motorengeräusch aufwacht, wie Francescas Abwesenheit sie bedrückt. Ein sehr starker Instinkt sagt ihr jetzt, daß er mit ihrem Kummer nichts anzufangen weiß und daß sie die Kraft aufbringen muß zu schweigen, wenn sie ihn noch ein wenig behalten will. Übrigens hat diese Frage, in einem Ton gestellt, der nicht sehr herzlich ist, genügt, daß die Welt die Farbe ändert. «Ich übertreibe immer», denkt Cornelia, «ich dramatisiere alles, Guillaume hatte recht.»

Die Mahlzeit, schlecht gekocht, war schnell vorüber, und vor ihnen dehnt sich noch ein langer Abend. In seinen Armen liegen, schnell, und alles vergessen. Aber er nimmt sich Zeit, bestellt Kaffee, zündet eine Zigarette an.

«Komm, gehen wir schnell weg», sagt sie.

«Entschuldige», sagt er, «wir haben heute Freunde eingeladen bei uns zu Hause, ich habe versprochen, nicht zu spät zu kommen, ich werde dich verlassen müssen.»

Dieses «bei uns zu Hause» ist schwer zu ertragen. Aber vor allem, und viel schlimmer, dieser Verdacht, diese beinahe sichere Gewißheit, daß er lügt.

«Das ist doch nicht möglich, ich bitte dich», sagt Cornelia.

Er beugt sich über den Tisch, nimmt ihre Hände in die seinen, und sie sieht wieder sein Lächeln, seine Blicke.

«Sei vernünftig. Das nächste Mal komme ich zu dir. Heute mußte ich mir die Zeit wirklich fast stehlen. Ich habe gegenwärtig so viel zu tun, aber ich wollte dich sehen.» Er schweigt einen Augenblick.

«Es war wirklich wichtig, dich zu sehen.»

«Und das nächste Mal, ist es lange bis dahin?» fragt Cornelia.

Er nimmt seine Agenda hervor. Eine Reise nach Ägypten, sagt er, eine nach Spanien, ein Abstecher nach London. Es wird ungefähr bis zum 25. Juni dauern.

«In drei Wochen», sagt Cornelia.

«Ja, in drei Wochen.»

Sein Finger liegt auf einer Seite in der Agenda.

«Wollen wir uns schon für den 24. Juni verabreden?»

Sie haben das Restaurant verlassen. Es regnet. Der kleine mit Platanen bestandene Platz ist leer. Die beiden Wagen stehen da, nebeneinander geparkt. Vor demjenigen Cornelias haben sie sich im Regen umarmt. Eigentlich sollte es ein ganz gewöhnlicher Abschiedskuß sein, aber – war sie es oder er? – ihre Lippen haben einander mit einer Heftigkeit, Verzweiflung gesucht, wie wenn sie sich zum letzten Mal begegneten, und sie haben sich aufeinandergepreßt, daß es fast weh tat. Dann hat Cornelia mit geschlossenen Augen Peters Gesicht liebkost, mein Leben lang werde ich die Konturen deines Gesichts in meinen Händen bewahren, bis zum letzten Tag bleibt die Form deines Gesichts in meinen Handflächen.

«Gib auf dich acht», hat Peter gesagt.

Sie hat sich in ihren Wagen gesetzt, er hat die Türe zugemacht. Drei Wochen sind nicht das Ende der Welt, schon weiß sie nicht mehr, weshalb sie den ganzen Abend lang so unglücklich war.

19

Gehen. Sie hat angefangen, immer wenn sie Zeit dazu findet, zu Fuß zu gehen. Abends, wenn sie vom Büro kommt, samstags, sonntags. Die Rapsfelder sind am Verblühen, die Landschaft ist grün, der See sehr blau, wenn er bei einer Wegbiegung ins Blickfeld kommt. Sehr weiß dort drüben die Gipfel von Hochsavoyen. Cornelia wandert mitten in diesen Farben, in der lauen Luft, sie hat keine Lust anzuhalten, sie könnte stundenlang so weitergehen, bis sie wirklich in sich diesen Verlust Francescas bewältigt hat und die Abwesenheit Peters und diese Gewißheit, die immer wieder in ihr aufsteigt, was sie auch dagegen tun mag, daß er sie bald verlassen wird. Viel später wird sie sich an diese drei Juniwochen wie an eine unendliche Irrfahrt erinnern – sie versucht, eine Schwelle zu überschreiten, aber die Schwelle ist immer weiter weg, es gelingt ihr nicht, sie zu erreichen. Bleibt diese Last, dieses Gewicht, das sie überallhin mit sich trägt und das ohne Zweifel Angst ist. Ja, später, wenn sie imstande sein wird, auf diese Zeit ihres Lebens zurückzublicken, wird

Cornelia sich Rechenschaft geben, daß sie von einer fast animalischen Angst besessen war. Eine doppelte Angst: diejenige, sich nicht vorstellen zu können, *wo* Francesca sich jetzt befindet, dauernd an diese unbegreifliche Nicht-Existenz Francescas zu stoßen – und der Schwindel überkommt sie, all diese Toten seit Anfang der Welt, wo sind sie denn, wo wird sie selbst bald sein? –, und diese andere Angst, vertrauter, leichter zu orten, diese Angst vor all den Jahren, die sie in Zukunft ohne Peter wird verbringen müssen, Peter wird anderswo leben, er wird sie vergessen, wird nicht mehr daran denken, daß sie sich geliebt haben.

Cornelia wandert durch diese gleichgültige Schönheit des Sommers 1982. Sie eilt auf diesen 24. Juni zu und möchte doch gleichzeitig, daß dieser Tag nie kommt, wie wenn irgend etwas ihn schon kennzeichnete, ihn von all den andern Tagen unterschiede, an denen sie und Peter zusammengewesen sind.

Am Donnerstag, 24. Juni, werde ich dich verlieren.

Aber der Abend hat gut begonnen. Peter ist pünktlich gekommen. Das Essen, das Cornelia gekocht hat, ist sehr gut, sie hat sich selbst übertroffen. Auf dem Tisch stehen Blumen, auf dem Plattenspieler eine Platte mit leiser Musik, das Gespräch zwischen ihnen ist frei von jenen Verlegenheiten ihrer letzten Begegnung. Peter erzählt von seinen Reisen, Cornelia versucht, ihre langen Spaziergänge zu beschreiben, dann sind sie plötzlich in ihrem Schlafzimmer, er hat sie, kaum war das Dessert vorüber, dorthin gezogen, nein danke, keinen Kaffee heute abend. Er hat Cornelia ausgezogen, wie er das liebt, langsam, während er sie küßt. Nackt an ihn geschmiegt, hat sie wieder seine Krawatte aufgebunden – eine blaue Krawatte mit weißen Streifen, sie wird das nie vergessen –, sie hat die Knöpfe an seinem Hemd geöffnet. Und dann hat er sie nicht weitermachen lassen, sondern ist sehr schnell zu ihr ins Bett gekrochen, dieses viel zu schmale Jungmädchenbett, so hat er eines Tages lachend gesagt. Das Gewicht seines Körpers auf ihr, so lange hat sie das nicht mehr gefühlt, das war vor Francescas Tod, in einer anderen Welt. Sie haben sich Zeit genommen, um sich neu zu suchen – meine Hände tasten deinen Rücken entlang, wandern wieder zu deinem Nacken empor und wieder hinunter bis zu der Rundung deiner Hüften, mein Gott, gib mir die Erinnerung an deinen Körper, an den Duft deiner Haut –, und dann wieder diese Steigerung bis zum Höhepunkt, durchwirkt mit Finsternis und feurigen Spiralen.

«Bleib», sagt Cornelia.

Er zieht sich nicht aus ihr zurück, er hat den Kopf an ihren Hals gelehnt, sie hat die Hände in seinem Nacken verschränkt, und vielleicht ist er für einen Moment eingeschlafen. Der Körper Cornelias beginnt zu schmerzen, wird erdrückt von dem seinigen, und ein Satz aus einem Film, den sie einmal gesehen und nicht verstanden hat, dreht sich in ihrem Kopf herum: «Du tötest mich, du tust mir wohl.»

Später ist er aus ihr geglitten, hat eine Zigarette angezündet (er hat vorsorglich, jetzt fällt ihr das auf, sein Päckchen und das Feuerzeug aufs Nachttischchen gelegt).

«Ich werde in die Ferien fahren, Cornelia», sagt er.

«Wohin?»

«Nach Kalifornien . . .»

Er nimmt einen Zug: «Ich hatte Lust, Kalifornien wiederzusehen.»

«Wirst du lange wegbleiben?»

«Den ganzen Juli und eine Woche im August ... Und du, wohin fährst du?»

«Ich weiß nicht», sagt Cornelia, «ich habe nicht an Ferien gedacht.»

Und es braucht Mut, diese Frage zu stellen: «Du fährst mit deiner Frau?»

«Ja», sagt Peter.

«Und mit deinen Töchtern?»

«Nein, wir geben sie in eine Pension in den Bergen. Das ist besser für sie ...»

«Und auch für euch ...»

«Ja», sagt er nach einer Weile, «auch für uns.»

Sie berührt ihn nicht. Sie hat sich an die Wand zurückgezogen, nicht ein einziger Punkt ihres Körpers berührt mehr den seinen.

«Ist es das erste Mal, daß ihr nach Kalifornien zurückgeht?»

«Ja, das erste Mal, seit wir in der Schweiz wohnen.»

«Warum gerade in diesem Sommer?» fragt Cornelia.

Aber sie weiß zu gut, daß das keine Bedeutung hat, daß nichts mehr irgendwelche Bedeutung hat, außer ihn nicht zu berühren, zwischen ihnen diesen schmalen Raum zu lassen, der ja, sie ist sicher, unüberwindbar ist. Er erklärt, sie hört nicht, was er sagt, auf jeden Fall lügt er, irgend etwas ist in seinem Leben geschehen, sie weiß es, seit sie aus Wien zurückgekommen sind, irgend etwas, das er ihr nicht zu sagen wagt, das sie nicht den Mut hat zu hören.

Und dann hat er geschwiegen. Er hat die Zigarette im Deckel des Päckchens ausgedrückt, das gab einen braunen runden Punkt, und er ist unbeweglich dagelegen, die Augen geschlossen. Auf den Ellbogen aufgestützt, den Rücken zur Wand, blickt Cornelia auf diesen Körper in ihrem Bett. Ohne Liebe. Ohne Zärtlichkeit. In ihr, so scheint ihr, ist kein Gefühl mehr, sie befindet sich jenseits aller Gefühle, auf einer Art eisiger, vollkommen leerer Ebene.

Sie sieht diesen Körper ganz kalt an.

Er liegt da, ausgeliefert, vertrauensvoll, unschuldig. Ist das derselbe Mann, der sie soeben so grausam verletzt hat? Und plötzlich denkt sie: «Ich weiß nichts von ihm, ich kenne ihn nicht, sein Leben ist anderswo, was er mir gegeben hat, war nur am Rand, ein kleines Extra, fast nichts.»

Die Bombe, die Cornelia in ihrem Gepäck nach Wien zu tragen glaubte, war nichts als ein nasser Sprengkörper. Einmal mehr hat die Ordnung gesiegt. Peter öffnet die Augen.

«Hör zu, Cornelia . . .»

Er streckt die Hand nach ihr aus. Er soll mich nicht berühren, er soll mich nur ja nicht anrühren. Sie hat sich noch mehr an die Wand gedrückt, der Abstand zwischen ihnen ist noch größer geworden.

«Cornelia . . .»

Es ist etwas Bittendes in seiner Stimme. Aber sie bleibt stumm, aufgewühlt.

«Möchtest du, daß ich gehe?» fragt er.

Sie nickt.

«Was hast du? Man könnte meinen, ein kleines Tier . . .», er sucht nach Worten, warum rührt mich das, mich Idiotin, Dummkopf, wenn er nach Worten sucht wie ein Kind.

«Ein kleines befangenes Tier.»

«Gefangen», korrigiert sie ihn automatisch.

«Gefangen», sagt er, «bist du sicher?»

«Gefangen, ja . . .»

Die große tragische Szene droht sich in eine Sprachstunde zu verwandeln. Immer noch an die Wand gepreßt, versucht Cornelia niederzuhalten, was in ihr aufsteigt. Wut? Tränen? Vorwürfe? Nein, sie weiß plötzlich, was in ihr hochsteigt, und das ist vielleicht schlimmer als alles andere, nämlich ein unwiderstehliches, verrücktes Gelächter.

«Cornelia, ich bitte dich . . .»

Er lacht nicht. Er sieht sie entsetzt an. Von sehr weit her sieht sie ihm zu, wie er sie ansieht, sie fühlt die kalte Wand an ihrem Rücken, sie lacht so sehr, daß ihre Augen sich mit Tränen füllen, und er ist da, so klein, als blicke sie ihn durch ein umgekehrtes Fernglas an, er ist erschreckt, versteht nichts, versucht wieder die Hand nach ihr auszustrecken, und sie denkt: «Wenn er mich nur ja nicht anrührt!»

Er ist aufgestanden, hat sich angezogen. Sie ist so geblieben, an die Wand gedrückt, denn sie erträgt es nicht, in seiner Körperwärme zu liegen. Sie versucht, ihr Gelächter zu unterdrücken, es gelingt ihr manchmal ein wenig, dann bricht es wieder aus ihr hervor, sie hört es in der Stille dieses Zimmers, ein verrücktes Gelächter, wirklich.

Nun steht Monsieur Geschäftsmann vor ihr: die Krawatte sorgfältig geknotet, blitzsauberes Hemd, der graue Anzug, den er doch vorhin irgendwohin geworfen hat, ist nicht einmal zerknittert. «Ein sehr guter Stoff», denkt Cornelia, und jetzt lacht sie noch lauter. Ihm fehlt nur der

Aktenkoffer, er hat ihn wohl im Wagen gelassen, er wird ihn mitnehmen, wenn er vor seiner Villa parkiert hat, in einigen Augenblicken, er wird in seinem schönen grauen Anzug mit dem Aktenkoffer aus dem Wagen steigen: «Guten Abend ... Liebste ... guten Abend Kinder ...» Ungesehen, unerkannt. Keine Spur der Liebe, keine einzige Spur an ihm, nicht einmal eine ganz winzige, auch nicht von diesem Augenblick, da er, noch in ihr drinnen, eingeschlafen ist.

Cornelia hat endlich aufgehört zu lachen, sie ist auch aufgestanden, hat einen Morgenrock angezogen und Peter bis zur Wohnungstüre begleitet. Er zögert, bevor er sie öffnet: «Ich möchte, daß du einen schönen Sommer hast, Cornelia. Ich möchte ...»

Sie hat die Klinke niedergedrückt: «Schöne Ferien, Peter ...»

Er küßt sie auf die Stirn, auf die Wangen.

«Ich werde dir schreiben, und sobald ich zurück bin, ruf ich dich an. Schönen Sommer, Cornelia.»

«Gute Reise», sagt sie nochmals.

Sie schließt die Türe wieder.

Dritter Teil

1

Ich bemühe mich, mir vorzustellen, was Peter H. fühlt, wie er die letzten Augenblicke seiner Beziehung zu Cornelia erlebt. Von Anfang an empfinde ich die Schwierigkeit, mich in ihn hineinzuversetzen. Wie kann ich ahnen, was in seinem Kopf vorgeht, im Herzen, im Körper eines Mannes? Cornelia glaube ich zu kennen, zu verstehen – meine Schwester Cornelia, sie ist mir ähnlich. Aber er. Was habe ich mit ihm gemeinsam? Durch welche List könnte ich mich in seine Haut versetzen?

Ich sehe ihn auch an, so wie Cornelia ihn oft betrachtet hat. Wie sie sehe ich, daß er gut aussieht, und ich mag die Farbe seiner Augen, die weder blau noch grau noch grün ist, sondern all das zusammen: Wie sie fühle ich, wie es mich rührt, wenn ich sehe, daß er all die Jahre hindurch ein Lächeln bewahrt hat, eine Art Unschuld, die man fast kindlich nennen könnte. Und wie könnte ich nicht empfänglich sein für dieses sonnige Strahlen, zugleich heftig und sanft, das von seinen blonden Haaren ausgeht, von dem goldenen Schimmer seiner Haut? Ich könnte mich auch in ihn verlieben und von seinen Wikingervorfahren träumen, den Eroberern, in eine Legende hineintauchen, die mich seine andere Seite, den Geschäftsmann «made in USA» vergessen läßt.

Ich sehe ihn an und weiß, daß er mit diesem Blick, diesem Schimmer um ihn her weder böse noch grausam noch total egoistisch sein kann. Nur hat er einfach nicht begriffen, welchen Schmerz er Cornelia zufügen wird. Er hat nicht «überlegt». Das ist es: Ich bin sicher, würde ich ihn danach fragen, so würde er antworten: «Ich habe nicht daran gedacht, ich war mir dessen nicht bewußt.» Vielleicht würde er hinzufügen:

«Schließlich hat sie gewußt, daß ich verheiratet bin.» Und dann würde er sich trotzig darauf versteifen: «Ich habe ihr nie etwas versprochen.» Es wäre nichts anderes aus ihm herauszubringen. Also versuchen wir, ihn zu verstehen. Versuchen wir es.

Er hat Cornelia zweifellos an einem Punkt seines Lebens kennengelernt, an dem er das Bedürfnis verspürte, zu sich selbst zu kommen. Die tägliche Routine lastet auf ihm, und es stimmt, daß es ihm gutgetan hat, ihr etwas zu entfliehen, sich an dem Bild zu ergötzen, das er in Cornelias Augen gespiegelt sah – während doch Joan es oft vergaß, ihn überhaupt anzusehen. Und ich denke, er hat sie geliebt, wirklich geliebt, diese Frau, die so ganz anders war als alle jene, denen er bis jetzt begegnet war, rührend, weil sie, trotz ihres Alters, so unerfahren wirkte, so erleuchtet dann vom Liebesakt, daß dieser Akt mit ihr plötzlich neu wurde, überwältigend. Vielleicht, ja, hat er sich von einem Gefühl mittragen lassen, das stärker war, als er es gewollt hätte, und das ihm allmählich, wie ich schon angedeutet habe, angst zu machen begann. Denn er hat natürlich nie die Absicht gehabt, selbstverständlich gar nie, sogar in den intensivsten Augenblicken seiner Beziehung mit Cornelia nicht, den Rest seiner Existenz in Frage zu stellen, seine Familie, seine Arbeit, sein Haus. Das Ideale war für ihn doch, auf zwei Ebenen zu leben, sie miteinander vereinbar zu machen, jede Kollision zwischen ihnen zu verhindern.

Aber genau das geschah eben, eine Kollision.

Warum hat Joan nur ins Hilton anrufen müssen, wo sie doch sonst nie versucht hat, Peter während seiner Reisen zu erreichen? Zweifellos weil sie vermutete, daß er mit einer Frau nach Wien gereist sei, der Frau, um deren Existenz sie von Anfang an gewußt hat, und weil sie jetzt einen Beweis suchte. Müde vielleicht der Erfahrungen, die sie gemacht hatte, oder vielleicht auch selbst unsicher in ihrer Kühnheit, hat sie allmählich Angst bekommen. Angst, ihren Mann zu verlieren, Angst, gar nicht so stark zu sein angesichts dieses Geschöpfs, das ihn offenbar nicht losließ. Und als man ihr am anderen Ende geantwortet hatte, daß Monsieur H. das Hilton verlassen habe, dieser selbe Monsieur H. ihr aber am nächsten Tag versichert hat, er wohne immer noch dort – warum sollte ich auch ausziehen, das Hilton ist das beste Hotel in Wien –, hat sie sich gesagt, nun müsse sie unbedingt die Sache wieder in die Hand nehmen.

Sie hat sich nicht beeilt, sie hat Wochen verstreichen lassen, sich mit vagen Anspielungen begnügt, die Peter aber offensichtlich alarmierten, sich bemüht, immer ausgeglichener Stimmung zu sein, ohne Aggressivität, und ihre Eifersucht so weit zu beherrschen, daß sie sie nicht zeigen mußte.

Und dann eines Abends – es muß etwas vor der gemeinsamen Mahlzeit von Peter und Cornelia in dem traurigen kleinen Restaurant gewesen sein – hat sie den Entschluß gefaßt zu sprechen. Ruhig. Besonnen. Ohne die Stimme zu heben. Ich wette, Peter hat versucht, sie davon zu überzeugen, daß sie sich irrt, und dann, als das ohne Erfolg blieb, daß die «Andere» für ihn nicht zähle, vielleicht hoffte er, sie werde sich beruhigen und alles könnte weiterhin so gehen wie vorher. Aber ihrer Sache sicher, ist

Joan unerschütterlich geblieben. Immer noch ganz ruhig, aber unerschütterlich. «Entweder trennst du dich von dieser Frau, oder ich reiche die Scheidung ein und kehre mit den Mädchen nach Kalifornien zurück, ein paar Abenteuer, gut, aber das nicht . . .», wie hat sie das genannt, sie hat ein verächtliches, beleidigendes Wort gesucht, vielleicht das englische Pendant zu «Verhältnis». Hat Peter gekämpft oder bald aufgegeben? Wie soll ich das wissen? Sicher ist, daß er an diesem Abend Joan versprochen hat, noch vor dem Sommer Schluß zu machen, vor dieser Reise nach Kalifornien, die sie ihm vorgeschlagen und die er auch mit Erleichterung akzeptiert hat – eine Trennung von Cornelia, einige Zeit mit Joan dort leben, wo sie sich kennengelernt haben, Ordnung bringen in sein Leben, die bedrohte Sicherheit wiederfinden.

Zweifellos schmerzt es ihn. Aber er fühlt sich auch wie jemand, der knapp einer Katastrophe entronnen ist.

Es ist Sommer. Er wird nach Los Angeles fahren, und er hat noch nicht mit Cornelia gesprochen. Er hat den Mut nicht gehabt an jenem Abend im Restaurant und auch das letzte Mal nicht, bei ihr zu Hause. Ihre Reaktionen sind auch so verwirrend – warum, um Gottes willen, hat sie so gelacht, man hätte meinen können, sie hätte den Verstand verloren. «Wenn ich zurück bin», denkt er.

Er packt. Es ist unsinnig, nicht wahrhaben zu wollen, daß er sich auf das Wiedersehen mit Kalifornien freut.

2

Es ist Juli, es ist heiß, zu heiß, sie hat Ferien, aber umsonst hat sie in ihrer Vorstellung die schönsten Ferienorte Revue passieren lassen, sie hat sich nicht entschließen können wegzufahren. Sie braucht den See, das Ufer gegenüber, ihre Wohnung, ihr Bett. Wenn sie wegginge, würde sie Peter noch etwas mehr verlieren.

Sie schwimmt.

Sie geht morgens mit einem leichten Picknick zum Hafen, richtet sich auf einer Luftmatratze am Rand des Landungsplatzes ein, versucht vergeblich, in dem Buch zu lesen, das sie mitgebracht hat, läßt sich an der schmalen Leiter entlang hinuntergleiten, fühlt sich gut, sobald sie im Wasser ist, schwimmt mit langen Brustzügen in die Weite hinaus, hört auf zu denken, diese Entspannung, weil der Kopf endlich leer ist, weil sie auf nichts mehr achtet als auf die Temperatur des Wassers, das Wohlbefinden ihres Körpers im Wasser, die Bewegungen, die sie an der Oberfläche halten. Oft kommt sie in Versuchung, mit diesen Bewegungen aufzuhören, langsames Versinken, dem Grund zu wie Francesca, Vergessen, Stille. Aber sie schwimmt weiter, kehrt zum Landeplatz zurück. Sie kommt immer zurück, so erschöpft, daß sie auf der Matratze einschläft, auf dem Bauch, das Gesicht in den gekreuzten Armen verborgen.

In der Nacht schläft sie nicht, oder nur ganz wenig. In der Nacht kommen die Fragen wieder. Ich sage Fragen, aber im Grunde reduzieren sie sich auf eine einzige: Stimmt es, daß Peter sie verlassen will, wie sie das fühlt, wie sie fast sicher ist? Sie führt sich ganz genau all die Augenblicke vor Augen, die sie zusammen verlebt haben, seit ihrer Rückkehr aus Wien. Sie stellt sie sich einzeln vor, versucht, sie zum Sprechen zu bringen. Aber das ist ein hoffnungsloses Unternehmen, sie wird sich dessen schnell bewußt, denn jeder dieser Augenblicke, wie man ihn auch betrachtet, hat immer zwei Seiten oder auch mehr: Jeder birgt eine unendliche Zahl von verschiedenen Bedeutungen, oft ganz gegensätzliche, so daß man jede Aussage darin finden kann, die man finden will.

Wenn sie endlich bei ihrem letzten Abend angelangt ist, findet Cornelia mehr als nur einen Grund, sich über sich selbst zu ärgern, sich zu hassen: Warum auch diese heftige Reaktion, als Peter ankündigte, er würde mit seiner Frau in die Ferien fahren, wo das doch die logische Konsequenz einer Situation ist, die sie kennt und auch akzeptiert hat? Was gäbe sie darum, zu diesem Augenblick zurückkehren zu können, sich verständnisvoll zu zeigen, freundschaftlich, sich mit ihm auf diese Reise zu freuen. Und während sie sich ausmalt, was sie ihm hätte antworten sollen, widerhallt in ihr wieder dieser Satz, den Peter gesagt hat, nachdem er sich aus ihr zurückgezogen hatte und eine Zigarette anzündete, dieser leidbelastete Satz voller möglicher Mißverständnisse und Anspielungen: «Ich werde in die Ferien fahren, Cornelia . . .», und ihr Magen dreht sich um, sie weiß sehr gut, daß es einen präzisen Grund dafür gibt, daß sie sich so schlecht gefühlt hat: weil dieser Satz, so wie ihn Peter ausgesprochen hat – der Ton seiner Stimme, die Langsamkeit, die Art, wie er das «Cornelia» betonte –, eigentlich etwas anderes einleiten sollte, ein anderes Geständnis, ein viel einschneidenderes, vor dem er aber im letzten Moment zurückgeschreckt ist.

Cornelia zündet die Lampe an, geht in die Küche,

schluckt zum drittenmal ein Schlafmittel. Dieser Juli geht nie vorüber, wie soll sie damit nur zu Ende kommen, wie diese unförmige Masse einander folgender Tage und Nächte durchqueren? Gleichzeitig aber denkt sie: «Wenn er nur nie zu Ende geht!», denn sie weiß natürlich, daß, auch wenn sie sie quälen, diese Fragen und Zweifel noch besser sind als die Gewißheit, die sie fast sicher erwartet, im August, an einem bestimmten Tag dieses kommenden August 1982.

3

Sie sitzen im selben Restaurant wie am 1. Juni. Aber heute sind fast alle Tische besetzt. Es regnet nicht, das Wetter ist sogar sehr schön an diesem 30. August. Ein milder Spätsommerabend, ein wenig Nebel über den Feldern.

Peter hat ein paar Tage nach seiner Rückkehr aus Kalifornien angerufen. Um ihr zu sagen, daß er sehr beschäftigt sei, all die Arbeit, die sich während seiner Abwesenheit aufgehäuft hat, eine dringende Reise nach Deutschland, unmöglich, eine freie Stunde zu finden. «Ich werde dich Ende des Monats wieder anrufen.» Er hat wieder angerufen. Jetzt sitzen sie zusammen hier im Restaurant. Zum letzten Mal. Cornelia weiß, was sie erwartet, sie hat es von dem Moment an gewußt, da Peter das Restaurant erwähnt hat. Er wird nie mehr zu ihr nach Hause kommen, nie. Sie ist angespannt, in sich gekehrt.

Er scheint sich gut zu fühlen. Er beglückwünscht sie zu ihrem Aussehen. «Ich habe dich noch nie so braun gesehen, das steht dir gut.» Und er erzählt von Kalifornien, von den alten Freunden, die er dort getroffen hat, und wie sich das Leben seit seinem Weggang verändert hat. «Alles geht so schnell dort, so hart, ich schätze die Schweiz . . .» Er spricht auch von seiner Arbeit, er, der bis jetzt nie davon erzählt hat, von seiner Arbeit, die ihn plötzlich so sehr in Anspruch zu nehmen scheint, irgendein wichtiges Geschäft zeichnet sich in Syrien ab, eine Bestellung von mehreren Millionen Dollar, landwirtschaftliche Maschinen aller Arten, Traktore, Bulldozers, er muß da Erfolg haben, seine berufliche Zukunft hängt davon ab.

«Es wird dir gelingen», sagt Cornelia, «ich bin sicher.»

Sie hört zu, schluckt Bissen herunter, deren Geschmack sie gar nicht wahrnimmt. Wartet. Wie wird er damit beginnen? Welches wird der entscheidende Satz sein? Eine andere Frage auch: Was könnte ich tun, um ihn daran zu hindern, ihn aufzuhalten? Sie findet nichts, kein Wort in ihr, nichts. Nur diese Angst, die sie in Versuchung bringt, ihren Kopf in ihren Armen zu verbergen, wie damals, wenn ihre Mutter sie wegen irgendeiner Bagatelle ohrfeigte.

Er redet weiter, jetzt ist er bei den Ereignissen im Libanon angelangt, beim Attentat in der Rue des Rosiers in Paris, beim Frieden, der hier an den Ufern des Genfersees herrscht. Sie hört sich selbst antworten, daß auch dieser Friede bedroht sei, daß die Armenier am Bahnhof im letzten Sommer einen jungen Mann getötet haben, daß sie mit neuen Bomben drohen und daß der Libanon vor einigen Jahren auch so friedlich war, so prosperierte, nannte man ihn nicht die Schweiz des Mittleren Orients? Sie ereifert sich fast: Ist er nicht im Begriff zu versuchen, mir den Schlag, den er mir versetzen wird, erträglich zu machen, indem er mir suggeriert, daß es unwürdig wäre, wenn man die Chance hat, in einem kleinen geschützten Land zu leben wie hier, im Windschatten der Geschichte, sich über irgend etwas anderes zu beklagen? Beschwört er nicht alles Unheil in der Welt, um das zu verkleinern, was wir gemeinsam gelebt haben – so lächerlich eine Liebesgeschichte in diesem blutigen letzten Viertel des Jahrhunderts. – Aber nein, das ist es nicht: Er sucht einen Ausweg, ein Schlüsselwort, er verhaspelt sich, verliert sich, die Situation im Iran, die Roten Brigaden, die Neonazis. Man hört, daß das Hakenkreuz ... und plötzlich hält er inne, rettet sich ins Schweigen. Ein Schweigen ohne Ende. Cornelia horcht auf das Geräusch der Gespräche, das Klirren der Gabeln im Raum und in sich selbst auf diesen Schrei, den sie einen Augenblick später wird unterdrükken müssen. Sie hat aufgehört zu essen, hat Gabel und Messer auf den Tellerrand gelegt, die Hände auf den Tisch, brav, wie ein gut erzogenes kleines Mädchen. Und als das Schweigen in ihrem Kopf explodiert, sagt sie: «Du hast mir etwas zu sagen, Peter?», mit seltsam ruhiger Stimme, fast gleichgültig, einer Stimme, die, so scheint es ihr, von weit weg kommt.

Und er beugt sich über den Tisch, erklärt. Froh darüber, daß sie ihm die Sache erleichtert hat. Fast eloquent wirkt er jetzt, er, der sich doch sonst so bedächtig ausdrückt. Es kommt alles ganz durcheinander bei ihr an, und wenn sie nicht schon wüßte, was er ihr zu verstehen geben will, würde sie vielleicht aus der Bedeutung seiner Worte gar nicht klug. Er trifft sie mitten ins Herz: Joan (das erste Mal spricht er jetzt diesen Vornamen aus) hat alles geahnt, ihr Telefonanruf im Hilton, eine Diskussion zwischen ihnen, die einen ganzen Abend gedauert hat, sein Versprechen, seine Reue, sein tiefes Bedauern, daß ...

«Schweig», sagt Cornelia.

Es ist schwierig, die Hände vollkommen still und ganz flach auf dem Tisch zu halten. Solange ihr das gelingt, wird nichts geschehen, die Unordnung, die Panik, der Schmerz bleiben in ihr drinnen, eingeschlossen.

«Es tut mir sehr leid», sagt Peter, «ich bin mit dir glücklich gewesen, es war sehr schön, aber ...»

«Aber ...», sagt Cornelia.

Er sucht jetzt nach Worten. Er möchte, daß es Worte sind, die nicht verletzen, er ist kein schlechter Mensch, ich habe es schon gesagt, und ihm bereitet das alles auch Kummer.

«Aber ...», wiederholt Cornelia, die Hände auf dem Tisch.

«Aber das Leben ist eben anders», beendet Peter den Satz.

«Wie ist das Leben?» fragt Cornelia.

Und jetzt beginnt er von seinen Mädchen zu sprechen, die er nun plötzlich auch bei ihren Vornamen nennt – Vanessa und Jessica –, und von den schwierigen Jahren, die er am Anfang ihrer Ehe mit Joan gehabt hat, und daß er ihr dankbar ist dafür, daß sie sie mutig durchgestanden hat, von seinem Haus und schließlich von seiner Position.

«Meine Position erlaubt mir nicht ... Wohin gehst du, Cornelia?»

Sie hat selbst nicht gemerkt, daß sie aufgestanden ist. Da saß sie, damit beschäftigt, ihre Hände stillzuhalten, und plötzlich steht sie aufrecht vor dem Tisch. Die Gespräche verstummen, viele Blicke ruhen auf ihr.

«Setz dich, ich bitte dich . . . man wird uns das Dessert bringen.»

Sie hat sich wieder hingesetzt. Die Gespräche gehen weiter, das Gemurmel, das Geklapper. Wieder liegen die Hände flach auf dem Tisch.

«Ich will kein Dessert», sagt Cornelia.

«Aber doch. Nimm ein Dessert. Bitte.»

Einen Apfelkuchen, der Kellner bringt einen Apfelkuchen. Peter bestellt zwei Kaffee.

«Iß, Cornelia . . .»

Sie ißt, einen Mundvoll nach dem andern, überwindet den Kloß, der ihre Kehle zuschnürt. Er hat recht, solange sie ißt, wird sie nicht weinen, wird sie nicht schreien, die Äpfel ersticken die Tränen, die Schreie, der Kloß steigt und sinkt. Cornelia sieht sich selbst, sie ist ganz klein, fünf, sechs, sie spielt mit einem Ball, sie wirft den Ball in die Luft, fängt ihn wieder, wirft ihn wieder hoch, und plötzlich hat sie den Ball verschluckt, was wird ihre Mutter sagen, wenn sie sie in ein paar Augenblicken tot auffindet, erstickt, mit dieser unförmigen Geschwulst am Hals?

Peter hat wieder zu sprechen begonnen. Von etwas anderem.

Offensichtlich, um ihr zu helfen. Um die Situation zu entdramatisieren, wie man so schön sagt. Er erzählt – hat sie wirklich richtig gehört –, daß es diesen Herbst in seinem Garten viele Birnen und Zwetschgen geben wird und daß ein Kürbis an einem geschützten Ort heranreift, in der Nähe des Hauses, er wird bald reif sein, das Mädchen wird Kürbissuppe kochen, er, Peter, würde die besten Mahlzeiten in den besten Restaurants gegen eine Kürbissuppe tauschen.

«Du nicht, Cornelia?»

Sie sagt, sie auch, wirklich, sie mag Kürbissuppe, und sie sieht, daß ihr Teller leer ist, sie ist mit diesem Stück Kuchen fertig geworden, sie wird auch mit allem anderen fertig werden, sicherlich.

Der Kellner bringt den Kaffee. Peter verlangt die Rechnung. Nur wenige Minuten bleiben Cornelia noch, um ihn anzusehen, aber sie wagt es nicht. So wenig braucht es, um das Gleichgewicht zu stören, fast nichts. Was würde dann geschehen, in diesem Lokal; etwas so Entsetzliches, so Unbegreifliches, daß Cornelia die Augen niederschlägt, auf ihre Tasse blickt, in der ein Löffel rührt, der von einer Hand gehalten wird, die offensichtlich die ihre ist. Sie sieht Peter nicht an, aber der Kloß wird größer, hindert sie beim Atmen – «das bist du doch, das da», sagt eine entfernte Stimme, «einen Tennisball verschlucken, was sollen wir nur mit dir anfangen?» Sie werden mir die Kehle aufschneiden, das Blut wird in großen Stößen herausquellen, mein Leben wird aus dieser Wunde herausfließen, vielleicht werde ich nicht einmal leiden. Meine Mutter wird sich über mich beugen, wird das Blut rinnen sehen, ich habe immer gewußt, daß es schlecht enden wird mit dieser Kleinen, sie wird keinen Versuch machen, mir zu helfen.

Sie steht wieder, aber diesmal ist Peter auch aufgestanden. Die Tassen sind leer, die Rechnung liegt auf dem Tisch mit einigen Münzen als Trinkgeld darauf. So viel ist offenbar geschehen, seit Cornelia irgendwo in ihrer Kindheit verblutet ist, irgendwo gestorben ist, mit einem Ball in der Kehle. Das Leben ist weitergegangen, hat seinen Lauf genommen. Und jetzt, in der Milde dieses Spätsommerabends, nimmt Peter ihren Arm, um sie zum Wagen zu bringen. Sie sieht, daß viele Sterne am Himmel stehen, hinter einem leichten, durchsichtigen Dunstschleier. Der kleine Platz, wo sie sich vor drei Monaten mit solcher Heftigkeit geküßt haben, ist leer. Bald werden die Platanen die Blätter verlieren.

«Danke, Cornelia», sagt Peter, «danke für alles.»

Er zieht sie an sich, drückt sie, küßt ihr Haar.

«Verzeih», fügt er hinzu.

Der Wagen steht ganz nah. Den Schlüssel finden, Cornelia hat sich von ihm gelöst, durchstöbert die Handtasche, den Schlüssel. Gottlob, da ist er, steckt ihn ins Schloß.

«Sag etwas, Cornelia ... ich bitte dich, sag etwas zu mir.»

Es muß doch irgendwelche Worte geben, die man in solchen Situationen sagen kann, aber sie kennt sie nicht, sie kann in ihrem Kopf danach suchen, darin kramen wie vorher in ihrer Handtasche, und sie findet nicht eines, kein einziges. Sie öffnet die Wagentüre, setzt sich ans Steuer. Peter beugt sich mit ängstlichem Gesicht über sie.

«Bitte», sagt er.

Sie schüttelt den Kopf, eigentlich müßte sie Tränen in den Augen haben, denn diese Bewegung löst sie, läßt sie über die Wangen kollern. Sie schließt schnell die Türe, startet den Motor. Peter hat sie nicht daran gehindert, scheint es, denn der Wagen fährt jetzt an, entfernt sich.

Jemand anderes als Cornelia steuert das Auto, findet den richtigen Weg, fährt in die Kurven, schaltet. Später wird sie nicht wagen, sich an die Schreie zu erinnern – dieses verletzte Tier, das heult, das bin ich nicht, das kann nicht ich sein –, und doch, lange sind ihre Ohren, ihr Kopf erfüllt von ihnen, zurückgeworfen von dieser kleinen Blechschachtel, in die sie zusammen mit ihnen eingesperrt ist.

Jemand hat vor dem Hause angehalten, hat die Garagentür geöffnet, hat manövriert, wie man manövrieren muß, hat das Licht in der Garage gelöscht, ist die Treppe hinaufgestiegen.

Es war nicht Cornelia, denn die liegt weit weg von hier, mit aufgeschlitzter Kehle.

4

Fünf Tage sind vergangen, es ist Sonntag. Cornelia öffnet die Augen, es ist, als erwache sie, sie ist in der Küche, aufrecht steht sie, sie denkt, es ist Sonntag, sie sieht nach der Uhr an der Wand: fünf Uhr. Was hat sie Dienstag, Mittwoch, Donnerstag, Freitag und Samstag gemacht? Verschwommen sieht sie sich im Glaskasten sitzen. Offenbar ist nichts Besonderes geschehen, sie hat geredet, das Telefon abgenommen, Briefe geschrieben, sie hat den Wagen gesteuert, hin und zurück. Vielleicht hat sie auch gegessen, sie weiß es nicht. Sie weiß auch nicht, weshalb sie hier in der Küche steht, Sonntagnachmittag um fünf, nur im Nachthemd, auch nicht, was sie hier in der Küche eigentlich will.

Ihre Augen sind offen, sie sieht alles ganz klar: den Käfig, in dem die Mandarinfinken herumflattern (hat sie sie seit Montag gefüttert?), zwei Teller auf dem Tisch, ein Glas im Ausguß. Draußen ist ein schöner Spätnachmittag im September, das Licht ist golden, durchsichtig. Cornelia sieht sich um: Die Küche ist sauber, schön aufgeräumt, alles an seinem Platz, wie man sie das gelehrt hat, nichts fällt aus dem Rahmen, und die Reihe der gelben Krüge auf dem Regal, sechs schön aufgereihte Krüge, der kleinste links, der größte rechts. Diese Krüge, irgend etwas an ihnen fasziniert sie, sie weiß nicht was, es gelingt ihr nicht, den Blick von ihnen zu wenden, sie denkt an die Cornelia, die sie vor so langer Zeit gekauft hat, die es für nötig befand, sechs gelbe Krüge zu kaufen, und die sie auf dem Regal so angeordnet hat, den kleinsten links, den größten rechts, die Henkel alle in dieselbe Richtung gedreht, die sich solche Mühe gegeben hat, sie so schön auszurichten, so brav nebeneinander. Eine Welle steigt in ihr hoch, sie möchte die Betäubung wiederfinden, in der sie die letzten Tage gelebt hat, eine Welle von Haß dreht ihr den Magen um, Haß gegen diese gelben Krüge und gegen die Frau, die sie mit solcher Sorgfalt hingestellt hat. Wie diese Welle zurückhalten, was tun, um anderswohin zu sehen, sie müßte aus der Küche gehen, solange noch Zeit ist. – Aber sie kann sich nicht rühren, sie bleibt da stehen, über dem Tisch zusammengekrümmt, beide Fäuste auf den Magen gepreßt, als müßte sie erbrechen.

Und dann geschieht alles sehr schnell. Viel zu schnell, als daß sie irgend etwas verhindern könnte. Einer nach dem andern, mit einem Lärm, der in ihrem ganzen Körper widerhallt, zerbersten die Krüge auf den Fliesen, zerspringen sie in Stücke. Und dann die Stille, die Unbeweglichkeit, die auf diese Explosion folgen, sie sind so unerträglich, daß Cornelia die Teller auf dem Tisch ergreift, das Glas im Ausguß und dann die Schränke öffnet. Bald ist die Küche übersät mit Scherben, im Käfig kuscheln sich die Mandarinfinken aneinander. Die Schränke sind leer, sie muß auf die Scherben getreten sein, denn ihre nackten Füße bluten. «Ich will den Käfig nicht zertrümmern», denkt Cornelia, und mit verzweifelter Anstrengung reißt sie sich aus der Küche, durchquert die Wohnung, ist im Badezimmer.

Im Spiegel eine Frau, die sie nicht kennt, die Augen aufgerissen, der Mund verzerrt, eine Mörderin sieht sie an.

Cornelia hat ihre Haarbürste genommen und sie mit aller Kraft in den Spiegel geworfen. Der Spiegel zerbricht in kleine Stücke, sie fallen auf ihre Hände, ihre Vorderarme. Jetzt ist überall Blut, das Waschbecken ist voller Splitter und Blut, der Boden ist bespritzt mit Blut. Ein Vorhang von Blut tanzt vor den Augen von Cornelia, der Geschmack von Blut erfüllt ihren Mund, sie wird mühelos sterben. Sie schließt die Augen.

Jemand atmet heftig im Badezimmer. Jemand keucht. Wer ist es? denkt Cornelia, jemand, der hierhergekommen ist und mich am Sterben hindern will – dieser süße, süße Tod mit all dem Blut, das herausfließt, man muß nur dem Blut folgen, diesem Bächlein, diesem Fluß, bis ans Meer, wo er sich verliert.

Das Keuchen ist so stark, daß es quälend wird. Cornelia flüchtet wieder, Blut auf dem Teppichboden, Blutflekken auf dem Bett, auf das sie sich wirft, das Bett ist aufgeschlagen, wie wenn sie es kaum verlassen hätte.

Und endlich, welche Erlösung, keucht niemand mehr. Es ist ganz still, aber das ist keine unerträgliche Stille wie vorher in der Küche, eine Stille, in die man sich flüchten kann ist es, während man darauf wartet, daß das Leben, fast ohne daß man es merkt, sich mit dem Blut davonstiehlt. Ja, man muß nur warten, denkt Cornelia, und sie ist ganz ruhig, erleichtert.

Dieses Blut, das fließt, ohne daß sie es zu verhindern sucht, das die Leintücher verschmutzt, die Kopfkissen, das ist, so scheint ihr, ihr Inneres, das nach außen will, dieses immer so gut in die Haut eingepackte Innere, eingesperrt, versteckt wie ein schändliches Geheimnis, das sind meine Gedärme, denkt sie, die aus meinem Körper hinaus wollen, die sich verflüssigen und sich ausbreiten. Erlöst von der Wut von vorhin, begrüßt sie diese Verflüssigung, dieses sich Ausbreiten, mit einer Hingabe, die an Glück grenzt. So wird sie einschlafen, nie wieder erwachen, und es wird einen Augenblick geben, vielleicht einen sehr kurzen Augenblick, in dem sie nicht mehr unterscheiden können wird zwischen dem, was außen, und dem, was innen ist, in dem sie in die Welt hinaustritt und die Welt in sie hinein. Es wird keine Grenzen mehr geben, denkt Cornelia, und dann werde ich sterben. «Und Peter», denkt sie, «Peter», einen ganz kurzen Moment lang, dieser Moment wunderbarer Verwirrung: «Peter wird in mir sein wie ich in ihm. Es wird nie mehr auch nur die allerkleinste Trennung zwischen uns geben.»

Sie hat einige Augenblicke und einige Stunden so vor sich hingedämmert, so wie man sich von einem langsamen Fluß ohne Strudel davontragen läßt. Und dann ist sie wieder zu sich gekommen und hat gesehen, daß das Blut aufgehört hat zu fließen: Nur ein Schnitt am linken Zeigefinger, tiefer als die andern, blutet immer noch, aber nur ganz wenig. Cornelia dreht sich in den besudelten Laken, begreift, daß sie nicht sterben wird, und schließt die Augen. Aber das Wohlbehagen bleibt, wie wenn sie ein Verbot übertreten, wie wenn sie eine Grenze überschritten hätte, um über sich selbst hinauszugehen.

Schlafen, denkt sie, lange schlafen.

Hat sie geträumt, oder erinnert sie sich an diese Szene? Sie ist vier oder fünf, in einem Garten, das Hinterteil nackt, die sehr weiße Unterhose trocknet auf der Wiese in der Sonne. Kinder machen Ringelreihen um die Unterhose. Isoliert und überwältigt von Scham, sieht ihnen die kleine Cornelia zu. Da ist auch eine große schwarze Silhouette: Unbeweglich steht sie außerhalb des Ringelreihens. Und dann diese Stimme, wie sollte sie sie nicht wiedererkennen: «Cornelia hat sich vergessen», sagt sie, «Cornelia ist ein großes Mädchen, aber sie hat sich vergessen.» Mit nacktem Hintern von allen abgesondert, und diese Scham, die fast nicht zu ertragen ist.

Sie hat sich nie mehr vergessen, und sie hat sich immer sehr Mühe gegeben, alles im Körper zurückzuhalten, die Ellbogen an den Leib gepreßt, die Beine nebeneinander, bis zu dem Augenblick, da die Lust sie zerreißt und erlöst. Dieses Blut heute, sie hat nichts getan, um es am Fließen zu hindern, sie hat vergessen, es zurückzuhalten – fühlt sie sich deshalb jetzt gut?

Sie schlummert immer noch, die Zeit ist aufgehoben, wenn sie die Augen öffnet, sieht sie, daß es Nacht ist. Und plötzlich erinnert sie sich an das andere Blut, lange ist es her. Während sie schlief, als junges Mädchen, hat sie etwas Warmes ihren Beinen entlang sickern gefühlt, und sie ist aufgeschreckt: Mach ich ins Bett wie ein Baby? Sie hat das Licht angezündet, sie hat das Blut auf dem Laken gesehen, auf der Haut, an ihrem Finger, mit dem sie seine Herkunft zu ergründen suchte. Tief in ihrem Körper hatte sich eine Wunde geöffnet und blutete. Welchen Fehler hatte sie begangen, welche Unachtsamkeit war der Grund dafür? Wie sollte sie das am Morgen eingestehen, dieses unbekannte Mißgeschick, das sicher schlimm war, an dem sie vielleicht sterben konnte? Ist es wirklich möglich, daß Cornelia das Entsetzen dieser Nacht so lange vergessen hat? Jetzt, im Halbschlaf, erinnert sie sich wieder. Sie, das junge Mädchen, hat ein Taschentuch genommen und es zwischen ihre Beine gelegt. Sie betet und schluchzt, bittet diesen Gott, der zwar streng und rachsüchtig ist, aber vielleicht doch manchmal zu etwas Mitleid fähig, sie bittet ihn mit erstickter Stimme: Er soll das Blut stillen, sie von diesem Fluch befreien, «ich bitte dich, lieber Gott», sagt die junge Cornelia, und die Tränen rinnen ihr über die Wangen. Aber das Taschentuch, das sie von Zeit zu Zeit hervorholt, hat immer größere Flekken. Die Angst Cornelias nimmt zu, während ein unbekannter Schmerz in ihrem Bauch wächst, auf ihren Nieren lastet. Nicht einen Augenblick hat sie erwogen, ihre Mutter zu wecken, sie wird das Geständnis hinauszögern, solange sie kann. Es ist ein grauer früher Morgen, der Kaffee dampft auf dem Küchentisch. Und ihre Mutter sagt sehr ruhig, nachdem sie sich die Zeit genommen hat, ihre Tasse auszutrinken: «Ich werde dir geben, was du brauchst, jetzt bist du ein großes Mädchen», und sie hat hinzugefügt: «Ich hoffe, das bringt dich etwas zur Vernunft.» Es ist seltsam, der Haß, die Wut sind nicht mehr da. Vielleicht sind sie für immer verschwunden, während sie das Geschirr zerschmettert hat, während die Blitze zuckten, während diese Fremde, diese Verrückte, die ihren Platz eingenommen hatte, sich der wilden Freude der Zerstörung widmete.

Weder Haß noch Wut.

Sogar der Kummer ist weg.

Sogar die Abwesenheit Peters.

Sogar der Tod von Francesca.

Übrigens sind sie beide da, bei ihr, an diesem fernen Ufer, an dem sie gelandet ist. Ich werde sie nie mehr verlieren, denkt sie, weder die eine noch den andern, und sie schläft wieder ein.

Sie waren wirklich da, beide, in den Träumen und Hirngespinsten, die die Tage und Nächte bevölkerten, die gefolgt sind, wie viele es sind, davon hat Cornelia nicht die geringste Vorstellung, und es kümmert sie auch nicht. Sie weiß in ihrer Verwirrung, daß es schon lange nicht mehr Sonntag ist, daß sie ins Büro gehen müßte, aber das ist ihr gleichgültig. Sie weiß auch in gewissen Augenblikken, daß sie Hunger hat, daß sie Durst hat, aber sie hat keine Lust, das Bett zu verlassen. Sie steht nur auf, um schwankend zur Toilette zu gehen, kommt schnell zurück und legt sich wieder hin.

Ihre Träume – oder Hingespinste – sind oft sehr schön. Sie spielen sich in dieser unbekannten überwirklichen Gegend ab, die Cornelia eben entdeckt hat und aus der sie nie mehr zurückkehren will. Zum Beispiel immer auf diesem riesigen, verlassenen Strand bleiben, ein sehr blaues Meer, einige Palmen, da liegt sie mit Peter, beide nackt, aneinandergeschweißt, aber ohne sich zu lieben, einfach am ganzen Körper und nicht nur mit den Geschlechtsorganen aneinandergeschweißt, ineinander verschmolzen, ein einziges, nachdem es so schmerzlich verstümmelt wurde, in seiner Ganzheit wieder hergestelltes Wesen.

Auch nicht diesen anderen Strand verlassen (warum all diese Strände, wenn doch Cornelia so selten am Meer gewesen ist?), an dem sie der lebendigen Francesca wieder begegnet ist, vor oder nach ihrer Krankheit und ihrem

Tod, sie weiß es nicht, aber sie ist auf wunderbare Weise ganz, mit ihren Haaren und einem anderen Gesicht, ein bißchen anders, sanfter als ihr früheres Gesicht. Sie haben sich gestreichelt, auch da kein Sex, der Sex ist ganz weit im Hintergrund, sie haben sich nur mit unendlicher Zärtlichkeit gestreichelt, und Cornelia, die Cornelia im Traum oder in der Vision, hat gedacht, es gibt nur eine einzige Liebe, und da hat sie ihre Kinder gesehen, ganz klein sind sie, nackt und sehr schön, und so fröhlich, und sie hat sie auch gestreichelt, so wie sie das nie gewagt hat, Laure und Christian hat sie an sich gedrückt, ihre kleinen nackten warmen Körper gegen den ihren und immer diese Zärtlichkeit, diese Freude.

Ganz weit weg schrillt eine Glocke, fünfmal, sechsmal, noch mehr. Irgendwo, sehr weit weg in einem anderen Leben, da, wo das Telefon läutet, wo man das Telefon abnimmt. Dieses Leben geht Cornelia nichts mehr an.

Jetzt hat sie die Strände mit dem Himmel vertauscht. Sie ist ein Vogel, ein Vogel, der fast ohne die Flügel zu bewegen dahingleitet, weit über den Wolken. Plötzlich merkt sie, daß sie ihren Körper verloren hat, daß sie ihn gar nicht mehr braucht, auch die Flügel nicht, daß sie, welch geheimnisvolle Verwandlung, selbst zum Stoff des Himmels geworden ist, zu Luft. Diesmal, wirklich, gibt es keine Rückkehr mehr.

Aber was geschieht denn? Das Azurblau, das Hellblau des Himmels und des leeren Raums, hat sich in Schrillheit verwandelt. Da, wo noch kurz zuvor nur Stille war, ist nun ein Ton, scharf wie ein Messer, hartnäckig, unaufhörlich tönt er. Cornelia hat sich mit beiden Händen die Ohren zugehalten, so hat sie gemerkt, daß sie noch

Hände hat und Ohren. Sie hat mit Mühe die Augen geöffnet, hat die Leintücher gesehen, immer noch dieselben blutbefleckten Leintücher.

Das Geräusch ist immer noch da, ohne Unterbrechung, und Cornelia merkt, daß das die Glocke an der Wohnungstür ist, daß jemand mit dem Finger auf den Knopf drückt. Sich nur nicht rühren, denkt sie, nur keine Bewegung. Wieder wegdriften. Diesen Moment wiederfinden, diesen Punkt ohne Wiederkehr, dem sie so nahe war.

Aber, während sie versucht, wieder diesen glücklichen Flug zu finden, setzt sie den Fuß auf die Erde, wankt durch den Korridor, stößt sich an der Eingangshalle, dreht den Schlüssel um.

5

Ihr kommt er sehr klein vor, der, der da auf der Fußmatte steht. Sehr klein und ganz grau in seinem Anzug. Ein kleiner grauer Schatten irgendwo in der Welt der Lebenden.

«Cornelia», sagt Léonce, «was ist denn mit Ihnen?»

Sie ist wieder zurückgegangen auf dem schwankenden unsicheren Boden, der sich unter ihren Füßen bewegt. Sie hat mit knapper Not an einer Ohnmacht vorbei wieder zum rettenden Bett zurückgefunden.

«Cornette», sagt er, «meine kleine Cornette . . .»

Und dann ist er nicht mehr da, und sie denkt erleichtert, daß er beschlossen hat, sie in Ruhe zu lassen, sie ihrem einsamen Flug wieder zurückzugeben. Sie kuschelt sich ins Bett. Hört aber, sehr weit weg, in der Küche Geklapper von Geschirr und einen Ausruf. Und dann kommt Léonce wieder mit einem Glas in der Hand.

«Trinken Sie», sagt er, «ich bitte Sie, trinken Sie ...»

Er legt den Arm um ihre Schultern, sie sieht das Glas, erinnert sich, daß sie vor langer Zeit alles zu Boden geschmettert hat, was ihr in die Hände gekommen ist. Wo war denn dieses Glas, daß es diesem Massaker entkommen ist?

«Trinken Sie, Cornelia, Sie müssen trinken, das ist wichtig.»

Sie trinkt. Es ist Zuckerwasser, er hat also den Zucker gefunden. Sie versucht sich zu erinnern, wo die Zuckerdose gestanden hat, aber sie sieht in der Küche nur dieses überwältigende Bild all der zerschmetterten Gegenstände. Ein Feuerwerk. Schöner als ein Feuerwerk. Das Glas ist leer.

«Noch mehr», sagt Cornelia, und es ist seltsam, nach so vielen Tagen den Klang der eigenen Stimme zu hören.

Léonce geht weg, kommt wieder. Sie leert ein zweites Glas.

«Was ist geschehen?» fragt er, als sie fertig getrunken hat. «Um Gottes willen, erzählen Sie, was ist geschehen?»

Aber sie sagt nur: «Welcher Tag ist heute?»

«Donnerstag.»

«Wieviel Uhr?»

«Zehn. Als Sie heute morgen wieder nicht ins Büro kamen, da hab ich mir gesagt ... Warum haben Sie das Telefon nicht abgenommen? Man hat Sie doch unzählige Male angerufen.»

«Der vierte Tag», sagt Cornelia.

Und sie fügt hinzu: «Am Sonntag ist es geschehen.»

«Aber was? Ein Einbrecher? Wer hat alles zerschlagen, wer hat Sie verletzt?»

Sie schüttelt den Kopf.

«Ich», sagt sie, «ich hab das alles gemacht. In der Küche, im Badezimmer.»

«Im Badezimmer?»

«Der Spiegel, da hab ich mich am Arm verletzt und an den Händen.»

Er geht ins Badezimmer und kommt zurück. Die zwei Falten um seinen Mund sind tiefer als vorher.

«Mit Ihrer Haarbürste?» fragt er mit unsicherer Stimme.

«Ja», sagt Cornelia.

«Und seit Sonntag liegen Sie da im Bett?»

«Ja.»

«Haben Sie nichts gegessen oder getrunken?»

«Nichts.»

Er zögert: «Wollten Sie sterben, Cornelia?»

«Ich weiß nicht», sagt sie. Und sie fügt hinzu: «Mir schien es gar nicht so schwer, zu sterben.»

«Hat man Ihnen so weh getan, Cornette?»

Sie sieht wieder das Lokal im Restaurant. «Das Leben ist anders», sagt Peter. «Meine Stellung», sagt Peter. Ungeschickt streicht Léonce ihr die Haare zurück, streichelt ihre Stirn. Sie läßt es zu. Schon so lange hat niemand sie mehr getröstet.

«Ich habe Hunger», sagt sie etwas später. «Vielleicht sind Biskuits in einem Schrank oder Käse im Kühlschrank.»

Léonce bleibt einen Augenblick weg. Wieder dieser Lärm von zerbrochenem Geschirr. Er kommt zurück mit Crackers und einer Scheibe Schinken.

Und als sie fertig gegessen hat, sagt Léonce: «Die Vögel.»

«Was ist mit ihnen?»

«Die kleinen Vögel sind tot», sagt Léonce zögernd. «Die Mandarinfinken.»

Sie sind an Hunger und Durst gestorben. Vor ihr. Wie viele Tage, wie viele Nächte noch, bis sie ihnen gefolgt wäre? Vielleicht nicht viele. Sie wundert sich über die Magerkeit ihrer Arme.

«Wissen Sie, was ich jetzt mache, Cornelia», sagt Léonce mit erzwungener Heiterkeit. «Ich werde Ihnen ein schönes Bad einlaufen lassen. Das wird Ihnen guttun.»

«Ja», sagt Cornelia, «irgendwo im Badezimmer steht eine Flasche Schaumbad.»

Das Geräusch des Wassers. Dieses vertraute Geräusch. Sie muß sich wieder an die Geräusche gewöhnen, die das Leben verursacht.

Léonce hat die Scherben des Spiegels zu einem kleinen Haufen im Bidet aufgeschichtet. Die Badewanne ist gefüllt mit blauem Wasser, in das sich Cornelia gleiten läßt.

«Ich werde in der Küche zusammenwischen», schreit Léonce.

Sie ist nach zehn Minuten aus dem Bad gestiegen, hat den Morgenrock angezogen, hat sich ein sauberes Nachthemd geholt. Léonce hat die blutbefleckten Leintücher weggeräumt.

«Ich helfe Ihnen, das Bett neu zu beziehen», sagt er, «Sie müssen heute liegenbleiben. Vielleicht sollte man auch den Arzt holen.»

«Nein, mir geht es gut. Ich möchte eine Tasse Kaffee.»

«Es ist keine Tasse ganz geblieben, es ist nur das eine

Glas da, das Sie übersehen haben, und die Zuckerdose, von der Sie nur den Deckel zerschlagen haben.»

«Ich werde aus dem Glas Kaffee trinken», sagt Cornelia.

Er hat Kaffee gekocht, sie haben zusammen das Bett gemacht, und sie hat die winzigen Leichen der Mandarinfinken ganz in der Ecke des Käfigs betrachtet. Und dann hat sie sich wieder in die sauberen Laken gelegt.

«Danke, Léonce», sagt sie.

Und er sagt ganz schnell: «Ich hab Sie gern, Cornette, wissen Sie. Wir haben Sie alle sehr gern. Wir haben uns wirklich Sorgen gemacht, Monsieur Schwarz wollte die Polizei benachrichtigen, aber ich habe gesagt, nein, zuerst gehe ich hin und sehe nach.»

«Montag bin ich wieder im Büro», sagt Cornelia.

«Machen Sie keine Dummheiten mehr?»

«Nein.»

«Sie sind so sanft», sagt Léonce, «ich hätte nie gedacht, aber es gibt Momente im Leben . . .»

«Es ist wegen der Krüge», sagt Cornelia in entschuldigendem Ton.

«Die Krüge?»

«Sie waren zu genau aufgereiht, ich konnte das nicht ertragen.»

Sie sieht sie wieder vor sich, einer schön neben dem andern auf dem Regal. Ganz gelb, mit aufgeblasenen Beinchen und ihren stupiden Henkeln, die alle in dieselbe Richtung zeigten, millimetergenau. Krüge, die sie nie benutzt hat.

«Ich bin froh, daß ich sie zerschlagen habe», sagt sie.

6

Cornelia organisiert ihr Überleben.

Sie hat vorsichtig damit begonnen, die übriggebliebenen Spiegelscherben im Badezimmer abzulösen. «Rühren Sie nichts an», hatte Léonce gesagt, bevor er ging. «Sie könnten sich verletzen, lassen Sie jemanden kommen.» Sie hat nicht auf ihn gehört: Es war ein schwieriges Unternehmen und dauerte lange, sie brauchte einen ganzen Abend dafür.

Dann hat sie die vergilbte Wand betrachtet, die vier Haken, die Risse in der Farbe. Welche Erleichterung, nicht mehr ihr eigenes Bild ansehen zu müssen! Sie hat die Scherben in Zeitungspapier gewickelt, das Paket in einen Plastiksack gesteckt, ihn sorgfältig verschlossen und alles eines Morgens vor der Fahrt ins Büro in den großen Container des Mietshauses gesteckt. So, als entledigte sie sich im geheimen eines zerstückelten Kadavers.

Dann hat sie gemerkt, daß es noch einen anderen Spiegel in der Wohnung gab: den großen Spiegel im Entrée, gegenüber der Eingangstür. Sie hat einen weiteren Abend gebraucht, um ihn mit Packpapier abzudecken. Das Packpapier hat sie mit Scotch befestigt und darauf geachtet, daß nicht ein Zentimeter der spiegelnden Fläche mehr hervorschaut.

Sie hat ein genaues Inventar der Taschenspiegel aufgenommen, hat alle zusammengesucht und zuunterst in eine Schublade geräumt.

So, das wäre gemacht, sie hat kein Gesicht mehr.

Diese Erleichterung. Dieses Gefühl, einer tödlichen Gefahr entronnen zu sein.

Weil es schwierig ist, sich ohne Spiegel zu schminken,

wird sie sich eben nicht mehr schminken: Nur etwas Hautcreme, die ist leicht aufzutragen. Kein Lippenstift mehr. Wer wird das schon merken?

Sie hat die Leintücher, das Kopfkissen, die Bettdecke ins Wohnzimmer getragen. Dort hat sie sich ein provisorisches, schmales Bett auf dem Kanapée zurechtgemacht. Da wird sie schlafen. Sie weiß nicht genau, wovor sie flieht, ob vor den Erinnerungen an diese Augenblicke, wo Peter sie geliebt hat, oder an diese Tage der Flucht, eine vereitelte, aber intensive Flucht, ein Abstecher in eine Welt, die sie jetzt nicht mehr erreicht, nach der sie sich sehnt, wie ein Mangel ist das, fühlbar im ganzen Körper bis auf den Grund der Seele. Sie hat die Jalousie im Wohnzimmer heruntergelassen, bis auf einige Zentimeter, damit die Luft noch zirkulieren kann. Sie wird, das ist sicher, fast sicher, den See vergessen, das gegenüberliegende Ufer, diesen Ort, den sie so oft gesucht, ausspioniert hat, wo er weiterhin lebt, er lebt dieses Leben, das sich kaum geändert hat, nur nicht daran denken, die Linien des Jura gegen den Himmel, die trägen Flugzeuge, so schwer von Verheißungen, die nach unbekannten Ländern fliegen. Sie wird diese Landschaft, die so mit ihrer Liebe und ihrem Leid verknüpft ist, vergessen, das ist sicher, fast sicher, diese Landschaft, die in den vergangenen Monaten sich so verändert hat für sie, daß sie nie mehr, gar nie mehr, denkt sie, dieselbe werden kann, die sie vorher war und die sie ruhig von ihrem Balkon aus, die diese andere Frau von ihrem Balkon aus betrachtet hat, diese Frau, die sie – so erinnert sie sich wie durch einen Nebel – einmal gewesen ist, aber wann? Um dieser Landschaft auszuweichen, muß sie nun jeden Morgen Umwege machen, um in die Stadt zu gelangen, sie werden immer komplizierter und führen weiter ins Land hinein, denn eines Tages, ganz am Anfang, fand sie sich plötzlich unerwartet auf einem Hügel über dem See, diesem wunderschönen, so gleichgültigen See. Sie glaubte, es nicht zu überstehen, sterben zu müssen, hier am Steuer, und sie gab Gas, sie raste den anderen Abhang hinunter, sie, die sonst so vorsichtig war, hat ein Dorf mit übersetzter Geschwindigkeit durchquert, ein Mann drohte ihr mit der Faust. Sie machte mit dem Kopf eine kleine Geste, ja, ich weiß, entschuldigen Sie, ich kann nicht anders.

Sie hat ganz neue Wege gefunden, die sie noch nicht gekannt hat. Sie fährt früher von zu Hause weg, die Fahrt dauert eine halbe Stunde, na und. Abends, auf dem Heimweg, dasselbe.

Jeden Tag macht sie ein Inventar von dem, was erträglich ist und was nicht. Sie weiß es nicht im voraus, sie muß es ausprobieren, mit sehr viel Vorsicht. Zum Beispiel hat sie herausgefunden, daß sie nicht weit voraussehen kann, weder zeitlich noch räumlich, Zeit und Raum sind nur erträglich, wenn sie in kleine Stücke aufgeteilt sind, in sehr kleine Stücke, die sie sich eins nach dem andern vornehmen und überwinden kann, ohne sich damit befassen zu müssen, was nachher geschieht. Meter um Meter leben, Augenblick um Augenblick wie ein fast blindes Tier, ein Maulwurf vielleicht, der im Dunkeln gräbt. Sie gräbt sich durch ihre Tage, vom Morgen, wenn der Wecker läutet, bis zum Abend, wenn sie so früh wie möglich ins Bett geht, und dort, nachdem sie Schlafmittel genommen hat, ohne allzu viele Schwierigkeiten bald einschläft.

Leben, indem man nur an die Bewegungen denkt, die

man gleich tun muß, an die ganz einfachen Sachen, die zum Überleben nötig sind: Brot kaufen, Milch, Eier, etwas Schinken, Früchte, alles auspacken, sich an den Küchentisch setzen, essen, hinunterschlucken, Bissen um Bissen.

Glücklicherweise übernimmt in der Garage, in dem kleinen Glaskäfig, eine andere das Zepter, jene nämlich, die damals während vier Tagen gelebt hat, ohne daß sich Cornelia daran erinnern kann, jene vier Tage zwischen dem Abend, an dem ihre Schreie das Auto erfüllten, und dem Nachmittag, als sie sich plötzlich in der Küche wiederfand, vor den gelben Krügen auf dem Regal. Sie entdeckt erstaunt, daß sie wirklich auf jene andere zählen kann, sie ist sehr gewandt und gut programmiert und macht ihre Arbeit mit der Präzision und Regelmäßigkeit eines Automaten. Fast ohne daß sie, Cornelia, eingreifen muß. Sie gibt den Kunden Auskunft und Monsieur Schwarz, sie lächelt Léonce an, ja, es geht mir gut, sorgen Sie sich nicht, sie tippt die Briefe, unzählige Briefe, sie hebt den Hörer ab, hallo, sie erwartet nichts, sie weiß sehr gut, daß sie jene Stimme nie mehr hören wird, sie sagt: «Hallo, hier ist die Garage ‹du Parc›.» Sie sagt es mit fester, ruhiger Stimme.

Sie weiß vielleicht gar nicht, daß sie kein Gesicht mehr hat. Manchmal jedoch, und das sind die einzigen gefährlichen Augenblicke, gleitet ihr Blick, ohne daß Cornelia es will, die ja versucht, sie zurückzuhalten, aus dem Glaskäfig hinaus, wandert über die geparkten Wagen in der Garage, neue Wagen, glänzende Karosserien, makelloses Chrom, und dieser Blick, statt da zu verweilen und ruhig wieder in den Käfig zurückzukehren, sieht noch weiter:

diese Wagen, die auf den Straßen steckenbleiben in riesigen Staus, oder wütend Runden drehen, um einen Parkplatz zu finden, oder dann zerquetscht, zertrümmert in einem Graben, oder dann, später, ein wenig später, zu einer monströsen Pyramide aufgeschichtet in irgendeiner Schredderanlage, die sie in schmale, flache Stücke Blech verwandelt. Und dann die Kunden, ihre Eitelkeit, mein Wagen, sagen sie, so wie sie meine Frau sagen, und brüsten sich damit.

Cornelia, der es beinahe übel wird, gibt der andern den Befehl, sich zusammenzunehmen, und sie gehorcht, sie gehorcht letztlich immer, sie nimmt ihren Blick zurück auf die Schreibmaschine, die weißen Tasten, die schwarzen Buchstaben, die Finger tanzen wie früher, vor so langer Zeit auf dem Klavier, sehr geehrter Herr, wir haben Ihren Brief erhalten. «Es braucht nur etwas Willenskraft», sagt Cornelia zur andern, und einen Augenblick lang berühren sie sich, sie sind beide da, vereinigt, klammern sich an die Schreibmaschine wie an einen Rettungsring.

7

Ich glaube, ich bin wirklich die einzige, die in dieser Zeit Cornelia überhaupt sieht. Um sie breitet sich Leere aus, wie wenn man sich abgesprochen hätte. – Christian hat schon lange nicht mehr geschrieben, man könnte meinen, er sei einfach in diesem blutüberströmten Südamerika verschwunden wie so viele. Laure ruft nicht an, offenbar hat sie augenblicklich weniger Sorgen mit Juliens Ernährung:

Was Cornelias Mutter betrifft, so wartet sie sicher, würdevoll, wie sie ist, darauf, daß sich ihre Tochter gefälligst meldet. Nur Léonce wirft von Zeit zu Zeit während den ersten Wochen einen leicht beunruhigten und irgendwie komplizenhaften Blick auf sie, aber sie reagiert darauf, wie wir gesehen haben, vor allem damit, daß sie ihn beruhigt. Und allmählich vergißt Léonce seinen Besuch in der verwüsteten Wohnung, erleichtert darüber, daß Cornelia so wenig verändert scheint, so sanft, genauso wie früher, auch wenn sie sich jetzt gar nicht mehr schminkt. Er beschäftigt sich wieder mit seinen fixen Ideen: Umweltverschmutzung und seine Mitschuld, jedes Mal, wenn er wieder ein Auto verkauft, die Ungerechtigkeit des Verkaufschefs, die Intrigen der jüngeren Kollegen, die Verderbtheit der Welt, in der weiterzuleben er immer weniger Lust hat, er träumt von der Provence, liest regelmäßig die Anzeigen in seiner Zeitung, sucht einen Landsitz, einen alten Bauernhof, irgend etwas zu kaufen oder zu mieten. Eines Tages wird er etwas finden. Er wird weit weg ziehen, weit weg von dieser Garage, die er jeden Tag etwas mehr haßt, weg von diesem Beruf, für den er nicht geschaffen ist, von diesen Autos, die er lieber mit Fußtritten traktieren möchte, als ihre Vorzüge anzupreisen. Auch weit weg von Cornelia, der er vielleicht das Leben gerettet hat, die ihn aber offenbar nicht mehr braucht.

Von Peter natürlich Schweigen. Er ist verschwunden, hat sich von der Erdoberfläche weggestohlen. Wie wenn es ihn nie gegeben hätte, denkt Cornelia, wie wenn ich nur geträumt hätte. Und ich habe auch Mühe, mich an ihn zu erinnern. Ich weiß, daß er irgendwo weiterlebt, ich sehe den Weg, den er jeden Morgen von seiner Villa zum Büro macht und jeden Abend von seinem Büro zur Villa:

Ich sehe ihn, wie er Telefonanrufe erledigt, Geschäftsfreunde trifft, durch Europa reist, den Atlantik überquert, um am Hauptsitz einen Bericht zu präsentieren, ich sehe ihn zu Hause mit Joan und den Mädchen. Mir scheint, er ist gleich wie vorher. Aber ich kenne seine innersten Regungen nicht, ich kann nicht ausmachen, ob er unglücklich ist, ob ihm etwas Wichtiges fehlt oder ob er sich nur frustiert, gedemütigt fühlt. Sicher ist, daß er, auch wenn er etwas leidet, über eine ganze Skala von Möglichkeiten verfügt, die Cornelia verschlossen sind: eine Karriere, die Freude am Geldverdienen und um ihn herum dieses Trio weiblicher Wesen, die Große und die zwei Kleinen.

Peter. Ihn muß ich vergessen, muß nur noch an sie denken, die sich in sich selbst zurückzieht, um so wenig Raum einzunehmen wie nur möglich. Ich merke, daß Cornelia die verrückte Versuchung spürt, sich aufzulösen, immer kleiner zu werden bis zu dem Moment, da sie, ganz natürlich, einfach von der Erdoberfläche verschwindet. Diese Versuchung nimmt ein Hirngespinst wieder auf, das sie als Kind hatte, immer wenn der Druck, den ihre Mutter auf sie ausübte, zu stark wurde: Sie legte sich dann auf die Erde und hoffte, der Boden würde sie verschlingen oder ein Zauberer würde sie in etwas Winziges verwandeln, das ihre Mutter, wenn sie gleich wieder ins Zimmer käme, nicht mehr sehen könnte: eine Fliege, eine winzige Spinne oder sogar ein Staubkorn.

Im Grunde möchte sie ihren Körper auslöschen, so wie sie ihr Gesicht zum Verschwinden gebracht hat, das Gesicht, an das sie nicht mehr denken will, denn sie sieht es immer wieder so, wie sie es damals im Badezimmerspiegel gesehen hat, verzerrt, zerstückelt und nicht mehr zusammenzusetzen, blutüberströmt.

Wie ist es möglich, so unglücklich zu sein, ohne daß irgend jemand es merkt?

Manchmal ist das alles kaum mehr zu ertragen, diese Gleichgültigkeit, diese Isolierung, dieses Vergessen, in das sie gefallen ist. Eines Abends hat sie etwas Verrücktes gemacht, sie hat die Telefonnummer von Francesca eingestellt. Sie hat gewartet. «Wenn ich es mir nun ganz stark wünsche», hat sie gedacht. Francescas Stimme. Nur ihre Stimme. Aber nach einer langen Stille, und einem Knacken hat sich ein Mann gemeldet: «Pronto.» Sie haben also Francescas Nummer schon wieder jemand anderem gegeben, jemandem, der vielleicht sogar in ihrem Studio wohnt. «Pronto», hat der Mann noch einmal ganz ungeduldig gesagt. Und Cornelia hat gesagt: «Sono io, vorrei parlare a Francesca.» Wieder Stille, und dann hat die italienische Stimme am andern Ende unwirsch gesagt: «Non c'è nessuna Francesca qui.» Cornelia hat den Hörer aufgelegt und geglaubt, jetzt könnte sie endlich weinen. Aber nein. Die Tränen sind versiegt, die Quelle ist verschwunden, alles ist dürr in ihr drinnen, wie Erde, die nach langen Monaten ohne Regen Risse bekommen hat. Sie weiß nicht mehr, wie man es anstellt, daß man weinen kann. Sie ist so sitzen geblieben vor dem Apparat, die Hände auf den Knien, ganz leise hat sie Francesca, Francesca gerufen, möge sie doch Antwort geben von dort, wo sie ist, aber sie ist offenbar gar nirgends mehr, denn in Cornelia ist nur ein unendliches Schweigen, nicht der Schimmer eines Zeichens. Es ist so, als hätte Francesca nie existiert.

Der Oktober ist vorüber. November. Jetzt ist es Anfang Dezember. Ein bißchen Schnee ist gefallen und liegengeblieben. Es gibt Vormittage, an denen die Sonne scheint, an denen das Winterlicht mit den Möwen spielt, die über einem Feld niederfallen und in der Ferne der Savoyeralpen erscheinen, Tage, an denen die Schönheit in einen dringt wie ein Messer. Cornelia weiß, wie sie sich davor schützt: Sie sieht auf die Straße, nur auf die Straße, verbietet es sich, den kleinsten Blick nach rechts oder nach links zu werfen, sie beugt sich vor, klammert sich ans Steuerrad wie eine Anfängerin.

Aber es gibt Vormittage, an denen sich die Gefahr nicht so klar ankündigt. Alles ist grau, dicker Nebel lähmt das Land, die Bäume, die Möwen, die Berge, all das ist versteckt, verhüllt, unschädlich gemacht. Die Heftigkeit des Schönen bedroht dich nicht, man kann furchtlos fahren, sogar das Fahren fast genießen in dieser undurchsichtigen Watte, auf Wegen, die außer bis auf zehn Meter vor einem nicht mehr zu existieren scheinen und die vielleicht nirgends hinführen.

An einem dieser Vormittage gegen Mitte Dezember geschah es. Plötzlich diese Aufhellung.

Ein Lichtstrahl mitten im Nebel, Bäume mit Frost bedeckt, eine wunderbare Tapisserie aus Eis, und dieses blaue Stück Himmel, das über den Feldern schwebt.

Cornelia hat brüsk gebremst, das Auto ist mitten auf dem Weg stehengeblieben. Ein abgelegener kleiner Feldweg.

Sie hat die Arme auf dem Steuerrad verschränkt und den Kopf darin versteckt.

Warten. Nicht weiterfahren, bevor diese Aufhellung verschwunden ist, bevor der Nebel wieder überhandnimmt. Gleichgültig, ob das lange dauert, gleichgültig, ob sie für einmal zu spät in die Garage kommt. Niemand kann von ihr verlangen, daß sie sich der schrecklichen, tödlichen Schönheit dieses Schauspiels stellt. Niemand kann es ihr übelnehmen, daß sie so bleibt, mit geschlossenen Augen. Niemand darf sich darüber aufhalten.

Doch jemand kann es.

Dieser Jemand klopft hartnäckig an die Scheibe, und sie weigert sich hinzusehen, bewegt sich nicht, als schliefe sie, als wäre sie ohnmächtig geworden.

Dann hat sie langsam doch den Kopf gehoben, hat einen Blick hingeworfen, der so wenig weit wie möglich reicht, nur bis zur Scheibe, nur bis zu diesem Gesicht hinter der Scheibe.

Das Gesicht eines alten Mannes mit blutunterlaufenen Augen, eine blaue Mütze, darunter schauen weiße Haarsträhnen hervor. Und jetzt macht er mit der Hand eine Bewegung, bedeutet ihr, das Fenster zu öffnen. Und Cornelia gehorcht. Sie sehen einander an. Der Atem des alten Mannes formt eine Wolke vor seinem Mund, eine Wolke, die auch glänzt und mit der Sonne spielt.

«Geht's nicht gut?»

«Es geht schon, danke», sagt Cornelia.

«Nein», sagt der Alte, «es geht nicht. Was ist los?» Er hat einen drolligen Akzent: italienisch, spanisch, vielleicht türkisch? Sie sieht, daß er ein Fahrrad schiebt, sie riecht Alkohol. Diese blutunterlaufenen Augen, ach, das ist es. Aber dieser Blick: blau, kindlich, diese Augen, die Cornelia ansehen, die nicht lockerlassen, als hätte sie ein Gesicht, ja, wie wenn man ihr ihr Gesicht auf einmal wiedergegeben hätte. «Du solltest nicht Auto fahren, wenn's dir nicht gut geht», sagt der Alte, «das ist gefährlich. Wenn es einem nicht gut geht, muß man zu Hause bleiben.»

Sie lacht. Hört sich selbst lachen.

«Und du», sagt sie, «du solltest nicht Fahrrad fahren, wenn du getrunken hast, das ist auch gefährlich.»

«Ein Gläschen», sagt der Alte, «nur ein kleines Gläschen. Zum Aufwachen . . .»

Und dann fügt er hinzu, so, als vertraue er ihr ein Geheimnis an: «Und damit ich weniger friere.»

Sie sehen sich an. Wie lange schon hat sie niemand so angesehen, kein Austausch der Blicke, Blicke, die sich durchdringen, fragen und antworten, wie lange ohne Kommunikation? Die Kehle Cornelias schnürt sich zu, dieser Brocken im Hals, da kann sie sich jetzt nicht täuschen, das sind Tränen, ein Knoten von Tränen. Sie fragt: «Ist es in deinem Land weniger kalt?»

«Dort ist es immer warm», sagt der Alte, «aber dafür hat man nicht jeden Tag zu essen.»

«Wärme ist schon etwas», sagt Cornelia.

Und plötzlich wagt sie es. Der blaue Himmel, der Reif, die Zweige und dort oben die kleine Kirche mit dem von einer dünnen Schneeschicht bedeckten Dach. Die Sonne. Diese Lichtoase mitten im Nebel. Die Schönheit, die süße, zarte, gleichgültige, immer gleiche Schönheit der Welt.

«Geht es dir jetzt besser», fragt der Alte, «was hast du gehabt? Bist du krank?»

«Traurig», sagt Cornelia, «ich bin nicht krank, ich bin traurig.»

«Warte», sagt er.

Seine rechte Hand zittert, «das ist ein alter Säufer», denkt Cornelia, aber sie denkt es mit unendlicher Zärtlichkeit, seine Hand sucht etwas in der Tasche seines Überkleides. Sie zieht eine flache Flasche in einem schmutzigen ledernen Futteral heraus. Er schraubt mit

Mühe den Verschluß ab: «Versuch das ... ich bin manchmal auch traurig ... versuch ...»

Sie trinkt einen Schluck, es ist ein starker Alkohol, der augenblicklich bis in ihren Bauch hinunter brennt.

«Gegen die Traurigkeit», sagt der Alte, «gegen Krankheit, gegen, wie nennt man das noch, gegen die Einsamkeit ...»

Er lacht. Seine Augen sind nur noch ein schmaler rotgesäumter blauer Streifen.

«Merci», sagt Cornelia und gibt ihm die Flasche zurück.

«Also, auf Wiedersehen», sagt der Alte.

Er zieht seine Mütze, zerrt sein Velo an den Wegrand. Cornelia fährt behutsam an, die Hand erhoben. Im Rückspiegel, den sie in den letzten Wochen nur sehr vorsichtig benutzt hat, indem sie vermied, sich vorzulehnen, indem sie schön aus dem Bild blieb, sieht sie ihn, wie er dasteht und ihr nachsieht. Und gleichzeitig sieht sie plötzlich ihr eigenes Gesicht wieder auftauchen, wie nach einem langen Schlaf, einer langen Abwesenheit.

Ihr Gesicht zum erstenmal seit dem Oktober.

Sie betrachtet es, gesteht sich jetzt zu, es anzusehen.

Als sie an diesem Abend nach Hause gekommen ist, hat sie das Papier weggenommen, das den großen Spiegel im Flur verhüllte.

8

Sie hat ihr Gesicht wiedergefunden, erforscht es, befragt es. Es hat sich etwas verändert, Falten sind entstanden, die Haut ist welker geworden, scheint es ihr, die Züge sind fast unmerklich erschlafft, aber das Gesicht ist noch ganz. Und ruhig. Einen Augenblick hat Cornelia ein Schauer erfaßt, als sie sich vor dem Spiegel an das letzte Mal erinnert, da sie sich darin sah, diese unerträgliche Wut, dieses Gesicht einer Verrückten. Wie hat sie sich davor gefürchtet, diesem Bild wieder zu begegnen. Aber nein, das hier ist wirklich ihr gewohntes Gesicht. Sie berührt es, umfaßt es mit ihren Händen, liebkost es vorsichtig, sieht im Spiegel ihre Finger, die sich verweilen rund um den Mund, unter den Augen. Sie sieht mit Überraschung auch ihre Haare, wo die weißen Fäden sich vermehrt haben, sie hat dieses schnelle Altern nicht bemerkt, niemand hat sie darauf aufmerksam gemacht, niemand hat es wahrgenommen. Wer hätte sich auch um ihr Haar kümmern sollen?

Aber was tut das? Sie fühlt sich sicherer. Weniger traurig vielleicht. Sie denkt an den alten Mann, sie möchte ihn wiedersehen. Aber umsonst fährt sie zur selben Zeit wieder und wieder denselben Weg: Er bleibt unauffindbar. Nach einigen Tagen fragt sich Cornelia, ob sie diese Begegnung nicht nur geträumt hat, diesen seltsamen Dialog – dieses Duzen, das sie in jenem Augenblick überhaupt nicht überraschte. Aber sie fühlt noch das Brennen des Alkohols, sie sieht wieder die Unschuld, dieses kindliche Strahlen, dieses Erstaunen in seinen blauen Augen, die jenen so ähnlich sind . . . aber ja, weshalb hat sie das nicht gemerkt? Diese Klarheit, diese Durchsichtigkeit, sie hat das so bei ihrem Vater gesehen, damals, kurze Zeit vor seinem Tod, als er sie so ansah wie nie vorher.

Vielleicht ist der Alte jetzt auch tot.

Sie wird es wahrscheinlich nie wissen. Sicher ist, daß er da war, als hätte er auf sie gewartet, in jenem Moment, da es ungemein schwer für sie gewesen wäre, wenn niemand ihr geholfen hätte. Dank ihm hat sie ihr Gesicht wiedergefunden. Und es geht ihr besser.

Etwas besser.

Es ist, wie wenn sie den Grund ganz erreicht hätte, ganz unten angekommen wäre und jetzt im Begriff wäre, allmählich den gegenüberliegenden Hang wieder hinaufzusteigen, vorsichtig, sich immer wieder selbst ihres Gleichgewichts versichernd wie ein Kletterer an einem überhängenden Felsen.

Ich müßte, so sagt sich Cornelia, in die Zeit davor zurückkehren können. Denn die gab es, diese Zeit, in der sie sich nicht fragte, ob sie glücklich war oder nicht, schön abgeschirmt in ihrer kleinen, abgesonderten Welt.

Das ist nicht so lange her, kaum ein Jahr. Wie hat sie nur der Leidenschaft erlauben können, wie ein Tornado ihr Leben zu verwüsten, wie einer dieser Zyklone, die immer Frauennamen tragen und die auf ihrem Weg alles niederreißen? Aber im selben Moment, indem sie sich das fragt, weiß sie auch, daß sie, könnte sie nochmals von vorne beginnen, alles wieder genauso machen würde. Ja, genauso, Minute um Minute, und daß der Preis, den sie zahlen mußte, nicht zu hoch war im Vergleich mit dem, was ihr dafür gegeben und dann wieder genommen wurde.

Man müßte jetzt, denkt Cornelia, die Zeit davor wiederfinden, aber damit all das verbinden, was sie jetzt über das Leben weiß, über die Intensität, die Lust, die Zärtlichkeit, das Leiden, den Tod. Die Zeit davor wieder leben, ohne etwas davon zu verlieren, was sie seit dem Augenblick erlebt hat, an dem sie ins Flugzeug nach Rom gestiegen ist, nicht einmal diese entsetzlichen Wochen, die sie jetzt durchgemacht hat.

Eines Tages hat sie endlich den Käfig der Mandarinfinken geputzt, den sie so, wie er war, einfach unten in einen Schrank gestellt hatte. Sie hat die leichten Federchen, rosa und cremeweiß, herausgenommen, die Exkremente, hat lange die Stäbe poliert. Dann hat sie den Käfig dorthin zurückgehängt, wo er vorher war, hat sich die beiden Vögel vorgestellt, die winzigen Schreie, mit denen sie sie begrüßten, wenn sie sich näherte.

Am folgenden Samstag ist sie in die Stadt gegangen zur Zoohandlung. Die Hand schon auf der Türklinke, hat sie plötzlich innegehalten.

Schwer zu erklären. Cornelia selbst wird nie recht begreifen, was geschah. «Ich habe plötzlich dieses feine Geräusch gehört, das entstand, wenn ihre Flügel gegen die Gitterstäbe des Käfigs stießen», wird sie sagen, «immer dann, wenn ich glaubte, sie wollten hinaus.»

Aber ich weiß nicht, ob das der eigentliche Grund gewesen ist. Hat Cornelia nicht, als ihre Hand auf der Türklinke gelegen hat, viel eher gespürt, wie müßig der Versuch war, die Zeit zurückspulen zu wollen?

Sie ist nicht hineingegangen. Sie holte ihren Wagen im Parking, wo sie ihn abgestellt hatte, und vergaß zum ersten Mal beinahe, den Umweg zu machen, der sie davor bewahrte, den See zu sehen.

War es diese Unmöglichkeit, neue Vögel zu kaufen? Oder ist es eine Entwicklung, die in Cornelia ihren Lauf nimmt, ohne daß sie sich dessen bewußt ist, dort in jenen Tiefen ihrer selbst, in denen das Leben ganz im Verborgenen weitergeht?

Der Gedanke, das Leben wieder genauso wie vorher aufzunehmen, sogar bereichert durch diese Erfahrungen, wird immer undeutlicher, man könnte sagen, er verflüchtigt sich, löst sich auf, wie die Wolken das oft tun, wenn der Wind weht. Eines Tages – wiederum jagt das Jahr in einem Lichtermeer, einem Gewirr von Gold und Silberfäden und Sternen aus Tand und Katalogen auf Glanzpapier dem Ende zu – muß sich Cornelia endlich eingestehen, daß sie sich am Rand des Nichts befindet. Ihr Leben ist in zwei Teile zerschnitten. Ein so breiter Bruch, so unüberbrückbar, daß die zwei Enden nie mehr zusammenzufügen sind.

Sie muß wagen, diesem Nichts ins Auge zu blicken.

Sie versucht es.

Manchmal, wenn sie nicht müde ist, wenn aus irgendeinem unerfindlichen Grund ihr Kummer ein wenig fern bleibt, spürt sie eine Art Ausgelassenheit: erfinden, phantasieren, von vorne beginnen, es scheint ihr, daß Wege, die lange verschlossen waren, sich plötzlich vor ihr öffneten, und nichts wäre unerreichbar für sie, wenn sie es wirklich wollte. Sie wartet. Es ist zu früh, sie weiß es sehr gut, um irgend etwas zu unternehmen. Alles, was sie im Augenblick tun kann, ist, die Tage und Nächte schlecht und recht hinter sich zu bringen, ein bißchen mehr Leben ins Leben zu bringen, bis das Ende des Tunnels absehbar wird.

Ihr Körper erwacht allmählich. Er war in all diesen Wochen wie eingeschläfert, und jetzt schmerzt er, mit dieser Leere darin, die wie eine Wunde ist, wie ein Riß. Jetzt schreit er manchmal, nachts, in Erinnerung an, in Entbehrung von Peters Körper.

Sie beißt ins Kopfkissen.

Aber sie weint nicht. Sie kann immer noch nicht weinen.

Ein paar Tage vor Weihnachten.

Am anderen Ende dieses Schweigen, das sie stutzig macht. Sie hatte gesagt: «Hallo, hier Garage ‹du Parc›.» Wie immer. Dann diese Stille. Einige Sekunden lang. Es genügt, daß sie es ahnt.

«Hallo», wiederholt sie.

«Cornelia?»

«Ja, ich bin's.»

Sie sitzt steif, den Hörer am Ohr. Ihre linke Hand liegt auf dem Pult und zittert nicht.

Nur in ihr drinnen zittert alles.

«Ich wollte dir schöne Festtage wünschen.»

Festtage. Sie hört dieses Wort. Er hat gesagt «Festtage», für ihn werden es Festtage sein, er kann dieses Wort «Festtage» ohne Schwierigkeiten denken. Das ist es vielleicht, was es Cornelia erlaubt, mit fester Stimme zu sagen: «Ich auch, Peter, ich wünsche dir auch schöne Festtage.»

Und hinzuzufügen, wie er wieder nur schweigt: «Wirst du in die Berge fahren?»

Er sagt ja, er wird nach Gstaad fahren wie letztes Jahr, er hat in den letzten Wochen viel gearbeitet, er ist müde, Ski fahren wird ihm guttun.

Er redet schneller als gewöhnlich. Cornelia versucht, ihn sich vorzustellen, dieser Stimme eine Kontur zu geben, sein Gesicht, seine Hände, seinen Körper, aber er bleibt abstrakt, fast irreal in dieser Umgebung – Glaskäfig, Schreibmaschine, Ordner und dort die glänzenden Karosserien.

«Und du?» fragt er.

«Ich?»

«Machst du auch Ferien?»

Festtage, Ski fahren, Ferien. Es gibt eine Welt, in der diese Worte eine Bedeutung haben. Er lebt dort, er bleibt dort. Und Geld, Geschäfte, Reisen, Haus, Familie. Wie soll sie ihm das übelnehmen? Hat sie nicht gewußt, daß sie beide nicht dieselbe Liebesgeschichte erleben, sie und er? Eines neben dem andern, nie ganz eines mit dem andern, sogar als ... Nicht dran denken. Eine banale Konversation. Antworten. Irgend etwas sagen.

«Ja, ich fahre ein paar Tage weg.»

«Wohin?»

«Nach Chandolin», sagt Cornelia sehr schnell, «das ist ein Dorf im Wallis, ein sehr schönes Dorf, da bin ich früher schon gewesen.»

Die kleine Pension. Das Zweibettzimmer, mit den großen Waschkrügen und Schüsseln. Ihr Gelächter. Wie sie alles zum Lachen gebracht hat, sie und Francesca in diesen ersten Monaten ihrer Freundschaft, bevor Guillaume ...

«Fährst du nicht allein?»

«Nein, mit Freunden.»

«Da bin ich froh», sagt Peter, «ich wünsche dir alles Gute, Cornelia. Und viel Sonne!»

«Danke», sagt sie, «auch dir ein gutes neues Jahr.»

Er hat aufgehängt. Sie hält den Hörer noch einen Augenblick in der rechten Hand, dann legt sie auf.

Diese vollkommen eintönige Zeit um sie her, diese Unmöglichkeit, sich, so scheint ihr, von da fortzubewegen, wo sie ist. Gelähmt. Bis die Panik sich ihrer bemächtigt, so heftig, daß es ihr hilft, sich aus dem Stuhl emporzureißen, die Arme zu bewegen, in dem Glaskäfig herumzugehen. Und wie sie sich wieder setzt, öffnet sie das Telefonbuch des Kantons Wallis, sucht das Dorf, dann die Pension – die Pension, die es sicher nicht mehr gibt, das ist schon so lange her, aber wider alle Erwartung findet sie sie, stellt die Nummer ein und sagt, ohne einen Augenblick daran zu glauben, sie möchte ein Zimmer reservieren für den 25. Dezember bis zum 2. Januar, fügt hinzu, daß es zwar ein bißchen spät sei, daß sie natürlich wisse ... Aber die Frauenstimme mit dem Walliser Akzent antwortet, sie habe Glück, jemand habe vor einer Viertelstunde sein Zimmer abbestellt, also ja, dieses Zimmer, wie ist Ihr Name? Cornelia buchstabiert ihren Namen. «Ich werde nicht hinfahren», denkt sie. «Ich rufe morgen an und sage, ich sei verhindert.» Aber gleichzeitig sieht sie das Dorf, so wie sie es in Erinnerung hat, jetzt muß es sich geändert haben, man hat ihr davon erzählt, der Parkplatz, die neuen Chalets, kleinere Wohnblöcke, sie sieht den steilen Hang, den Wald mit Kiefern und Arven, die Weiden, das Weißhorn – «Was für ein Berg», sagte Francesca, «nie hab ich so einen schönen Berg gesehen.»

Als sie abends nach Hause kam, hat sie einen Brief von Christian vorgefunden, in Bogotá aufgegeben: «Wir sind jetzt in Kolumbien, wo wir den Jahreswechsel verbringen. Dann werden wir nach Brasilien weiterfahren, an die Ufer des Xingu auf der Suche nach überlebenden Indianern.» Er wünscht ihr ebenfalls alles Gute, daß alles gut gehe für

Dich, Maman, eines Tages komme ich wieder, aber jetzt noch nicht. Und, unter seiner Unterschrift, in kleineren Buchstaben als der übrige Brief: «Mach Dir keine Sorgen um mich, ich bin glücklich.» Und Cornelia hat den Eindruck, daß alles, was er eigentlich sagen wollte, in dieser Zeile liegt, in diesem PS, und daß das die Antwort auf den Brief ist, den sie ihm Anfang des Jahres geschrieben hat und in dem sie versuchte, ihm zu sagen, daß sie verstanden hat und daß sie es akzeptiert. Dieses Postskriptum, das ist vielleicht der Beginn ihres ersten richtigen Gesprächs.

Dann denkt sie wieder an Chandolin, an das reservierte Zimmer, und sie merkt, daß es sie erleichtert, weil sie wieder etwas geplant hat.

9

Das Dorf selbst hat sich nicht verändert. Vom Fenster ihres Zimmers aus sieht Cornelia es gegenüber an den Hang geklebt, ganz am Rand des Abgrunds, mit den Häusern, die sich eins ans andere schmiegen, und der Kirche, die etwas abseits steht, nicht weit von dem Vorgebirge, das das ganze Val d'Anniviers dominiert. Die Pension von früher ist auch noch fast so, wie sie vor dreißig Jahren gewesen ist, mit dem Speisesaal, der mit Arvenholz getäfert ist, der schmalen Treppe und den Zimmern, in denen man jetzt fließendes Wasser installiert hat, aber deren Mobiliar nicht erneuert worden ist, auch nicht die dicken Federdecken auf den Betten. Auch der Geruch ist derselbe, eine Mischung aus Feuer, Raclettekäse und

Holz. Nur wenn sie sich weit aus dem Fenster beugt, sieht sie neue Wohnblöcke, die sich links vom Chalet erheben, da, wo früher eine Wiese mit Liegestühlen war. Aber vor der Pension ist noch die Terrasse mit den Tischen und Bänken, die am Boden festgemacht sind und unter Kiefern stehen – all das ist jetzt unter einer dicken Schneedecke begraben. Damals, als Cornelia und Francesca hier eine oder zwei Wochen Ferien machten, war es Sommer, Juli oder auch August, die Berge dufteten. «Es riecht nach Aprikosenkonfitüre», bemerkte Francesca, «irgendwo hier muß es auf den Gipfeln riesige Töpfe geben, um die sich die Riesen nachts zu schaffen machen.» «Aber nein», sagte Cornelia lachend, «das ist der Duft der Alpen im Sommer, diese Mischung aus Blumen, Gras, Wald und der von der Sonne erwärmten Erde.» Jetzt ist es Winter. Die Berge glitzern. Der Himmel ist so blau wie im Prospekt, und Cornelia fragt sich, was sie hier überhaupt zu suchen hat, denn all die letzten Monate hat sie den Anblick von so viel Schönheit gar nicht ertragen. Während der Fahrt im Autobus hat sie nur kurz aus dem Fenster gesehen, hat den Blick immer wieder auf ihre Knie gerichtet, auf die Tasche, die sie krampfhaft hielt, wie wenn sie sich an sie klammern müßte. Von der Haltestelle bis zur Pension ist sie sehr schnell gegangen, auf der Straße zuerst, dann wie früher auf einem kleinen Weg, der quer durch die Wiesen führt. Nachdem eine junge Frau sie auf ihr Zimmer gebracht hat, vielleicht die Tochter des Hoteliers, der früher da war, war Cornelia versucht, die Fensterläden gleich zuzumachen. Aber die Absurdität dieser Handlung hat sie zögern lassen. Sie hat sich dazu gezwungen, hinzusehen, genau diese besonnte Landschaft zu betrachten, zwischen diesen hohen Bergen, sie wieder zu erkennen, sie in sich aufzunehmen. Und der Schmerz schwieg seltsamerweise, wie wenn er sie verlassen hätte.

Cornelia gestaltet ihren Aufenthalt, so gut sie kann.

Am Abend ihrer Ankunft, es war Weihnachtsabend, ist sie in ihr Zimmer hinaufgegangen, bevor der Weihnachtsbaum, den man neben dem Cheminée hergerichtet hatte, angezündet wurde. Sie ist früh zu Bett gegangen und hat zu ihrem großen Erstaunen traumlos geschlafen, ruhig bis zum nächsten Morgen. Sie hat sich dem Rhythmus der Pension angepaßt, den Mahlzeiten, sie verbrachte Stunden in ihrem Zimmer, wagte aber auch, einige Spaziergänge zu machen, obschon sie Schwindel verspürt, sobald sie sich entfernt, als sei sie lange krank gewesen und stände am Anfang einer schwierigen Genesung. Sie geht bis ins Dorf, trinkt dort einen Kaffee in dem Bistro, das zugleich Laden ist, erkennt die Veranda wieder, die den Hang überragt, erinnert sich an die Geschichte – ist es eine Legende oder eine Novelle von Corinna Bille? – dieser zwei Kinder, die auf einem Schlitten losfuhren, zuviel Geschwindigkeit hatten und auf dem Hang, der immer steiler wird, einfach verschwanden, nie mehr ins Dorf zurückkehrten und von denen auch nie eine Spur gefunden wurde. Ihr scheint, sie habe das damals Francesca erzählt, genau hier, an diesem Tisch, auf dem eine Tischdecke mit rotweißen Karos liegt.

Sie geht den Wegen entlang, die in den Schnee gepflügt sind, setzt sich auf eine Bank, um sich auszuruhen. Sie hebt manchmal den Kopf und sieht auf die Pisten des Illhorns, die von Skifahrern gesprenkelt sind, die gegen Abend mit roten Wangen in die Pension zurückkehren werden, die vor der Tür ihre schweren Schuhe abbürsten, Franzosen, Belgier, Deutsche, sie seien entzückt, werden sie sagen, daß sie eine so ruhige Ecke gefunden haben, abseits des Massentourismus – die Schweiz, wie man sie sich erträumt, wirklich.

Beim Laufen oder in ihrem gut verschlossenen Zimmer versucht sie sich an ihren früheren Aufenthalt zu erinnern. Aber außer einigen Konversationsfetzen, die ihr in den Sinn kommen, der Aprikosenkonfitüre, dem verrückten Übermut zweier Kinder, weiß sie nicht mehr, wie sie diese Zeit zusammen verbracht haben, sie und Francesca, eine glückliche Zeit, da ist sie sicher, aber unmerklich ausgelöscht, ausradiert. Wovon haben sie gesprochen? Womit haben sie sich beschäftigt? Wie fühlte sich Cornelia zu jener Zeit, da sie es gewagt hatte, mit dem Studium zu beginnen, da sie Guillaume noch nicht kannte, da sie das Gefühl hatte, ihre Zukunft in Händen zu halten? Wenn sie sich sehr anstrengt, so gelingt es ihr, einige Bergtouren wiederzufinden, das Schwindelgefühl vor der Leere am Illgraben, über dem Abgrund, der bis hinunter ins Rhonetal reicht; einige Gesten auch: Wie man Wollsocken anzieht, Heidelbeeren in der großen Stille des Waldes pflückt, und dieser langsame Aufstieg der Städterinnen, die schnell ermüden, dem Gipfel zu. All das wie ein alter Film, undeutliche Bilder, ein Stummfilm, eine Abfolge von Szenen, die längst vergangen sind.

«Aber das Leben?» denkt Cornelia. «Wie ist es möglich, daß ich vergessen habe, was damals das Wichtigste in meinem Leben war?»

Sie weiß, daß sie viel vergessen hat von all den Jahren, die darauf folgten, daß sie nur Unangenehmes oder dann kleine Ereignisse ganz ohne Bedeutung im Gedächtnis behielt, daß sie für immer das verloren hat, was sie heute das Leben nennt, weil sie kein anderes genaueres Wort dafür hat, so daß es ist, sagt sie sich jetzt entsetzt, als wäre ich am Eigentlichen vorbeigegangen, als hätte ich auf das zu achten vergessen, was diese verlorenen Augenblicke Kostbares, Unersetzliches enthielten.

Man könnte meinen, ich hätte geschlafen, mein Leben verschlafen.

Weshalb?

Indem sie versucht, eine Antwort zu finden, begegnet sie noch einmal dieser Angst, die sie seit ihrer Kindheit beherrscht hat und die ihr so offensichtlich klar wurde, als sie blutend in ihrem Bett lag: die Angst, sich gehenzulassen, nicht mehr imstande zu sein, all dem den Weg zu versperren, was auch ohne ihr Wissen herauskommen könnte – Gefühle, Wünsche, Worte, Gelächter oder Schreie – wie all dem, was von außen drohte, sie zu überschwemmen.

Sie ist verbarrikadiert gegen sich selbst, gegen die andern, gegen die Süße und die Gewalt des Lebens, das Leben, das dich durchbohren kann wie ein Pfeil, wenn du nicht aufpaßt, das dir die Haut zerreißen kann. Und jetzt, Cornelia ist sich dessen sehr bewußt, sperrt sie sich mit derselben Sturheit gegen den Kummer, die Abwesenheit Peters, gegen die Erinnerung an die Verrückte, die die Küche verwüstet, den Spiegel zerschlagen hat, diese andere, diese Unbekannte.

Am Abend des 31. Dezembers sitzt sie allein an dem kleinen Tisch in der Ecke des Speisesaales, den man mit Girlanden in allen Farben geschmückt hat. Allein mit einer Kerze, deren Flamme zittert, im Gemurmel der fröhlichen Stimmen all jener, die gemeinsam um einen Tisch sitzen, Familien, Paare, ein Gemurmel, in das sich französische, englische, deutsche, italienische Fetzen mischen, eine Art internationales Konzert, ein Fest ohne Grenzen, von dem sie ausgeschlossen ist.

Sie allein ist allein.

Sie hat ein Buch mitgenommen, es wird ihr helfen, diese Mahlzeit zu überstehen, die endlos zu werden verspricht, es ist ein alter Roman, den sie vor langer Zeit gelesen hat und den sie vergessen hat: *Jenny*, von Sigrid Undset. Aber sie klappt das Buch bald wieder zu: Die ersten Seiten spielen in Rom, und der Held ist ein junger Norweger ... Sie legt es in ihre Tasche, sie fühlt sich noch mehr allein als vorher, gleich wird sie aufstehen, in ihr Zimmer gehen, ihren Kopf ins Kopfkissen wühlen, nachdem sie zwei Schlaftabletten geschluckt hat. Sie bleibt. Sie versucht, sich geistig zu einer Kugel zusammenzurollen, so wie sie es oft gemacht hat. Und dann sagt sie sich, daß dieser Augenblick, wie all die andern, ihr auch entgleiten wird, wenn sie sich weigert, ihn zu leben, und daß er doch einmalig ist, wie all die andern, die sie zurückgewiesen hat.

Sie sieht sich: eine kleine einsame Dame vor ihrer Kerze in diesem Gemurmel von fremden Stimmen. Ich ohne irgend etwas anderes als mich selbst, ohne einen anderen Besitz in diesem Augenblick als meine Einsamkeit und mein Leiden. Bis zu der Verletzung vordringen, bis zum Mittelpunkt des Kummers, nicht dem ausweichen, was den roten Faden bildet in diesem Stück Zeit zwischen gestern und morgen, dieser Gegenwart, die mir durch die Hände rinnt und die alles ist, was ich besitze. Dieser Mut wird sie vielleicht retten.

Sie hat durchgehalten bis zum Schluß des Essens, es ist ihr sogar gelungen, alles zu essen, was auf ihrem Teller lag, den Geschmack des Poulets, die süße Kühle des Zitronensorbets zu schmecken und den bitteren Geschmack des Kaffees, den sie bestellt hat, wie wenn das nicht genügen würde, wie wenn sie sich nicht erlauben könnte, diese Prüfung zu beenden.

Und dann ist sie ins Zimmer hinaufgegangen, in der Absicht, sich hinzulegen und zu versuchen, zu schlafen. Aber sie hat ihren Mantel angezogen, einen Schal um den Hals gewickelt, hat ihre Après-Skischuhe angezogen und die Handschuhe.

Draußen eine andere Einsamkeit: die der sternenklaren Nacht, der großen weiten Schneefelder, des Geruchs von Rauch, der von einem Dach aufsteigt, irgendwo im stillen Dorf, dort drüben, am Rande des Abgrunds. Auch das zu leben versuchen, diese Einsamkeit und diese Gleichgültigkeit der eisigen Berggipfel, so erstarrt in ihrer unerreichbaren Schönheit.

Sie geht schnell, ohne zu wissen, wohin.

Sie geht schnell, aber es ist keine Flucht.

Sie erreicht die Bank, von der aus man über das Val d'Anniviers sieht, diese Erhebung, die wie das Ende der Welt wirkt, wie der Bug eines Schiffes auf dem Meer. Einige Schritte weiter, sie weiß es, und der Fuß tritt ins Leere, der lange Fall beginnt. Sie hält sich an einem Baum, sie fühlt die Rinde unter den Händen, sie lehnt sich an den Stamm, sie legt die Wange an den Stamm, es ist ein alter brüderlicher Baum, sie reibt ihre Wange am Stamm, die Rinde kratzt, sie klammert sich an diesen alten Baum, sie möchte eins werden mit ihm, möchte auch Stamm werden, Äste, hier für immer bleiben, stehen im Wind.

Und plötzlich Tränen.

So lange erwartet. Wie eine wiedergefundene Quelle.

Warme Tränen auf den Wangen. Aus dem Tiefsten in ihr, aufgestiegen aus der Wunde, dem wiedergefundenen Schmerz. Wohltuend wie das Blut, als es floß, an jenem Oktobermorgen, der so weit weg ist, aber, so scheint ihr, Tränen sind Künderinnen des Lebens, während das Blut sanft die Türen zum Tod öffnete.

Vielleicht ist sie mehrere Stunden so dagestanden. Es hat Mitternacht geschlagen, und sie ist noch einige Zeit so geblieben, bevor sie sich von dem Baum losriß und langsam den Weg zurück in die Pension unter die Füße nahm.

Zwei Tage später, wieder in ihrer Wohnung, ist sie sofort ins Wohnzimmer zu der Jalousie gegangen.

Hat sie hochgezogen.

Sie hat den See betrachtet, der von kleinen blauen Wellen bewegt war, und den Jura dort drüben, und dort, auf dem Hügelrücken, nahe bei einer Baumgruppe, den Ort, wo sich Peters Haus befindet.

Dann ist sie in ihr Schlafzimmer gegangen und hat ihr Bett wieder in Besitz genommen.

10

Cornelia hat das Gefühl, sie mache eine Gratwanderung. Rechts und links die Leere, ein Nasenstüber, das kleinste Stolpern würde genügen, um sie zu Fall zu bringen. Sie ist sich der Gefahr bewußt, sie geht sehr vorsichtig, zählt die

Schritte. Aber ihr Gesichtsfeld ist größer geworden: Jetzt wagt sie es, um sich zu blicken, und jeden Tag eignet sie sich einen neuen Teil des Raumes an.

Sie hat die Feldwege verlassen, die sie ins Landesinnere führten. Jeden Morgen fährt sie jetzt wie früher auf der Höhe dem See entlang, den sie durch die Bäume sehen kann, bis dahin, wo die Straße ganz zu ihm hinunterführt, auf ihn trifft, dort, wo die Stadt dann ins Blickfeld kommt, weit ausgedehnt, mit dem spitzen Turm der Kathedrale im Zentrum.

Von jetzt an ist sie selber anwesend im Büro, nicht mehr diese seelenlose Doppelgängerin, die in den letzten Monaten ihren Platz eingenommen hat. Sie ist da, mit ihrem Kummer, der während gewisser Zeiten wie eingeschläfert ist, tief in ihr drinnen, so daß sie ihn fast vergißt, und der dann plötzlich wieder erwacht, ohne daß sie weiß warum. Aber sie hat die Kraft, es zu ertragen, sie flieht nicht, sie atmet tief und wartet, bis der Schraubstock sie wieder entläßt.

Einmal sprach sie gerade mit Léonce, als es ihr passierte.

«Geht's Ihnen nicht gut, Cornelia?»

Er hat sie angstvoll angesehen, er ist der einzige, der weiß, wie gefährdet sie ist.

«Es wird vorbeigehn», sagt sie, «jetzt ist es schon fast vorbei . . .»

«Was ist es eigentlich?» fragt er. «Ist es Ihnen schlecht?»

«Es ist nichts Schlimmes», sagt sie, «nein, es ist nicht mehr so schlimm.»

In ihrer Wohnung verspürt sie auf einmal das Bedürfnis, einen Gegenstand nach dem andern zu berühren. Sie erinnert sich, daß sie an dem Abend vor ihrer Abreise nach Rom dasselbe getan hat, ohne daß sie wußte warum: Damals war es ein Abschied, während sie jetzt ganz allmählich wieder Besitz von ihrer Umgebung nimmt, mit allen Sinnen, denn sie begnügt sich nicht, nur zu berühren, sie erforscht mit ihrer Handinnenfläche die Rundung der Vasen, die Weichheit der Kissen, die Form der Bücher, und sie liebkost, als wären es Körper, das Holz der Stühle, den Tisch, den Schrank. Sie hat eines Abends die Tasten des Pianos gestreift, hat sie sanft niedergedrückt, aber ohne einen Ton zu erzeugen, noch nicht.

Ende Januar hat sie einen Handwerker damit beauftragt, im Badezimmer einen neuen Spiegel zu montieren.

Ein paar Tage später hat Guillaume sie angerufen. Zuerst hat sie seine Stimme gar nicht erkannt. Vor wie langer Zeit, vor wie vielen Jahren hat sie sie zum letzten Mal gehört; als sie begriffen hat, daß er es ist, hätte sie am liebsten den Hörer aufgelegt. Aber er hat am anderen Ende gesagt, daß er sie sehen möchte, daß es etwas Ernstes, etwas sehr Schlimmes zu besprechen gebe, wann sie denn Zeit habe? Sie hat geantwortet, daß sie immer in der Stadt zu Mittag esse, und hat sich mit ihm für den folgenden Tag in einem italienischen Restaurant verabredet, das er gut kennt und das sie, so hat er versichert, ohne Schwierigkeiten finden würde. Den ganzen Tag lang hat sie gedacht: Könnte nicht gerade so etwas wie diese Begegnung mich ganz aus dem Gleichgewicht bringen? Sie sieht sich, wie sie auf ihrem schmalen Weg stolpert, wie sie den Hang hinunterstürzt, wie lange wird sie brauchen, um wieder hinaufzuklettern, mit welchen blauen Flecken wir sie diese erneute Anstrengung bezahlen müssen?

Hat er das Recht, sie dieser Prüfung auszusetzen? Er, den sie ohne Gewissensbisse getötet hat, sie erinnert sich, wie sie sich ihn vorstellte, zermalmt am Straßenrand, diese Lüge zwischen ihr und Peter wie ein erster Riß in dem, was noch gar nicht begonnen hatte, was später erst beginnen würde, sie sieht wieder das Trottoir und ihre Handtasche am Boden, sie fühlt das Blut in ihren Adern pochen und diese Hitze tief in ihrem Bauch.

Und da sitzen sie einander gegenüber in diesem lärmerfüllten Restaurant, in dem die Kellner um die Tische kurven und sich auf italienisch witzige Bemerkungen zurufen. Cornelia sieht diesen Mann an, in den Fünfzigern ist er, über dem Bauchansatz spannt sich das blaue Hemd, ein etwas feistes Gesicht, sie erkennt ihn nicht wieder, unmöglich, sich vorzustellen, daß sie zwanzig der besten Jahre ihres Lebens mit ihm verbracht hat, sein Zimmer geteilt, sein Gewicht auf ihrem Körper geduldet, seinen Geruch, seine Kinder aufgezogen hat.

Sie bestellt irgend etwas, sie hat keinen Hunger, keinen Durst, zum erstenmal möchte sie so schnell wie möglich wieder in ihren Glaskäfig zurück, dort ist sie geschützt, was werden sie sich zu sagen haben? Er nimmt sich Zeit, liest die Karte von oben bis unten durch, dann von unten nach oben, bestellt dann ein Tournedos saignant, konsultiert den Kellner ausführlich wegen des Weins, er möchte französischen Wein, der Kellner empfiehlt ihm Barbera, das nimmt kein Ende. Cornelia schaut auf die Uhr.

Bedeutungslose Gemeinplätze tauschen sie bis zu dem Augenblick, da die Teller gefüllt, die Flasche entkorkt ist, die Zeremonie absolviert (er nimmt einen Schluck, behält ihn einen Augenblick mit besorgter Miene im Mund, transportiert ihn von einer Seite auf die andere, unter und über der Zunge, um endlich mit dem Kopf zu nicken, der Kellner entfernt sich erleichtert), Sätze über das Wetter, den Winter, der bald zu Ende sein wird, die Geschäfte, die nicht schlecht laufen, obschon es natürlich immer schwieriger wird, und du in dieser Garage? Dann kommt er zur Sache, wie man so schön sagt:

«Hast du Neuigkeiten von Christian?»

«Nur wenig», sagt Cornelia, «er schreibt selten.»

«Mir schreibt er nie.»

In der Luft ein Stück Fleisch, aus dem etwas Blut tritt, auf seine Gabel gespießt.

«Aber man hat mir von diesem Typ erzählt, mit dem er weggereist ist, diesem Archäologen . . .»

«Ethnologen», korrigiert Cornelia mechanisch.

«Ethnologe, Archäologe, das ist unwichtig. Weißt du, daß ich sehr schlechte Informationen über ihn habe?»

«Da wären wir also», denkt Cornelia. Sie schiebt ihren Teller zurück, diese Tortellini bringt sie wirklich nicht hinunter. Da sind wir also, eines Tages mußte das kommen. Sie sieht das Foto wieder, diese Zärtlichkeit nicht vergessen, es wagen, von dieser Zärtlichkeit zu sprechen, jetzt gleich. «Das ist ein Homosexueller», sagt Guillaume und steckt das Stück Fleisch in den Mund.

Ein wenig Blut mit Sauce vermischt sickert auf sein Kinn. Er wischt es mit der Ecke seiner Serviette weg und nimmt einen Schluck Wein. «Was werde ich sagen?» fragt sich Cornelia, ein bißchen aus dem Konzept gebracht durch die Erwartung, die sie bei ihm spürt nach der Enthüllung, die er ihr zu machen meinte, nach diesem Wort, das jetzt zwischen ihnen steht, von vielen Ausrufungszeichen gefolgt. Sie atmet tief.

«Ich weiß», sagt sie.

«Wie, du weißt das?»

Sie nimmt sich Zeit, das ist nicht leicht, aber es ist eine Gelegenheit, eine sehr gute Gelegenheit, endlich mutig zu sein: «Ich weiß, daß sie in einer homosexuellen Beziehung leben.» Wieder dieses Wort, seltsam, sie hat keine Schwierigkeiten gehabt, es auszusprechen, sie hat es ganz selbstverständlich gesagt, mit fester Stimme.

«Was?» ruft Guillaume aus.

Er schneidet nervös sein Fleisch, das Blut breitet sich auf dem Teller aus, ertränkt die Pommes-frites und den Blumenkohl. «Du sagst das einfach so, ganz ruhig?»

«Wie soll ich es sonst sagen?»

Sie sehen sich an. «Nie war Liebe zwischen diesem Mann und mir», denkt Cornelia, «nie das kleinste bißchen Liebe, nie war etwas zwischen uns, wie dumm, all diese verlorene Zeit.»

«Wußtest du das schon, als Christian mit ihm abreiste?»

«Nein, erst später.»

«Aber du hast ihn gehen lassen und nicht einmal daran gedacht, Erkundigungen einzuziehen, herauszufinden, was das für einer ist.»

«Und du», sagt Cornelia, «hast du dich etwa damit befaßt?»

«Ich . . .»

Er macht eine Bewegung, ich habe doch so viel im Kopf, so viele Sorgen, Zahlen, Pläne, so viel . . .

«Er hat doch bei dir gelebt, nicht wahr?»

«Er hat nicht mehr richtig bei mir gewohnt», sagt Cornelia, «er kam nur von Zeit zu Zeit. Er machte, was er wollte, wie hätte ich ihn daran hindern können, er ist erwachsen.»

«Erwachsen!»

Der Kellner kommt, fragt, ob alles in Ordnung sei, «sind der Herr und die Dame gut bedient, noch ein wenig Pommes-frites vielleicht?»

«Ja», sagt Guillaume.

Der Kellner serviert die Pommes-frites, füllt die Gläser. Um sie herum dieses Stimmengewirr, das seltsame Wellen schlägt, sich verstärkt und wieder leiser wird, sich wieder steigert bis zu einer Art Höhepunkt und dann in sich zusammenfällt, wie ein zerplatzter Ballon. Und in einem dieser relativ ruhigen Momente sagt Guillaume unerwartet und viel zu laut:

«Mein Sohn . . . ein Schwuler! Eine Tunte!»

Die Stille breitet sich aus wie ein Meer. Köpfe haben sich nach ihnen umgedreht. Dann fängt das Gemurmel wieder an, verschluckt die abscheulichen Wörter, aber sie bleiben in Cornelias Kehle stecken wie die Tortellini.

«Ich verbiete dir, so von Christian zu sprechen», sagt sie. «Es ist sein Leben, man muß es respektieren.»

Auf seinem Gesicht erscheint ein unangenehmes Lächeln. «Du findest, man soll die Perversität respektieren?»

Sie schiebt ihren Teller zurück, legt die Ellbogen auf den Tisch, und mit ruhiger Stimme, ohne laut zu werden, beginnt sie zu sprechen. Die Wörter kommen von weit her, irgendwo in einer Ecke in ihr drinnen müssen sie darauf gewartet haben, endlich ausgesprochen zu werden. Sie sagt, daß alles, was zählt, die Liebe ist, daß die einzige Sünde darin besteht, zu akzeptieren, ohne Liebe zu leben, sich mit der Abwesenheit der Liebe zu begnügen und aus Feigheit am Leben vorbeizugehen, an sich selbst. Sie kann davon ein Lied singen, sie, die so viele Jahre lang diese traurige Erfahrung gemacht hat. Eine solche Wüste: kein

Wunder, daß sie Christian nicht die Zärtlichkeit geben konnte, die ihn vielleicht davon bewahrt hätte – doch das ist gar nicht sicher –, sich eher von Männern angezogen zu fühlen als von Frauen, und er, Guillaume, was hat er für diesen Sohn getan, den er jetzt glaubt verurteilen zu dürfen? Ob er sich daran erinnert, daß er die meiste Zeit weg war, mit seinen lieben Geschäften beschäftigt, seiner Karriere, die Kinder störten ihn nur, er schickte sie weg, wenn sie ihn etwas fragen wollten oder wenn sie um Zärtlichkeit bettelten. Und was die Zärtlichkeit betrifft, sie hat sie auf einer Fotografie gesehen, gefühlt, wieviel Zärtlichkeit zwischen Christian und Olivier besteht, eine Zärtlichkeit und Zuneigung, die Respekt verdient, Achtung, das wird sie immer wiederholen, und die sie schätzt, ja, sie wagt es zu sagen. Sie redet, nie hat sie so viel zu Guillaume gesagt, sie weiß, daß es sicher nichts nützt, daß sie ihn damit nicht wirklich erreicht, ihn nicht überzeugen wird, dennoch, er scheint sich nicht wohl zu fühlen dabei, er schiebt die blutgetränkten Pommes-frites zu einem Häufchen am Rand des Tellers zusammen, er legt die Gabel hin, er ißt nicht mehr, er sieht sie an. Sie erträgt seinen Blick, sie redet tapfer weiter, nicht eigentlich zu ihm, ihr bedeutet dieser Mann wenig, aber sie redet für sich, um sich zu beweisen, daß sie von jetzt an fähig ist, sich auszudrücken, zu sagen, was sie zu sagen hat, für Christian spricht sie, denn im Augenblick hat sie das Gefühl, sie liebe ihn, so wie sie ihn früher nie geliebt hat. Und jetzt fängt sie an von den Indianern zu sprechen, ist das nicht toll, dieses Engagement von Christian und Olivier für die Sache der Indianer? Was hat er denn gemacht, er Guillaume, der sich so respektabel, so moralisch gibt, was hat er getan, um zu verhindern, daß sie ausgerottet werden? Nichts, ihm sind sie scheißegal, die Indianer, sie hat übrigens auch nie etwas für sie gemacht, auch nie für sonst irgend jemanden, sie haben alle beide egoistisch gelebt, und Christians großes Verdienst ist es doch, ihrem Beispiel nicht gefolgt zu sein. Das ist doch wichtig und auch die Tatsache, daß er glücklich ist, denn er ist glücklich, er hat es ihr geschrieben in seinem letzten Brief. Wenn sie ihn wiedersieht, wenn er eines Tages wiederkommt, so wird sie ihn zuerst einmal um Verzeihung bitten, weil sie eine so schlechte Mutter gewesen ist, eine abweisende Mutter, ohne Liebe, und dann wird sie ihm sagen, daß sie alles weiß und daß sie ihn nicht verurteilt und ihm vertraut.

Sie hält inne, sie hat alles gesagt, fast alles. Sie ist erleichtert, sie sucht in ihrer Handtasche nach einer Zigarette, Guillaume zündet sie mit seinem silbernen Feuerzeug an. Zwischen ihnen ist ein langer Moment der Stille.

«Du hast früher nie geredet, Cornelia, warum?» fragt er dann. «Ich konnte nicht», sagt sie.

Guillaume ruft den Kellner, bestellt zwei Kaffee. Sie hat das Gefühl, er sei nicht mehr ihr Feind, wie wenn es ihr gelungen wäre, hinter die Fassade zu dringen, die er sich aufgebaut hat, wie wenn sie für einige Sekunden einem anderen Mann begegnet wäre, einem, den zu suchen sie sich nie die Mühe gemacht hat während der langen Jahre ihres gemeinsamen Lebens.

Sie fügt hinzu: «Ich bitte dich, stoß Christian nicht weg, wenn er wieder mit dir Kontakt aufnehmen will.»

«Ich werde es mir überlegen», sagt Guillaume.

Er gibt Zucker in seine Tasse. Cornelia bemerkt, daß seine Hände, die das kleine Säckchen halten, zittern.

11

Der Frühling kommt. Oft ist der See ruhig, ein paar verstreute Segel zwischen den beiden Ufern, unbeweglich, wie vergessen, dann plötzlich blähen sie sich, weil Wind aufkommt. Der Schnee schmilzt langsam auf dem Jura. An gewissen Tagen sind die Berge fast nicht zu sehen, haben dieselbe Farbe wie der See und der Himmel, so daß die weißen Flanken im Nichts schweben wie Wolken.

Cornelia zwingt sich, lange Zeit am Fenster zu stehen, dieser wiedergefundenen Landschaft gegenüber. Ohne sich zu wehren, läßt sie sich von der Sehnsucht überfluten, von der jetzt erträglichen Trauer, sie meidet nichts mehr, weder die Baumgruppe noch den Ansturm der Erinnerungen. Im Gegenteil, sie versucht sie durchzusehen, darin Ordnung zu machen, versucht zu verstehen, woraus sie genau zusammengesetzt sind. Was hat sie denn außer dieser Wut, dieser Leidenschaft überhaupt erlebt? Was bleibt ihr von dieser Geschichte, jetzt, da sie zu Ende ist, da nichts Faßbares davon übriggeblieben ist außer der Abwesenheit der Mandarinfinken? Was hat sie ihr denn so Starkes gebracht, daß Cornelia jetzt jeden Tag stärker diese Gewißheit hat, sie sei dadurch an einen Punkt geführt worden, von dem aus es keine Rückkehr gibt?

Sie erforscht sich selbst.

Findet das Erstaunen der ersten Lust in sich wieder.

Ist die Lust denn so wichtig; sie weiß, daß es nicht das ist. Aber das Vertrauen, das die Voraussetzung dafür ist, dieses unerklärliche Vertrauen, das man einem anderen Körper entgegenbringt, diese Hingabe an das, was er in einem auslösen wird, dieses Akzeptieren dessen, was er ist, was er will, des Weges, den er bis in deine tiefsten Tiefen bahnt. Diese Zärtlichkeit, die so groß ist, daß in dir alle Angst wegfällt, jede Abwehr, jeder Widerwillen, die doch in Cornelia so stark waren, Widerwillen gegen alles Körperliche, die Gerüche, die obszönen Geräusche, die das Leben im Innern deines Körpers erzeugt, gegen die unaussprechlichen Eingeweide, die unter einer viel zu dünnen Haut verborgen sind, diese unvernünftige Zärtlichkeit, so unvernünftig und kühn, daß sie den Widerwillen in Begehren verwandeln kann.

«Ja», sagt sie sich, «das ist das Wunder: daß er das in mir erreicht hat, dieser Mann, von dem ich doch so wenig wußte, dieser Fremde.»

Cornelia kommt auf ihrer Gratwanderung mit den Gedanken, die sie in ihrem Kopf und ihrem Herzen dreht und wendet, langsam voran, und der Grat wird immer weniger schmal.

Eines Morgens sagt ihr Léonce, der sie zu einem Kaffee eingeladen hat, daß er gekündigt hat, daß das seine letzten Tage in der Garage ‹du Parc› sind und daß er diese schreckliche Bude Ende März verlassen wird. Er will sich in einem Dorf niederlassen, von dem man ihm erzählt hat, in einem schönen, noch unberührten Dorf oberhalb von Castellane, und dort wird er sicher das alte Bauernhaus finden, von dem er träumt. Er wird Schafe kaufen, er wird töpfern, er wird eine Crêperie aufmachen.

«Was sagen Sie dazu, Cornelia?»

«Sie haben recht.»

Sie hat geantwortet, ohne zu zögern. Die Garage verlassen: Sie weiß, daß sie auch einmal so weit kommen wird, eines Tages. Léonce malt das Leben aus, das er führen wird, endlich im Einklang mit dem, was er denkt, ohne Auto. «Ich werde ein Fahrrad kaufen, vielleicht einen Esel oder ein Pferd.»

«Werden Sie allein gehen?»

«Ja.»

Er erzählt, daß er einmal verheiratet war, eine schlimme Erfahrung, er wird das nie mehr riskieren, die Einsamkeit fürchtet er nicht, übrigens sein Haus – er redet, als hätte er schon eins –, sein Haus wird allen Freunden offenstehen, er hat sich immer gewünscht, ein Haus voller Freunde und Tiere zu haben.

«Sie werden da auch willkommen sein, Cornelia», sagt er. «Für Sie habe ich immer Platz.»

Er lacht: «Ich bin sicher, Sie würden sehr schnell lernen, wie man Schafe schert und Crêpes bäckt.»

«Warum nicht?» sagt sie.

«Sie werden doch nicht ewig in dieser Garage bleiben?»

«Nein, sicher nicht.»

Sie ist noch nicht bereit, der Zukunft ins Auge zu blicken. «Später», denkt sie. Sicher ist, daß die Garage noch trauriger sein wird ohne Léonce.

Am letzten Tag des Monats März hat Monsieur Schwarz alle Angestellten in seinem Büro zu einem Abschiedsaperitif versammelt: die Verkäufer, Cornelia, den Lehrling, die Mechaniker. Etwa fünfzehn Personen. Ein Tisch ist gedeckt, Flaschen und kleine trockene Kuchen. Monsieur Schwarz hat Cornelia und den Lehrling gebeten zu servieren.

«Scheiße, wofür halten sie uns eigentlich, diese Typen?»

Cornelia hat die Gläser ohne Murren gefüllt.

Das Büro von Monsieur Schwarz ist groß, sehr komfortabel. Von da aus sieht man nicht auf die Garage, sondern auf die Straße, und durchs Fenster sieht man auf die Kastanienbäume, deren Blätter gerade hervorsprießen. Monsieur Schwarz ist traurig. Er sagt es und hebt sein Glas: Er bedauert aufrichtig, daß er Léonce, einen seiner besten Verkäufer, verliert, einen aufopfernden Mitarbeiter, manchmal ein bißchen viel Phantasie hatte er, nun ja, aber die Phantasie, nicht wahr, hat noch niemandem geschadet, sogar in einer Garage nicht. Er hofft, bald einen Ersatz für ihn zu finden, aber in der Zwischenzeit zählt er natürlich mehr denn je auf Gaël und die beiden anderen Verkäufer, der Autoverkauf hat nach der Flaute, die durch die Ölkrise verursacht wurde, ja wieder in spektakulärer Weise zugenommen, die Prognosen sind ausgezeichnet, er zählt auf seine Mitarbeiter, darauf, daß sie sich ganz hineinstürzen, offenbar gefällt ihm dieses Wort, denn er wiederholt es zweimal. Der Verkaufschef ergreift jetzt das Wort: Sicher, er wird den Optimismus des Chefs nicht Lügen strafen, sagt er, Optimismus muß man respektieren, aber seiner Meinung nach ist die Schlacht noch nicht geschlagen, die Statistiken sind zwar ermutigend, ja, aber man ist nie gefeit gegen Schicksalsschläge, und vor allem, vor allem, meine Herren, der Vormarsch japanischer Autos ist immer noch beunruhigend, man muß also wachsam bleiben und aktiv wie immer. «Was unseren Freund Léonce betrifft, so wünschen wir ihm . . .»

In diesem Augenblick ist Léonce nach vorne gekommen. Er hat sein Glas auf einen Stuhl gestellt, um die Hände frei zu haben, und er hat gesagt, daß solche Reden ihm Übelkeit verursachten, um nicht noch direkter zu werden, daß sie alle total blind wären, nicht wüßten, was sie sagten, blind vom Geld; daß diese Stadt, wie übrigens alle anderen Städte in Europa und auf der Welt, bald so verschmutzt seien, daß sie unbewohnbar würden, glücklicherweise seien dann ihre lieben, ihre heiligen Autos bald reif für den Abbruch, denn sie seien dann so zahlreich, daß sie gar nicht mehr zirkulieren könnten. Gottseidank, er werde nicht länger an diesem Verbrechen gegen die Menschheit mitarbeiten, das einzige, was er bereue, sei, nicht schon vorher gewagt zu haben, diese Entscheidung zu treffen.

«Ich war feige, widerlich feige, wie ihr alle hier», hat er geschlossen, sein Glas genommen und es in einem Zug geleert. Monsieur Schwarz und der Verkaufschef haben sich angesehen und wie auf ein Zeichen sich entschlossen, in Lachen auszubrechen.

«Großartig», hat Monsieur Schwarz gesagt, «ich habe nichts anderes von Ihnen erwartet, Léonce ... Ihre beste Nummer!» «Noch ein Glas, in Erwartung der Apokalypse?» hat der Verkaufschef gefragt.

Und Gaël, stolz darauf, von jetzt an der Dienstälteste im Geschäft zu sein, hat beigefügt: «Du solltest nicht eine Crêperie eröffnen, Alter, sondern ein Theater.»

In diesem Augenblick ist es Cornelia, während sie mit freundlichem Lächeln das Glas von Monsieur Schwarz füllte, klargeworden, daß sie es nicht mehr lange in dieser Garage aushalten wird.

12

Laures Stimme am Telefon.

Schon lange hat Cornelia nicht mehr mit ihrer Tochter gesprochen. Nicht einen Augenblick, denkt sie, nicht eine Sekunde hat sie daran gedacht, sie um Hilfe zu bitten, oder auch nur den Wunsch gehabt, sie anzurufen, ihre Stimme zu hören, zu wissen, daß es sie gibt, auch damals nicht, als sie am meisten litt. Jetzt hört sie diese junge Stimme, weniger hektisch als sonst, scheint es ihr, weniger kurz angebunden. Sie versucht sich Laure vorzustellen, so wie sie geworden ist, wie sie in ihrer Wohnung in Paris aufrecht dasitzt, den Hörer in der Hand, vielleicht in Jeans oder, im Gegenteil, in einem eleganten Kleid. Sie merkt plötzlich, daß sie nicht viel über ihre Tochter weiß und daß sie sogar Mühe hat, sie sich als Erwachsene vorzustellen: In ihrem Kopf gibt es zehn verschiedene Laures, eine ganze Abfolge von Laures, ohne daß die eine viel mit den anderen zu tun hätte – kleine Mädchen verschiedenen Alters, Faltenröcke mit Trägern, rot oder dunkelblau, Socken, die über die Schuhe heruntergerutscht sind, aufgeschürfte Knie, kleine Spreißel unter der Haut, die so schwierig zu entfernen sind, Geschrei, ungeschickte Mutter, Henkersmutter, wie soll man lieben, auch nur an Liebe denken, wenn Schuldgefühle einem den Magen umdrehen? Und dann die älteren Laures: Jugendliche zwischen vierzehn und siebzehn Jahren, jeden Monat anders, mager oder dick, mit klarem Teint oder voller Pickel, fröhlich oder aufrührerisch, aber immer dieses Streben nach Unabhängigkeit, das Mofa, die späte Heimkehr, das endlose Warten nachts – «ich habe dich doch gebeten, aber» – «ich tue was ich will, warum schläfst du nicht einfach wie andere Mütter?» «Und jetzt, wem gehört diese Stimme am anderen Ende, irgendeiner unbekannten Frau – meine Tochter», denkt Cornelia, «mein eigenes Fleisch und Blut, aus meinem Bauch gezerrt, die Liebe, warum war es so schwierig, zu lieben?»

«Diesen Sommer», sagt Laure, «haben wir eine Villa in Ramatuelle gemietet, und Georges und ich haben gedacht ...» Sie schweigt, für sie ist es sicher auch nicht leicht, all dieses aufgestaute Schweigen zu überwinden.

«Warum kommst du nicht und verbringst einige Wochen bei uns? Das Haus ist groß. So wirst du wenigstens ein bißchen mit Julien zusammensein.»

Sie will ihr etwas anderes zu verstehen geben, Cornelia weiß das, du sollst Julien hüten, du wirst dich um ihn kümmern, während wir ... baden, mit dem Boot spazierenfahren, Freunde sehen. Das macht nichts: ein einfältiges Gefühl, eine Art Glück trotz allem, man braucht mich, und plötzlich diese Lust darauf, kleine, klebrige Hände auf dem Gesicht zu fühlen, ungeschickt, aber zärtlich, die kleinen Händchen von Julien, dieser nackte Körper an der Sonne, aprikosenfarbig, ganz rund und warm, diese weiche Kleinkinderhaut – wie wenn sie sich in ihren Wachträumen, während sie langsam dem Tod zudriftet, an diese Freiheit erinnert, ihre Freude ...

«He, was meinst du, Maman?»

«Eine gute Idee», sagte Cornelia, «ich könnte im Juli zwei oder drei Wochen kommen.»

«Drei Wochen oder sogar vier, wenn du willst. Wir haben das Haus für zwei Monate gemietet. Du wirst ein separates Zimmer haben, mit Bad.»

«Ja», sagt Cornelia, «ich komme sicher.»

«Das ist nett», sagt Laure, und plötzlich sieht sie Cornelia wieder vor sich: zwanzig Jahre alt, ausgewachsen, fast genauso, wie sie jetzt ist. «Ich habe einen netten Kerl kennengelernt, ich werde heiraten und in Paris wohnen.»

«Ich freue mich, daß du mir diesen Vorschlag machst», sagt Cornelia.

«Und ich bin froh, daß zu zugesagt hast. Du wirst sehen, Julien ist wirklich ein liebes Kind, lustig, nicht schwierig. Immer guter Laune.»

«Also», sagt sich Cornelia und legt den Hörer auf, «alles hat wieder seine Ordnung, mein Alter, das ich fast vergessen hätte, hat mich eingeholt.» Sie sieht auf den See hinaus, erinnert sich an die Verrückte mit ihrem Fernglas, die bis zur Erschöpfung den Horizont absucht, mit schmerzenden Schultern, die den Ort, wo ein bestimmtes Haus steht, sucht und sucht, als ginge es um ihr Leben; wie alt war sie da, diese Verliebte, Verlorene, diese Verrückte? Ja, alles ist wieder, wie es sich gehört, aber sie bereut nichts, sie ist bereit, sich alles zu verzeihen, diese Verrücktheiten sind jetzt ein Teil von ihr.

Das Gespräch mit Laure erinnert sie an ihre Mutter, von der sie seit Monaten nichts mehr gehört hat.

Sie stellt die Nummer ein, und ihre Furcht wächst, je mehr sie sich der letzten Ziffer nähert. Es läutet, vier-, fünfmal, sie hofft, daß ihre Mutter ausgegangen ist, nicht zu Hause, sie wird nicht abnehmen. Aber in dem Augenblick, da sie schon wieder auflegen will: «Hallo . . .»

«Ich bin's», sagt Cornelia.

Und sofort ist ihr klar, daß sie ihre Mutter nicht hätte anrufen sollen, nicht heute, nach dem Anruf von Laure. Wie immer ist es für sie schwer, die Rolle zu wechseln, jetzt die Tochter zu sein, nachdem sie die Mutter war, zwischen diesen beiden Frauen einen Platz zu finden: Da ist die, aus der sie hervorgegangen ist, und dort die andere, der sie das Leben geschenkt hat.

«Ich glaubte, du seist tot», sagt ihre Mutter.

Cornelia beginnt sich zu entschuldigen, auch das eine alte Gewohnheit, sich entschuldigen, sich erniedrigen, «pardon, ich weiß, ich hätte dich früher wieder anrufen sollen, aber . . .», aber dann nimmt sie sich zusammen.

«Ich habe eine schwierige Zeit gehabt», sagt sie. «Ich konnte mit niemandem sprechen.»

«Warst du krank?»

Nein, sie war nicht krank, sie hatte auch keinen Ärger am Arbeitsplatz, es hat sich um etwas anderes gehandelt, und sie hat keine Lust, davon zu erzählen. Ihre Stimme ist fest. Die Angst wird kleiner, wie schön wäre das, wenn sie ein für allemal diese Angst besiegen könnte, die ihr die Frau dort am anderen Ende des Drahtes immer eingeflößt hat. Wie schön wäre das, ihr gegenüber endlich erwachsen zu sein . . .

«Und du?» fragt sie.

Nach einem alten, unveränderlichen Muster entfesselt diese Frage jetzt eine Flut von Gejammer, von Klagen, die auf unfaßbare, aber subtile Art Vorwürfe sind. Eigentlich sollen sie nur Schuldgefühle wecken bei dem, der zuhört. «Dein Stiefvater war den ganzen Winter lang wieder krank, ich habe die ganze Zeit Tee gekocht und Senfpflaster gemacht, wenn ich denke, daß ich schon für deinen Vater so viel getan habe damals, zwei Ehemänner mit solch schwacher Gesundheit, habe ich das verdient, und mir geht es ja auch nicht mehr so blendend, meine armen Beine, ich sollte etwas Ruhe haben, sagt der Arzt, aber wie soll man sich ausruhen, wenn man allein ist, ganz allein mit alldem, da war zwar eine Nachbarin, die ist mir von Zeit zu Zeit zu Hilfe gekommen, aber sie hat mein Vertrauen mißbraucht und ihre Nase in alles gesteckt, und so hab ich ihr schließlich gesagt, sie soll nur zu Hause bleiben, also du Cornelia, hast ja keine solchen Sorgen, du warst immer eine Egoistin, du hast dich nie um die Pflichten einer Frau gekümmert, ich wette, deine Schränke sind leer wie immer, du hast wahrscheinlich nicht ein Kilo Vorräte gemacht, wie das die Behörden empfohlen haben, und es ist dir sicher nicht in den Sinn gekommen, Konfitüre einzukochen für Julien, der arme kleine Julien, ich habe ihm Quittengelée geschickt, man weiß doch, wie ungesund die Fabrikkonfitüren sind, sogar krebserregend, und in Paris noch viel schlimmer als hier.» Stille. Cornelia hat sich soeben entschlossen, auf das alles keine Antwort zu geben.

«Ich weiß gar nicht, weshalb ich dir das alles erzähle, du interessierst dich ja nur für dich selbst . . .»

«Das stimmt», sagt Cornelia, «ich habe gelernt, mich für mich selbst zu interessieren, es hat lange gedauert, aber endlich habe ich es geschafft.»

Und ohne daß sie ihrer Mutter Zeit dazu läßt, irgend etwas hinzuzufügen, sagt sie: «Auf Wiedersehen, ich werde dich in ein paar Wochen wieder anrufen.»

Sie bleibt einen Augenblick sitzen, ganz unbeweglich. Es ist unglaublich: Ihr Herz schlägt ganz ruhig, ganz friedlich, wie wenn nichts geschehen wäre.

13

Francescas Buch ist Mitte Mai gekommen. Cornelia fand es eines Tages, als sie nach Hause kam, im Milchkasten hinter dem Briefkasten: Sie hat sofort gewußt, was sich in dem Paket mit den großen italienischen Marken befand, und ungeduldig ist sie die Treppe hinaufgerannt, hat die Tür aufgerissen, die Einkaufstasche irgendwo in die Küche gestellt und sich ins Wohnzimmer gesetzt, das kostbare Paket auf den Knien. Bevor sie es öffnet, berührt sie es, dreht und wendet es in ihren Händen – so etwa, wie sie vor bald zwei Jahren diesen langerwarteten Brief in Händen hielt, von dem sie sich so viel Freude erhoffte. Dann zieht sie an der Schnur, und dieses Buch tritt in ihr Leben, dieser Titel, den sie mit gedämpfter Stimme liest: *Ho male al mondo,* auf dem Umschlag eine raffinierte Fotomontage – Kriegsbilder, Revolutionen, Hungersnöte, die den Planeten in diesen letzten Jahren heimgesucht haben. Hintendrauf ein Foto: Francesca, bevor sie krank geworden ist, mit ihrem Kraushaar, ihren fragenden, ernsten, ein bißchen traurigen Augen mit diesem durchsichtigen Leuchten wie von weit her, das sie immer begleitet hat. Und, unter dem Foto, ein paar Zeilen, die daran erinnern, daß Francesca Barlucci eine der großen Reporterinnen unserer Zeit gewesen ist, eine der ersten Frauen in Italien, die diesen schwierigen Beruf ausgeübt haben. Selbstlos hat sie darin ihr Bestes gegeben; es ist ein hartes Métier für ein sensibles Gemüt, das erklärt vielleicht auch ihren frühen Tod. Ja, fügt der Autor hinzu, Francesca Barlucci, die an die Gerechtigkeit glaubte, an die Schönheit und an die Liebe, an den Frieden unter den Menschen, hat seelisch und körperlich unter all den Entsetzlichkeiten gelitten. Sie hat sie unermüdlich angeprangert, immer ganz vorne war sie, ohne zu zögern, hat sie auch ihr Privatleben dem Beruf geopfert, denn er war für sie nicht einfach Broterwerb, sondern eine richtige Berufung. Dieses Buch, das sie, während eine unheilbare Krankheit ihren Lauf nahm, nur unter Aufbietung ihrer Willenskraft hat vollenden können, ist ein einzigartiges Dokument über die entsetzlichsten Geschehnisse unserer Zeit. Es wendet sich über den Tod hinaus wie ein Schrei an alle Menschen, die guten Willens sind.

Hinter diesen geschwollenen Sätzen versucht Cornelia die Frau wiederzufinden, die sie gekannt hat, die immer so bescheiden war, kein Aufhebens von ihrem Mut machte, die ihr nie ihr kleines, ruhiges Leben vorgeworfen hat, ihre Gleichgültigkeit alldem gegenüber, was Francesca beschäftigte. Cornelia freut sich jetzt darüber, daß diese Freundschaft möglich war, trotz alldem, was sie trennte. Sie sieht Francesca wieder vor sich in ihrem Studio, schon gezeichnet, wie sie ohne jedes Selbstmitleid ihr Entsetzen eingestand über diese tödliche Blume, die in ihr wuchs. Und mit Tränen in den Augen denkt Cornelia an jenen Morgen im letzten Sommer – wieder das Motorengeräusch in der Stille, Francesca im Bug des Bootes, ganz aufrecht, bereit, einen letzten Kampf zu bestehen. Cornelia bleibt mit dem Buch auf den Knien lange sitzen. Sie öffnet es noch nicht, es scheint ihr, sie müsse vorbereitet sein, die Zeit, in der sie es liest, müsse eine Insel der Stille, des Nachdenkens sein, weit fort von der täglichen Routine, den Autos, dem Glaskäfig.

Fern auch von dieser Wohnung, die wie eine Puppenhülle wirkt, in der die Gefahr immer lauert, das weiß sie gut, daß sie wieder beginnt, sich fröstelnd abzukapseln.

14

Ein schöner Nachmittag im Juni 1983. Der Anfang eines neuen Sommers.

Ich sehe Cornelia zu, wie sie mit gleichmäßigen Schritten den Quai entlanggeht. Ich bin die einzige, die etwas von der Angst ahnt, die ihr die Kehle zuschnürt, die weiß, daß sie der Versuchung widerstehen muß, jeden Moment einfach umzukehren und wieder in die Stadt zurückzugehen.

Gestern am Telefon hat er gesagt: «Sollen wir uns auf der Bank wieder treffen, wo wir zusammen fast erfroren sind?» Und als sie geschwiegen hat: «Erinnerst du dich nicht?»

Sie nähert sich mit gleichmäßigen, scheinbar ganz ruhigen Schritten dieser Bank, diesem Winterabend, der schon so lange zurückliegt, dem Schnee, der fiel, der Wärme ihrer beider Körper in der Kälte, ihrer Sehnsucht danach, daß das Leben da, in dem Augenblick, anhalten möge.

Sie hat ein Kostüm aus weißem Leinen angezogen, sie ist gut gekämmt: Den ganzen Nachmittag lang hat sie gearbeitet, als wäre nichts geschehen, hat Briefe getippt, ungeduldigen Kunden Auskunft gegeben, die Unverschämtheit des neuen Verkäufers ertragen, die Forderungen von Monsieur Schwarz, hat mindestens zwanzig Mal gesagt: «Hallo, hier ist die Garage ‹du Parc›», und dann über Autos geredet, über Nummernschilder, über Fahrausweise, Versicherungsbescheinigungen.

Ich finde, Cornelia ist sehr mutig.

Genauso mutig wie Francesca, nur auf eine andere, unauffälligere Weise.

Und immer so allein. Niemanden fragt sie um Rat, niemandem vertraut sie sich an, spricht nicht über ihre Unsicherheit bei dem Gedanken, Peter wiederzusehen.

«Warum?» hat sie gestern am Telefon gefragt. Und er: «Ich werde die Schweiz verlassen.» Sie hat gesagt: «Gut», und da hat er von der Bank im Park am rechten Ufer gesprochen und «erinnerst du dich nicht?» gesagt, sie hat schließlich geantwortet, sie erinnere sich, aber ja, sie erinnere sich sehr gut. Er hat gesagt: «Um halb sieben, wenn dir das paßt.» Und jetzt geht sie hier den Quai entlang, im starken Verkehr zur abendlichen Stoßzeit.

Allein.

«Allein», denkt sie, sie hätte es nicht tun sollen, so einfach wäre es gewesen, zu sagen, sie wolle nicht, nein, wirklich, sie wolle ihn nicht wiedersehen und sie könnten sich sehr gut für immer am Telefon verabschieden.

Die Bank. Davor eine Trauerweide, deren Äste bis in den See hinunterhängen, und eine Blumenrabatte mit Rosen in allen Farben.

Am einen Ende eine alte Dame in Schwarz und ein winziger Hund, der ihr zu Füßen liegt. Die Dame strickt.

Cornelia setzt sich am anderen Ende hin. Sie sieht nach Salève hinüber, zum Quai auf der andern Seite, zum Strand, zur Kathedrale – die andere Seite dieser Landschaft, die ihr so vertraut ist. Da oben am See sieht sie die Dächer ihres Dorfes und weiter weg die französischen Alpen, bis hin zum Postkarten-Mont-Blanc, der sich heute schon vor einem wolkenlosen Himmel präsentiert. Um an nichts denken zu müssen, zwingt sie sich, ihre Aufmerksamkeit auf diese Landschaft zu konzentrieren, auf diese fast überschwengliche Schönheit.

Er hat sich neben sie gesetzt. So gut ist es ihr gelungen,

sich in den Anblick zu vertiefen, daß sie ihn nicht hat kommen sehen. Da ist er, setzt sich hin zwischen sie und die alte Dame. In ein paar Sekunden muß Cornelia, ob sie will oder nicht, ihren Kopf zu ihm hindrehen.

Die Salève. Sie hat noch nie so genau die Wunden in dem grauen Gestein gesehen wie jetzt, die rosa Wunden, verursacht durch die Steinbrüche, fast blutig wirken sie, warum schänden sie diesen Berg so, warum morden sie ihn?

«Ich bin es», sagt er. «Guten Tag, Cornelia.»

Da ist er, sie hat ihn angesehen. Sein Gesicht. Wieder auferstanden nach dieser unendlich langen Abwesenheit. Ein bißchen verändert, oder vielleicht hat sie ihn in ihrer Erinnerung verändert. Nur ganz wenig, wie ein Foto, das etwas verwackelt ist.

«Guten Tag», sagt sie.

Das ist einer dieser Augenblicke, da ihre Gefühle so tief in ihr begraben liegen, daß sie fast nicht mehr existieren.

«Wie geht es dir?» fragt er.

Sie sagt, es gehe ihr gut. Die alte Dame auf der Bank zählt die Maschen mit lauter Stimme, eins, zwei, drei, vier. Der kleine Hund, den das irritiert, hat sich auf seine lächerlich kleinen Pfoten erhoben, man könnte meinen, es seien lange Zündhölzchen. Er schnüffelt an Peters Hosenbein. «Komm», sagt die alte Dame, «laß den Herrn in Ruhe, Liebling.»

«Wie hast du die lange Zeit verbracht, Cornelia?»

«Wie immer», sagt sie, «im Büro, nichts Neues, ah ja, der einzige Verkäufer, der so etwas wie ein Freund war, ist gegangen, er hat sich irgendwo in Südfrankreich niedergelassen und noch nichts von sich hören lassen.» Sie hält inne. Schweigen ist besser als diese abgenutzten, müßigen Sätze, die nur dazu dienen, die Wahrheit zuzudecken, die Wahrheit, die nie ausgesprochen werden wird, nur ja nicht davon sprechen, übrigens, wie sollte man über einen solchen Schmerz reden, eine solche Agonie, wie, auch wenn sie wollte, sollte sie die rechten Worte finden?

«Und du?» fragt sie.

Er legt seinen Arm hinter sie auf die Lehne.

Für ihn ist es auch nicht leicht.

Er zündet mit der linken Hand eine Zigarette an, ganz langsam, wie wenn er Zeit gewinnen möchte. Er macht einige Züge. Dann erzählt er, man habe ihm einen Direktorsposten angeboten. In der Fabrik, die jene landwirtschaftlichen Maschinen produziert, die er bis jetzt als Generalvertreter in Europa vertrieben hat. Natürlich hat er angenommen, das Haus ist schon verkauft, er wird in einer Woche die Schweiz verlassen und in San Francisco wohnen.

«Meine Frau», fügt er hinzu, «wünschte auch, nach Kalifornien zurückzukehren, und die Mädchen sind sehr glücklich darüber. Ich selbst . . .»

Er blickt auf den See hinaus, sie betrachtet sein Gesicht im Profil. «Peter», denkt sie, «das ist Peter.» Etwas in ihr kann es nicht glauben, so viele Tage, so viele Nächte ohne ihn, soviel Schweigen.

«Und du?»

«Ich weiß es nicht. Ich bin vielleicht doch nicht für dieses Leben gemacht, diese große Verantwortung. Aber es ist, wie sagt man das auf französisch, eine Verfügung . . .» «Eine Art Fügung», sagt Cornelia.

«Eine Fügung, ja, irgendwann kann man nicht mehr zurück.»

«Stimmt», sagt Cornelia, «dann ist es schwer, umzukehren.»

«Man kann nicht mehr», wiederholt er, «wirklich nicht. Man muß weitermachen, vorwärtsgehen. Immer genauso weiter, bis man stirbt.» Er lacht. Warum lacht er, wenn er vom Tod spricht? «Vielleicht hat er Angst», denkt Cornelia, er, von dem sie glaubte, er wüßte nicht, daß er eines Tages sterben wird. Sie erinnert sich: nackt in ihrem Zimmer, so sicher, lebendig zu sein.

«Manchmal denke ich, ich hätte ein anderer Mensch sein können, ein vollkommen anderer Typ, ich weiß nicht, ein Bauer mit viel Erde zum Pflügen.»

Er drückt seine Zigarette unter seinem Absatz aus, der kleine Hund steht auf, beschnuppert die Kippe. «Aber nein, Liebling», sagt die alte Dame, «das ist kein Zückerchen.» Er legt sich wieder hin.

«Ich glaube, ich werde dieses Land vermissen», beginnt Peter wieder.

Er hält inne, es scheint, als versuche er, sich langsam etwas Schwierigem zu nähern, ungewohnten Wörtern, Gefühlen, die er nur ungeschickt zu handhaben weiß. Cornelia wartet. Die Panik von vorhin hat einer großen Ruhe Platz gemacht. Etwas wie Frieden, alles ist vollbracht, nichts mehr zu riskieren, nichts mehr zu verlieren.

«Ich wollte nicht wegfahren, ohne dich noch einmal wiederzusehen. Ich war glücklich mit dir, Cornelia, vielleicht hast du das nicht gemerkt.»

«Es war alles so kurz», sagt Cornelia, «so entsetzlich kurz.»

«Ja, viel zu kurz, aber im Inneren groß, sehr groß. Und wenn ich gekonnt hätte . . .»

«Ich weiß», sagt sie sehr schnell. «Ich weiß, Peter.»

Er nimmt seinen Arm von der Lehne, legt seine Hand auf die Cornelias: «Es ist wichtig, daß du es weißt, daß wir beide es wissen.» «Ja», sagt sie.

Sie mußten sich noch lange herantasten, haben gezögert, bevor sie richtig miteinander sprechen konnten. Die alte Dame hat aufgehört zu stricken, hat ihre Nadeln in den Knäuel gesteckt, sie hat alles in ein weißes Tuch verpackt und es in ihrer Einkaufstasche versorgt, sie hat den Hund genommen, «komm Liebling, es ist Zeit zum Essen», und hat ihn neben das Strickzeug in die Tasche gesteckt, und dann, nach einem Kopfnicken, die Lippen immer in Bewegung, als zähle sie weiterhin die Maschen, hat sie sich von der Bank entfernt, ihre gebeugte Gestalt ist in der Menge der Spaziergänger verschwunden. Sie haben ihre Worte mit Sorgfalt gewählt, als sei es in diesem Augenblick sehr wichtig, nicht zu verzerren, was sie sich zu sagen haben und sich nie zuvor gesagt haben. Peter hat von Joan erzählt, von ihren Ansprüchen, von dem entmutigenden Eindruck, den er oft hat, daß es ihm nicht gelingt, ihren Erwartungen zu entsprechen. «Wenn du wüßtest, wie entspannt ich bei dir sein konnte, Cornelia.» Und dann sagt er, er sei nicht sicher, ob er seine Frau noch liebe, aber er hänge sehr an seinen Töchtern, und solle er denn, Cornelia, zerstören, was er sich so mühevoll aufgebaut hat? «Aber wenn ich dich früher kennengelernt hätte . . .»

Sie versucht zu lachen: Es ist schon ein Wunder, daß wir uns überhaupt eines Tages begegnet sind, in diesem Flughafen, das erste Mal, da sie überhaupt geflogen ist, und daß er genau hinter ihr stand, als sie das Ticket aus der Handtasche nahm, daß er so weit her zu ihr gekommen ist, von Norwegen, über Kalifornien. Sie fügt hinzu, daß sie nichts bereut, auch wenn es manchmal schwer war, sehr schwer, aber daß es sie beschäftigt, weil sie jetzt nicht mehr so leben kann wie vorher, daß sie aber noch nicht weiß, wie sie alles ändern soll. Sie wird in der Garage kündigen, das ist sicher. Jeden Tag wird das sicherer, man kann nicht sein ganzes Leben eine Arbeit machen, die man nicht liebt, aber was dann? Während sie spricht, denkt sie an jene kurze Zeit in ihrer Jugend, da sie genau wußte, was sie wollte: studieren, einen Beruf lernen, der sie interessiert – diesen Plan hat sie so schnell aufgegeben, aus Liebe zu Guillaume, hat sie gedacht, aber in Wirklichkeit, weil es ihr an Selbstvertrauen fehlte und an Willen. Und wenn es doch noch nicht zu spät wäre? «Vergiß nicht, Cornelia», hat Francesca vor ihrem Tod geschrieben, «nie ist alles entschieden.» Jetzt erzählt sie Peter von Francesca, von dem Buch, das sie bekommen hat, von dem, was Francesca ihr Leben lang gewagt hat, während sie selbst ... «Ich habe mich abgekapselt», sagt Cornelia, «ich habe mir die Augen verbunden und die Ohren verstopft, ich bin geflohen, solange ich konnte, aber jetzt ist Schluß damit, ich werde etwas aus meinem Leben machen, aus den Jahren, die mir noch bleiben, ich weiß noch nicht was, aber ich werde suchen, solange es nötig ist.»

Peter sagt, daß sie recht hat und daß es wichtig ist, zu suchen, vielleicht in sich selbst einen Sinn fürs Leben zu suchen, der Fehler, ja, der Irrtum besteht doch oft darin, daß man zu früh glaubt, man hätte ihn gefunden. Er fügt hinzu, daß er ihr aus der Ferne zu helfen versuchen will, er wird sie von Zeit zu Zeit anrufen, die Freundschaft könnte doch der ... er zögert, dann sagt er dieses Wort zum erstenmal, fast schüchtern, die Freundschaft könnte doch der Liebe folgen, trotz der Distanz, trotz der großen Distanz, die sie voneinander trennen wird.

«Weißt du, Cornelia, die Sonne wird für dich zur selben Zeit aufgehen, da sie für mich dort drüben in Kalifornien untergeht.» «Aber es wird dieselbe Sonne sein», sagt sie.

Sie sind noch lange so nebeneinander gesessen, traurig, aber ruhig, wie nach einem ganz heißen Tag, wie nach einem heftigen Fieber.

Später ist Peter aufgestanden, hat Cornelia geküßt und ist schnell davongegangen, ohne sich umzudrehen.

Sie ist ihm mit den Augen gefolgt, solange sie konnte, bis er hinter der Biegung der Allee verschwunden ist.

Hinter der Weide hat der See diese Dämmerfarbe angenommen, dieses sanfte Graublau. Aber Cornelia sieht es kaum. Sie denkt an Peter, der sich entfernt, und auch an den Brief, den sie bald schreiben wird, zum Erstaunen von Monsieur Schwarz, wenn er ihn liest, und an die Zukunft, die vor ihr liegt, unsicher, vollkommen neu zu erfinden.

Yvette Z'Graggen im Lenos Verlag

Die Jahre des Schweigens
Aus dem Französischen von Elfriede Riegler
229 Seiten, gebunden, mit Schutzumschlag
ISBN 3 85787 317 5

La Punta
Roman
Aus dem Französischen von Markus Hediger
151 Seiten, gebunden, mit Schutzumschlag
ISBN 3 85787 282 9
auch als Lenos Pocket erhältlich (LP 58)

Matthias Berg
Roman
Aus dem Französischen von Markus Hediger
109 Seiten, gebunden, mit Schutzumschlag
ISBN 3 85787 260 8

Zeit der Liebe, Zeit des Zorns
Aus dem Französischen von Hedi Wyss
226 Seiten
Lenos Pocket (LP 56)